# 不期而遇

刘长海 著

北京燕山出版社

BEIJING YANSHAN PRESS

图书在版编目（CIP）数据

不期而遇 / 刘长海著 . — 北京：北京燕山出版社，
2023.11
ISBN 978-7-5402-7026-1

Ⅰ . ①不… Ⅱ . ①刘… Ⅲ . ①长篇小说 – 小说集 – 中
国 – 当代 Ⅳ . ① I247.7

中国国家版本馆 CIP 数据核字 (2023) 第 150810 号

## 不期而遇

作　　者：刘长海

责任编辑：王月佳

出版发行：北京燕山出版社有限公司

社　　址：北京市西城区椿树街道琉璃厂西街 20 号

电　　话：010-65240430（总编室）

印　　刷：长沙鸿发印务实业有限公司

开　　本：710mm × 1000mm　1/16

字　　数：240 千字

印　　张：20

版　　次：2023 年 11 月第 1 版

印　　次：2023 年 11 月第 1 次印刷

定　　价：68.00 元

# 目 录

一　龙头林场 ………………… 1

二　高场长家事 ……………… 4

三　小伙伴 …………………… 10

四　恰同学少年 ……………… 13

五　老伙计 …………………… 21

六　挠力河的恒久陪伴 ……… 25

七　冬天里的一把火 ………… 33

八　两任场长的接力 ………… 40

九　胡木匠的追求 …………… 49

十　让生活越来越好 ………… 58

十一　万物皆有灵 …………… 64

十二　电影胶片风波（一） … 71

十三　电影胶片风波（二） … 80

十四　"孙大学"和"张大学"… 86

十五　娄一刀的口福 ………… 89

十六　困惑 …………………… 95

十七　丢鸡（一） …………… 98

十八　丢鸡（二） …………… 102

十九　独辟蹊径 ……………… 107

二十　老才婆子遇险（一） … 111

二十一　老才婆子遇险（二）… 116

二十二　少年不知愁滋味 …… 120

二十三　光荣家世 …………… 127

二十四　"南北战争" ………… 131

二十五　季炮手斗熊 ………… 137

二十六　以德报怨 …………… 144

二十七　鱼跃人欢 …………… 147

二十八　夜深人未静 ………… 154

二十九　闲情逸致 …………… 159

三十　文化暖风拂柳绿 ……… 162

三十一　朱家的婚事 ………… 168

三十二　觉醒 ………………… 171

三十三　回杭探亲的"东北人"… 178

三十四　人要活出境界 ……… 184

三十五　纷繁的世界 ………… 193

三十六　胡茂银落难 ………… 201

三十七　杀年猪（一） ……… 211

三十八　杀年猪（二） ……… 218

三十九　不打不相识 ………… 223

四十　植树造林 ……………… 227

四十一　北京来的贵客（一）…231

四十二　北京来的贵客（二）…237

四十三　架线工的心思 ……… 241

四十四　君子报仇 …………… 245

四十五　骚动 ………………… 252

四十六　文化使者 …………… 256

四十七　遇狼 ………………… 263

四十八　探亲计划 …………… 267

四十九　出师不利……………………271

五十　痴心不改……………………276

五十一　伤心往事…………………280

五十二　久旱逢甘露………………285

五十三　枯枝发芽…………………288

五十四　高场长述怀………………292

五十五　感恩的心…………………301

五十六　师哥师姐的来信…………306

五十七　"吕大学"和"高大学"

…………………………311

# 一　龙头林场

棒打狍子瓢舀鱼，野鸡飞进饭锅里。这话你别不信，挠力河南岸，比这还厉害。运气好的人，瞧见穿行在灌木丛中的兔子，或是冬季里，林木落叶后，眺望到视野通透的对面山坡上结队奔跑的狍子。运气差的，走山路撞见过有攻击欲的野猪，村外大道上独行的人曾被野心勃勃的狼尾随，钓鱼人在离家稍远的地方遭凶猛黑熊撕咬。除了惊喜，更有惊吓。蛮荒之地，却算不上动物世界，终究不乏拓荒者。

龙头林场距离县城六十多里，站在林场南边山坡上北望，隔着四五十米宽的挠力河向北，一条可走牛马车的小路穿过七八里的柳树趟子，连接到龙头国营农场军马场。国营农场向西越过三千米的弓背形山地，是龙头人民公社。国营农场和人民公社也都是几十户人家的样子。龙头人民公社向南三里，过了挠力河大桥，下了县级公路再折向东南，走约十三四里，又是龙头林场。林场向南可就不好说了，百里之内都是深山老林，属于长白山北延的完达山脉，这可是个大山系，地图上看着星星点点不起眼，实际辽阔着呢，无边无际，千军万马放进去，都很难发现踪迹。

龙头林场这个说偏僻也不十分偏僻的地方，就是高晓莹出生和成长的所在。这孩子打小就惹人注目，原因多样，她爸是这里的场长，算是其中之一。

只说一件事，就能对龙头林场所处环境有更清楚的了解，心中就会勾勒出一幅大概的地图。

龙头林场子女谈恋爱，大都是男女双方蹬着自行车围着龙头林场、龙头国营农场军马场和龙头人民公社三种体制形成的大三角地域转大圈儿。开始时是两辆自行车，男女各蹬一辆，过一段时间，改成一辆自行车，就基本意味着恋爱成功了。

高场长家邻居的儿子朱玉栋和对象季海鹰就是这个路数，季海鹰是林场季副场长的女儿。这两个人都比高晓莹大好几岁，高晓莹和他们的妹妹弟弟是同年级同学。季海鹰听了朱玉栋的话，不用太累蹬那么远的路，反正他有的是力气，就把自己的自行车放在家中，侧坐在朱玉栋自行车后货架子上，遇到坑坑洼洼的路面，手就搂在了朱玉栋的腰上。第一次是惊慌失措怕掉下车子，第二次就是见机行事了。再以后，季海鹰完全不拒绝坐自行车跑大圈，朱玉栋也甘愿受累，身累而心不累了。不得不说的是，有几次也是季海鹰主动给朱玉栋的机会，她抱怨自己腿疼，不敢多走路，更不敢用力蹬自行车，如此一来，坐车就是不二选择了。

季海鹰惊奇地发现，搂朱玉栋的腰，能提高心肺活力，促进血液循环，医治腰腿酸痛，消除疲劳。唯一的副作用心慌气短也正是心中渴望的。就像猪肉酸菜炖粉条，或者是小鸡炖榛蘑，油汪汪，香喷喷，吃了这顿，转过身就惦记下顿，让人上瘾。

不巧的是，有一次骑行到距离县级公路较近的林场西部路段，路上布满了坑，贴着路边骑行的时候不小心拐进了坑里，车胎禁不住扭来扭去，漏了气，两人只好推车步行，走了十几里，好在忸怩之间时间流逝得轻快，就这也没耽误他俩以后转大圈。

在高晓莹这般年龄的孩子的心中，"转大圈"是恋爱青年绕不开的传统模式。就这样的地域环境，还能怎么样呢？

❧

龙头这个名字来自龙头山，山形似龙头，屹立在龙头人民公社南边三里多地远的挠力河南岸。山脚下水泥大桥桥头右侧，有一日伪时期遗留下来的炮楼，说右侧是从人民公社朝南方向。用屹立来形容龙头山是贴切的，刚刚说过，这里是长白山北延完达山山脉，属于丘陵地势，龙头山高得突兀，山上密布的十几米高的柞树，枝繁叶茂，天高云低，被风吹得舞来舞去，更增添了巍峨气势和勃勃生机，远看酷似群山之首，龙在云端翱翔。也有人说，龙头山下蜿蜒曲折的挠力河是巨龙的身躯，但没人明确是东边的下游河段还是西边的上游河段，如果说是盘龙，倒有几分贴切。

传说在这里发生过一场激战，王震将军麾下的三五九旅一部从龙头山上下来，借着夏日里浓密的柞树林作掩护，发起突然袭击，把敌人打了个措手不及，消灭了驻守的一个排的日伪军，炸掉了炮楼顶盖。有战斗就会有牺牲，战斗中我军也在接近和最终拿下炮楼时，付出了比较大的代价，毕竟炮楼坚固，易守难攻，敌人火力强大密集。

有几回，林场工人在山坡上曾经踩空摔倒过，听说塌落的都是牺牲战士们的坟墓，尸骨都朽烂没了。说起来，龙头山和挠力河应该是小有名气的，可如果不是今天讲到龙头林场，还真没有几个人知道。英雄多无名，不是吗？

龙头林场有一条从南向北流淌的小河，三四米宽的样子，由山里溪水汇聚，溪水来自山泉、融雪、雨水，除了冬季结冰期，一直哗啦啦、哗啦啦地流淌不息。水质经过山地落叶层层过滤，清澈明亮，喝上一口，清冽甘甜，但林场的人却是从距离小桥150米远的深水井打水，做饭做菜都是这样。小河无名，经过林场中心地带时，与东西走向的一条砂石路十字交叉。小桥就建在这里，两端石头基座，基座上并排竖放了十几根二大碗粗的去皮大杨木，横跨河面，杨木之间用铁筋打制的二三十厘米长的锔子，结实地勾连在一起。铁锔子是在龙头人民公社的铁匠铺锤打出来的。碎石子儿将木头间的缝隙填平，桥面覆盖泥沙，走路不磕绊，过车不颠簸。小桥下的河叫小河，小河上的桥叫小桥，龙头林场的老老少少都是这样叫的。小河再向北流淌五六百米，就汇入了有名有姓的滔滔大河——挠力河。

# 二 高场长家事

高晓莹浓密的直发在阳光下泛着晚秋落叶松针般的光芒，然而在幽暗的地方，她的头发竟是夜色的黑。这让一些人的目光粘在了她的发梢上，也引起了一些人因为怀疑自己的眼睛，而越发努力地探究着。

她的脸色也如头发，色差奇特，阳光下是厚壳儿南瓜子的象牙色，也有人的说法不同，说那叫麦金色。在人们莫衷一是时，站到了树下阴凉处的晓莹，脸却似薄壳儿南瓜子的瓷白，看上去弱弱的，一派小心、轻放、易碎品的娇娇样儿。

也因此，她爸爸高场长，对天下人都是气出丹田的大嗓儿，整个龙头林场莫不唯其马首是瞻，唯独面对女儿晓莹，却总是看似不经意地小心些，让人莫名其妙地想起猛张飞拈起绣花针，怎么看，怎么想，都别扭。好在林场遍地是粗人，没人窥视如丝。

据神神叨叨的林场老婆子们断言，高场长的女儿高晓莹，命格金贵着呢，她是阴历六月初六凌晨六点零六分落地的，阴阳均衡，一顺百顺，属于稀罕的凤凰命。这样的女孩子，生来富贵，且带桃花，一辈子被宠，将来必定是锦衣玉食，觅得好人家，旺夫旺家。语出虽然重复杂乱，但合了老婆子们碎碎念的逻辑，因此令众人深信不疑。

于是这眉似远黛的高晓莹，只需消消停停长大了，不用愁嫁林场外吃商品粮的城里人，不用像林场的女人四季忙，不，应该是昼夜忙。"唉，咱家孩子和人家比不了，人家孩子是白面馒头，咱家孩子是苞米面饼子，中间还隔着苞米面和白面掺和的发糕呢。"林场小河西道北边的老才婆子几乎赌咒发誓般地说，这和小河东道北边的胡妈妈说的不谋而合，于是女人们明里夸，暗里嫉妒晓莹。

半大小子们看晓莹，争议极大，一派认为她就是树下讲古人口中的仙女转世，一旦娶到家里，早晨起来，她会变出满桌子酥烂溢香的炖肉和冒着刚下碾子的麦香的大馒头，那种微微开花的笑馒头。

这边咽着口水还没讲够，另一派打岔说："咋没看出哪好呢？年画里的李铁梅、小常宝都是大眼睛、粗眉毛、红脸蛋，她正相反。""嘿，嘿，那叫杏核眼好不好，最好看的，我听进过城的大人说过，高晓莹的眼睛长得老金贵了，就是那现在不让读的古书中说的什么神喜目。"吕冬阳先前从孙爷爷那里借的线装书里看过这样的描写，只是不好意思说出来。

吕冬阳在这帮半大小子里是个异类，他渴望又惧怕独自接触高晓莹，一旦认定对面来的是她，距离越近，他就越发感到心跳震得脑袋里的血管都鼓了起来，脸也开始烧起来，如同偷喝了老爸吕德臣的高度散装白酒，后果很可怕。这让他手脚机械发麻，动作僵硬迟缓。在擦肩而过的招呼中，他答非所问，结结巴巴，在对方瞪起的杏核眼盯视下，几近石化。

这种折磨对于他来说莫名其妙，不懂什么心理学的他真的认为自己有问题。什么情况？他偷偷地把班级里的女生挨个试验一遍，结果让他更发蒙，他与其他任何一个女生独自接触都如同手摸脚，没啥感觉，既不痒，也不晕。

场长的千金，那是一只闭月羞花、沉鱼落雁的白天鹅，癞蛤蟆就别去枉费心机吧。要说没想入非非那是假的，但吕冬阳也知道那是绝对不可能的。再说了，他是了解她的，她烦人的事儿太多，哪里有那么好？吕冬阳心里还存一丝希望。

❧

高妈妈自认为不属于普通家庭妇女行列，她是龙头林场家庭妇女中唯一脸上看不到锅底灰、鼻孔和指甲缝里看不到黑泥的人，自认为老家是南方人，闲下来就左手抚摸右手腕上碧绿的岫玉手镯，优越感还很强。她老早就放出话来，女儿将来打死也不嫁山里娃。打死也不会，可见决心有多强。当年她嫁给现在的高场长，跟着他跑出这么老远，到了东北边陲，既是她的机缘，也是她的无奈。那时候，父母也没有主见，也没法替她决断。但今天，她必须照看好自己的宝贝女儿，看着她嫁个好人，嫁个好人家，决不能轻易嫁鸡随鸡，嫁狗随狗，鸡必须是好鸡，狗必须是好狗，就是这个意思。当然，她听不到老婆子们背后说她家孩子异想天开的话，大家都说她家太惯孩子，由着孩子耍，等着过两年看笑话呢。

实话实说，高家也没怎么娇惯孩子，没多管也没少管，女儿打小就爱看书学习，是山里孩子当中为数不多的另类，爸妈只不过是一切顺其自然。

爸妈不知道的是，高晓莹自打懂事，就有独立的想法，期盼着早点离开一天到晚吵吵闹闹的家。妈妈嘴碎，还尽说些呛人的话，她可不想复制妈妈自以为是的生活，也不想活成妈妈想要她活成的样子。

高妈妈这个人也挺奇怪，并不是什么高贵出身。高爸爸在辽宁金州古镇驻军部队上当排长时，在附近一个叫亮甲店的地方认识了她。她家中一共有兄弟姐妹七个，她排行老三，这五女两男一大帮子，经过长期磨嘴皮子斗争，结成了战斗的友谊，整天争争抢抢，吵吵闹闹。高吉祥刚认识她时喊她小三，一直喊到有了女儿高晓莹，"小三"就变成了"晓莹她妈"，四年后高晓莹有了弟弟，这个称呼也没有改变，林场从来就没有人喊过她的本名徐春华。

她爱挑剔，别人说什么，她都顺口先否定，说来说去还是人家的道理。她靠批评来管理家务，她会说："晓莹，怎么不把碗筷捡下来？"这是山里语言，就是把碗从里屋饭桌拿到外屋锅台上。她不会说："把碗筷捡下来。"或者是，"高吉祥，不知道给炉子添柴火吗！添个柴火也能把炉子捅得灰土扬尘的，啥也不是。你要是干点活，不够给别人添麻烦的，跟腚给你收拾。"语气连中性的都算不上，简单粗暴，明目张胆，肆无忌惮，就是指责。

高吉祥，原来这就是高晓莹爸爸的大名。高妈妈老家算得上沿海地带，海鲜种类齐全，绝大多数山里人听都没听说过，更别说尝过，听她说都不贵。用金州亮甲店话讲，稀、烂、贱。刚到林场时，她在家接待左邻右舍或者到别人家串门都提海鲜，飞蟹、扇贝、蚬子、蛏子、海葵、海虹、海蛎子、海胆，一说一大堆。讲寄居蟹从小钻进海螺壳里，只能伸出一个爪子，长到后来，露出来的爪子长得老大，钳子特别有劲儿，人要是被夹到，掰都掰不开，抖都抖不掉，肯定出血。

她讲过海里有一种小贝类，长得像一头尖一头粗的螺丝钉，海边生活的人像北方人嗑瓜子一样，成碗成盘地吸里边的肉吃，所以在她老家，把那种小贝类叫作"海瓜子"。她说虾爬子特别鲜，用擀面杖擀出虾爬肉和汁水拌到饺子馅里，特别鲜香。她说没人吃鲍鱼肉，鲍鱼壳因为是做台灯之类的工艺品原料，反倒比鲍鱼肉受人待见，鲍鱼肉都剁吧剁吧喂鸡鸭鹅了。她说海里的鱼啥样的都有，没有一点土腥味。她说海边码头卖海鲜都拿铁锹去铲。

她讲了多少遍，谁也不记得，爱讲就讲呗，好多人不知道都是些啥，也有个别人家是从山东闯关东过来的，有过海边生活经历，能听懂她的话。都说陆地有什么，海里就有什么，海里有什么，陆地当然就有什么，可高妈妈讲了这么多稀奇古怪的海洋生物，陆地上哪里找得到这么多和它们对应的东西？听起来还真有意思，可听过就听过了，啥也记不住，倒不是不信，没见过哪能有感觉？

高妈妈讲来讲去，发现别人听着听着就没有了头几次的好奇心，她也就不怎么提了，后来干脆就不对这帮没见识的傻老娘们儿讲了。山里人，不在一个档次，知道对牛弹琴没意思，不弹就是了。金州亮甲店又是水果之乡，国光苹果吃多了酸倒牙，哪儿像这里，过年了才能买个三斤五斤的，一人分两个。你说说这鬼地方，吃黑不溜秋的冻梨，还要用凉水缓出冰再吃，梨皮软囊囊的，果肉差不多都化成水了。就说地瓜吧，亮甲店周边哪家不种，秋收时睡觉的炕一半用来烘地瓜。啥不是可劲儿造啊。海鲜见不着吃不到也就算了，连地瓜皮都见不到影儿。

看来，高妈妈也是不如意的，也有一肚子委屈。可好好的话就不好好说，尤其在家里，张嘴就呛人。不管怎么讲，高妈妈可不是木桩子身材，浑身上下一般粗的地道山里妇女，吃海鲜长大的人就是比吃肉菜的人长得苗条，高晓莹的身材是随了她的样子，杨柳细腰的。

接过高晓莹姥姥从涂了肥皂水的手腕上撸下来的岫玉手镯，高妈妈把它戴在了自己的右手腕上，千里迢迢跟着高爸爸到了高爸爸的北方老家，落地生根。

从地理划分上，高妈妈老家在辽东半岛，也属于北方，那里绝大多数人家都是跨越渤海来的"海南丢"，自我感觉是南边来的人，把沈阳以北一律叫作"北边人"。

按林场惯例，没孩子时是老高家的，有了孩子就变成了高妈妈，老家金州亮甲店就成了记忆。想起老爸老妈，她就低头看看手镯，抚摸着它，仿佛拉着妈妈的手，久而久之，碧绿的岫玉手镯被她抚弄得光滑通透，温润细腻。姐妹们书信来往，一来二去，也就没有了先前的嫌隙，老战友之间没了敌意和仇视，只剩下情谊和思念。总说一定尽早到北边来看看，但外甥女高晓莹都读到中学了，也没谁到他们口中的北边来看过。高妈妈也能理解，几千里开外，汽车倒火车，火车倒汽车，遭罪不说，车票钱也少不了，来回一趟还不得二十天一个月的，谁家都是张口等吃的一大群，离不开人伺候，连鸡鸭，带猫狗，带猪羊一大帮。

唉，人这一辈子，总不珍惜在一起的时光。不在一起了，慢慢淡忘了在一起时的争执，明白了那都是完全不值一提的小龃龉。心中更多想起的是在一起时的种种美好，才知道能在一起是多大的福报，多难得的机缘。

# 三　小伙伴

　　高晓莹最好的玩伴是朱丽萍。她和高晓莹站在一起，无论长相、想法还是表达，都有明显差别，有时衣着打扮一样，却是不一样的效果。朱丽萍从小到大梳头就是一根皮筋加两个发卡。黄脸群中算是偏白，缺点血色，只能算是白面掺和了苞米面的发糕。她和高晓莹一样，都是一米六五左右的身高，都喜欢穿胭脂红色带黄灰色格子的上衣，夏天的裙子也经常是同样料子的斜裙，斜裙下的腿纤瘦细长。小姐俩比较聊得来，喜欢玩的游戏也都一样，都是跳格子高手，买擦手用的蛤蜊油和擦脸用的雪花膏都会记着给对方带一份。朱丽萍不想自找苦吃，能像祖辈特别是父母那样平静安宁、衣食无忧就心满意足。外面的世界不管有多精彩，没见过就当没有，终究是不属于自己，而是属于人家的。人要知足，像老辈人讲的，知足常乐。

　　朱丽萍的爸爸是林场卫生所的大夫，能治头疼脑热，也能打个肌肉针啥的，也能对心脑血管、风湿、类风湿、哮喘这些职业病做些防护，也能分发个消炎药、感冒胶囊。会的不算少，颇受尊重。他享受自己的工作，嘴里镶嵌了两颗金牙，一张嘴说病情就在众人眼前金光闪闪，让人觉得他的医术都恍惚间多多少少高明了一些。

老朱家住在龙头林场东南角，就是小河东道南边，和高场长家一条土巷坡下坡上，他家在坡下。这条土巷，夏天淌雨水，溅湿裤腿儿；冬天要不撒上灶灰，结冰的路面踩不踏实，走起来会摔得四脚朝天。

朱妈妈和绝大多数林场妇女一样专职家务，家里的整洁度高于林场百分之九十五以上的人家，那极少数的百分之五，毫无疑问就是高妈妈家了。高家不养猪，这一项就带来很大的不同，院子里少了很多臭味和苍蝇，屋里屋外也清爽了许多。朱妈妈的缝纫活是全林场最好的，孙英俊的老婆曾经不服气，但大家就是愿意找朱妈妈帮忙做衣服，即使等的时间长，排号到十天半个月也不去找孙英俊的老婆。

高晓莹的同学吕冬阳就在小学五年级那年的六一儿童节，穿上了朱妈妈给做的深蓝色的裤子，只是不小心，一大早就坏了心情。他跑去挠力河边，去起头天傍晚布下的暗钩，暗钩是钓鲶鱼的大号鱼钩，拴在二十多米长的线端，挂上荒草甸子下面挖出来的黑色蚯蚓，再在线端坠上铅坠儿，从岸边奋力抛进远离河岸的深水处，手头这一端拴在岸边结实的柳树枝上，一晚上的时间等鱼咬钩。

可这个早晨令吕冬阳十二分沮丧，在昨晚抛甩的时候掉了铅坠，鱼钩在水流中漂浮起来，失去了诱鱼的机会。倒是早起觅食的鸭子中，有一只眼疾嘴快的，一口把挂着黑蚯蚓的鱼钩吞进了扁嘴里，咽不下去又吐不出来，在水面上噗噗狂舞，嘎嘎乱叫。吕冬阳刚把拴在柳树枝上的渔线解开，就被这个先知道春江水暖的家伙一下子挣开，一条斜线划向了对岸，河面上只留下了鸭子逃命的一溜水花。

可怜的鸭子第一时间把证据拖回了家，见到主人胡妈妈后一顿心酸地"嘎嘎嘎"，胡妈妈拿着从鸭嘴里摘下来的带线的鱼钩找来了。你可能奇怪，胡妈妈怎么会知道这是吕冬阳的东西呢？鸭子嘎嘎嘎也只能是求救，也只能是表达冤屈，说不出真相的。这是胡家女儿胡凤娇告诉她妈妈的，昨天傍晚她在院子门口，遇到过带着鱼线去大河边的吕冬阳。

祸不单行，吕冬阳解渔线时，慌乱之中新裤子被柳树上镰刀割过的斜尖树杈剐出了一个六七厘米长的口子，新裤子直接成了破裤子。儿童节的第一项活动是挨揍，老爸吕德臣用细柳条棍照着他的屁股使劲抽了好几下，四五下肯定是有的。每抽一下，都在裤子上留下和疼痛一起慢慢退去的柳条印。吕冬阳瘦高个，屁股上肉不多，被打得很疼。败家孩子，一年到头做回新裤子，说剐坏就剐坏了，缝好了也叫破裤子。

朱妈妈教会了女儿朱丽萍用缝纫机做裤子、裙子、衬衣，还有手工缝被子、补衣服一类的针线活。但朱丽萍坚决不学种菜、侍弄园子。那是比她大五岁的哥哥朱玉栋的事情。朱玉栋本是朱大夫心中的理想接班人，奇怪的是，朱玉栋在医术方面信不过老爸。感冒了，给什么药他都当面假装塞进嘴里，溜到看不见的地方偷偷扔掉，就喜欢吃自认为包治百病的山楂丸。山楂丸可是好东西，可以媲美水果罐头，别人家的孩子是吃不到的，朱家则近水楼台，有这个便利条件。朱家人有朱家人的特点，朱玉栋和朱爸爸都是中等身材，大门牙是朱家专属标志，连朱丽萍都是这样。但奇怪的是，"朱大牙"这一绰号却是五十多岁的朱大夫专有的。

# 四 恰同学少年

　　高晓莹是在林场自己办的小学校读的五年制小学，她和吕冬阳一样，入学时尚不满七周岁。因为下一年度林场生源不足，暂停入学一个年度，出于无奈，就都提前一年入了学。那是二十世纪六十年代刚刚跨向七十年代的时候，每天早上，一帮小屁孩背着军绿色书包，书包带放得长长的，书包随着脚步敲打着屁股，从小河东晃到小河西。

　　上学第一天，吕冬阳的老爸看他蔫哄哄哭唧唧的，躲着闪着不爱去学校，脸拉拉着，就拎着柳条棍儿间或抽打屁股牵着手将他拖过小桥，拖到了学校。吕冬阳害怕老师，怕上课学不好会挨老师打，他早就听说小学校的老师打学生，尤其是长了一副山羊脸、下巴长长的王校长，打得很疼。

　　柳条棍儿不是吕德臣事先准备好的，而是路边随手捡起来的，打屁股那是用足了劲儿的。到学校坐在板凳上，吕冬阳感觉到了一阵阵丝丝拉拉的疼痛，只能忍着，怕老师看见，牙都不能咬。吕德臣可不是重视教育，觉得学知识对孩子有多大用处，只是觉得孩子到了该上学的年龄就上学，该干啥时就干啥，仅此而已。

　　高晓莹上学前几天，小学校长王万岭就到过高家表示了特别关心，他温言细语，满脸堆笑。这相当于提前有了心理辅导，消除了高晓莹对学校这个新环境的陌生和恐惧。高晓莹双手捧腮，眨着漆黑发亮的眼睛，心中满是好奇，满是渴望。所以她第一天上学时心情是愉快的，看天天碧蓝，看树树翠绿，看花花娇艳，一路蹦蹦跳跳，手舞足蹈，跟着妈妈到了学校。做任何事情都是一个道理，好的开端等于成功的一半，高晓莹就是这样，在学校，一分进步会得到三分表扬，多大的差错都会得到包容和鼓励，上课、写作业对她而言都是获取乐趣。兴趣是最好的老师，自然而然，她因学习而快乐，乐此不疲。老师们对高场长家的千金先是偏爱，随着高晓莹用优秀稳定的成绩回报，慢慢地变成了发自内心的喜欢。说来说去，能证明老师课教得好的学生屈指可数，凤毛麟角。

喜欢也好，不喜欢也罢，风里来雨里去，一转眼就是好几年，一年级"小豆包"变成了小学里的"老油条"，个头都蹿高了一头。

高晓莹小学一、二、三年级的同学除了吕冬阳和朱丽萍，其他人都渐次留级了。四年级这一年，同班来了才礼、季海风、娄美玲、孙宝珠、胡凤娇和她哥哥胡学兵。他们都是留级下来的。林场小学校留级成风，不以为荣，也不以为耻，好多家长图的就是老师帮忙看管孩子。

每到期末，高晓莹都会得到"努力学习，团结同学"这样的评语，不像胡学兵和才礼，得到的是"希望家长配合学校加强管理"。与其说高晓莹乐于团结同学，不如说是同学们乐于和她相处。这都是有原因的。

朱丽萍弄丢了新买的菱形橡皮，课间想翻同学书包，被高晓莹笑着制止。高晓莹把大家叫到一起，做了一场"找宝"游戏。先把大家请出教室，让朱丽萍在教室里"藏宝"。等朱丽萍煞有介事宣布藏好了，高晓莹率领大家回到教室，宣布"宝"是一块新的菱形橡皮，要求同桌同学互相查找。不一会儿工夫，吕冬阳就在季海风书桌深处的书包后面找到了"宝"。看着吕冬阳高高举起的橡皮，大家欢呼雀跃。朱丽萍一把抢过橡皮，转身和高晓莹击掌庆贺，那表情绝对是心领神会你知我知。季海风吐吐舌头，心悦诚服地说了一句："真有两下子，本来是想让朱丽萍着急上火，明天再给她，没想到这么快就给找出来了。"如此一来，一场游戏一场梦，一笑而过。这件事要是当失窃处理，伤面子又伤和气，后患无穷。

小学校在小河西道北边，不挂牌子。唯一的房子比一般家里住的房子高一点，也宽一点。两大一小三个教室，老师办公室在中间位置，校长王万岭率领另外两个老师，在这个十五六平方米的房间里备课、批作业，口头批评或者动手教育淘气的学生，三张桌子倚窗相互挤靠着摆放。

❧

男孩子天性贪玩，有一天，吕冬阳和季海风因为头一天在家干完老爸安排的活之后，又偷着溜到大河边和好朋友季海风一起钓鱼，没完成作业，吕冬阳和季海风被王万岭老师罚站后赶了出去。季海风听名字就不陌生，他是朱玉栋的对象季海鹰的弟弟。

王万岭既是老师也是小学校长，他骂吕冬阳和季海风是比较文明的："蔫了吧唧的，主意可真正，看看你们写的那些梅花篆字，还不好好做作业。滚回家去，做完作业再来上学。"梅花篆字是啥样子的？难道写得不好看就是梅花篆字？当时的吕冬阳以为就是这样。后来的后来，他见识得多了，知道梅花篆字是一种什么样的字体了，才明白原来王校长也根本不知啥是梅花篆字，也不知道他是打哪里听说的，乱用一气，信口雌黄。他骂的时候手还用力扯着吕冬阳的高粱米色布条腰带，那其实就是充当腰带的巴掌宽揉成绳状的布条。这条腰带曾经在紧要关头，就是忍无可忍的时刻被打成了死结，一泡尿把他憋得脸成酱紫色，腰都直不起来，到最后还是尿到了裤子里。他躲着人在荒地里转悠了大半天才被风吹干，干是干了，味还是有的。

吕冬阳和季海风出了课堂，出了学校，不敢回家，回家挨揍啊！他俩溜到季海风家东院娄美玲家院子外面的样子垛，离地半米高，平行抽出几块木头样子，只抽出到一半，垫上硬板本夹子，蹲在那里写了一个多小时，老师要的"梅花篆字"写够数了，再收拾装进书包。季海风提议撒泡尿去去晦气，吕冬阳原本没有尿意，想想挤出来一点也好，防患于未然，再加上季海风说了，一滴子，两滴子，谁不滴答烂鼻子。两人齐心协力，喷出两道水线，尿得地上热气腾腾。

这一切竟都被出来抱柴火做午饭的娄妈妈看到了，只是没听到他俩说了什么。娄妈妈和放学回家的娄美玲说了几句话就弄明白了真相，娘俩就都清楚了事情的来龙去脉，觉得实在是好笑。娄美玲后来隔着两家中间的木杖子嘲笑过季海风，又把这件事添油加醋地讲给胡凤娇、高晓莹、朱丽萍和孙宝珠，说他们为了赶快完成作业，尿都憋着顾不上撒。几个人捂着嘴巴偷笑，年龄小，也不觉得难为情。同学们对着吕冬阳和季海风指指点点好几天，搞得他俩做贼似的，心里别别扭扭。两人恨得牙根痒痒，却又说不出什么，人家说的大家都深信不疑嘛。

也因为这件事，吕冬阳得了个"老蔫"的外号，这是才礼给起的。起外号这事儿，才礼和他爸爸老才一个德行，都好这口。

完不成作业的现象，在高晓莹当上学习委员后，就没再出现过。

她盯得太紧了，经常蜜蜂一样这家飞到那家，故意当着家长面督促，还别出心裁，安排了责任人，胡凤娇负责吕冬阳，吕冬阳负责胡学兵，胡学兵负责季海风，季海风负责朱丽萍，朱丽萍负责才礼，才礼负责娄美玲，娄美玲负责胡凤娇。穿成串，接成线，完整的链式管理架构，人人当官，一个管着一个，她是最大的官，所有人都得向她报告。有哪个人耽误了，就会把责任人和高晓莹招到自己家里，家长就会知道，自家孩子耽误别人家了，同学间文斗就可能变成家长对孩子的武斗。为了防止把高晓莹和别的同学招到自己家里，为了得到管理别人的机会，大家比着写作业，抱怨少了，速度快了，整洁度高了。看似简单却收效甚佳的小伎俩，也亏一脸稚气的高晓莹想得出来。

作业都能完成，却不代表都会。这样的监督也给抄作业提供了方便，不会做，又懒得张口问的胡学兵和才礼都喜不自禁，借检查别人之名，大大方方、堂而皇之地抄起了作业。

在这个上学需要哄着去打着去的年代，学生还是对老师心存敬畏的。唯一的例外是才礼，这小子竟然毫无畏惧，是缺心眼儿还是真的勇敢无法判断，这个大个子不可能不长脑子啊，怎么就会是这般的没心没肺？才礼不淘气就手痒痒，他怂恿胡学兵和他一起挥舞柳条棍儿，把狗当战马骑，弄得狗听到他们的动静就逃之夭夭，躲得远远的。听人说骑狗烂裤裆，他就改骑猪，得儿驾，一头摔在猪食槽子旁边，粘一身猪粪之后，就再也不进猪圈了。

为淘气他吃过大亏，他在老师进教室讲课前，把教室的门留了一条窄缝，在教室的门板上方放了粉笔盒，里面放了碎粉笔和土块儿，做着鬼脸威胁同学们，不让大家出声。

说来也巧，高晓莹扭头和坐在侧后书桌的娄美玲说着话，递着作业本，没注意到才礼的摆布。真就没有哪个学生敢报告，可能很多人等着瞧热闹。

正赶上校长王万岭来上课，哪里预料得到，一推门，砸了个正着，是才礼期待的爆炸效果，头上也是，脸上也是，肩膀上也是灰土。王万岭站在那里没动地方，也没有拂去头上和脸上的灰土，他用长脸上方的一双暗灰色眼睛扫视了教室一圈，说一圈，其实就是左右两个不同班级，声音不大，却很威严："谁弄的？"

两个班级一共二十几个同学，三分之一低头，三分之二的同学目光齐齐地转向一个方向，这就是才礼的座位。才礼就这么轻而易举地浮出水面，他没吭声，也没站起来承认，而是低下了头。王万岭冷笑一声，眼睛盯着才礼，嘴里却说："大家先预习一下，我马上回来讲课。"

三分钟后，擦了头发，洗了脸的王万岭回到教室，表情淡然，情绪稳定，先给高年级的同学讲了半节算术课，接着又给低年级讲了半节语文课。下课铃一响，和两个年级的同学共同说了再见后，夹着教案走到教室门口，抬眼看了看教室门，走出了教室。

"没事儿了？"朱丽萍疑惑地说道。

"你看王校长啥也没说。"娄美玲附和了一句。

"才礼太嚣张了，王校长这不是助长他的嚣张气焰嘛。"胡凤娇有点难以置信。

惊奇、怀疑、失望，各种情绪在同学间弥漫开来。才礼脸上的紧张不见了，有点得意扬扬，从兜里掏出个打弹弓和弹溜溜用的黄泥溜溜球，歪着头，在课桌上左手弹过来，右手弹过去。

高晓莹走过去，友好却又严肃诚恳地对才礼说："才礼，你主动去向老师承认错误吧，否则后果很严重，早早晚晚的事儿。"

才礼白了一眼高晓莹，收起黄泥溜溜球，手指敲了敲课桌："狗拿耗子，多管闲事。"

"你最好还是信我听我的，否则真没好果子吃。"高晓莹耐心劝导。

"哼。"才礼把头转向另一侧，懒得理会。

得，好心赚个驴肝肺，还让人家骂成了狗，高晓莹皱起眉头，扭身走开，不再理会这个不知好歹的家伙。才礼如果听劝，对王校长和才礼本人都是好事，一个找回面子，一个免受重罚。可惜才礼不懂这个显而易见的道理，只能听之任之，由着他了。自以为是，自寻烦恼，自讨苦吃，等着自作自受吧。

王校长就是王校长，经过风雨，见过世面，大人小孩都曾听他口口声声说过，几年前在伟大首都北京，他接受过毛泽东的检阅和接见，亲眼见过毛泽东。那是"文化大革命"初期，一腔热血的他参加大串联，紧跟在别人身后，爬车窗上火车，吃、住、行一概免费。他在北京长安大街留下过足迹，虽然没能挤到人潮汹涌的队列前面，内心却是亲眼见到伟大领袖的感觉，这是给了他一辈子自信的大事件。

王万岭参加"大串联"也没空手回来，学会了不少革命词句和歌曲。他把学唱顺溜的歌曲，毫无保留地教会了全校师生。借林场开大会的机会，他还教会了林场的干部和工人。这些歌曲，抛开歌词含义，单说旋律，还是蛮好听的，每每唱起来，都有扬眉吐气、当家作主的豪迈感。

王万岭能当上小学校长，这些都是优于常人的条件，在龙头林场，不是他又能是谁呢？

他今天一反常态，上午放学也没什么举动。下午上课，下课都平静如常，课间在操场上碰到才礼，还点了点头，才礼多多少少悬着的心也就彻底放下了。

下午最后一节课的下课铃响过，学生从各个教室拥出，走在后面的才礼被面带微笑的王校长留住。才礼被请到了教师办公室，在王校长座位旁立正站好，王校长赶走想要偷看门缝的几个学生，回转身挪挪椅子，面对才礼坐下，慢条斯理地问："你看我下巴大不大？"

才礼不知道该回答大还是不大，正犹豫，啪，先来了一记耳光。这记耳光大概只用了六分力道，而且是巧劲儿，声音大，很痛，但不会留下明显巴掌印痕，主要功效是震慑。要是用上十分力，才礼会从王校长面前飞到一米外，像画一样贴在墙上。王校长新账旧账一并算，前几天才礼背地里喊过王校长王大下巴，被王校长的女儿听到了，骂完他，回家告诉了爸爸王校长和妈妈叶老师。

才礼挨打后，才礼爸爸妈妈当晚就知道了，也心疼，但没找王万岭，想都没想。老才只在谁提起来时，说打得好，这个不省心的王八羔子就是欠修理，三天不打，上房揭瓦，王校长是替我这个当爹的修理他。

# 五　老伙计

　　高晓莹靠自我管理，才礼的爹把儿子交给学校管，吕冬阳的老爸可是"半夜鸡叫"里的"周扒皮"，盯儿子盯得紧，坚定一个信念：劳动最光荣。

　　吕德臣是龙头林场的仓库管理员。他管的这个地方不同于林场小卖店，小卖店和场部在同一栋房子里，那里是卖针头线脑、电池、火柴、毛巾、肥皂之类的日杂用品的，而这里是搞分配的，分配的东西包括但不限于米、面、油、盐。林场工人享受的是国家待遇，粮食是供应制。吕德臣揭开桶盖，从容量八十公斤的大油桶往外打油时，油提平稳或倾斜会有差别。多了不说，做顿饭炒个菜的量是有的，他当然不会故意去那么做，但免不了有人会去那么想。

　　吕德臣的岗位和朱大夫差不多，在林场也不是一般人，这说的是政治地位。差不多归差不多，终究还是不一样，分发苞米面时忙活下来，他浑身是抖不掉、扫不净的面粉，脸上、头发上黄乎乎的。人家朱大夫无论给人用药，还是打针注射都干干净净。吕德臣在外人面前都比较和善，瘦脸上要么是诚恳，要么是笑容，轻易不发火，完全不像对自己儿子吕冬阳，火柴遇到火药，一点就着。

　　凭粮证到场部对面仓库领米面油盐，也不是想来就给，要等场部大喇叭喊话才行，场部大喇叭喊话通知领东西时，不会落下任何一家，要反反复复播发十遍八遍。林场四十几户人家，怎么着也不用排长队，分发什么都很快，热闹也就是个把小时的事儿。吕家东院邻居胡茂银领油时，都是在别人走得差不多的时候，他会紧盯着吕德臣操作，生怕少给他打哪怕一滴豆油。

微微驼背的吕德臣是国民党部队起义过来的，当兵前在一个大户人家当长工，勤勉尽责，深得东家信任。他参加过后期的解放战争、朝鲜战争，腿肚子有前低后高的贯穿伤。这个伤疤有故事，有人说是进攻的时候，他不向山坡上冲，而是掉头逃跑，被督战队的枪打的。他当然对这种说法不屑一顾，这也不可能是真的。战斗中，不光有向山坡上的冲锋，也一样有从山上向坡下的攻击。吕冬阳看到过老爸的军功章，做得不算精致，但意义肯定非同寻常，沉甸甸的感觉，和几枚毛泽东像章放在一起，不让人随便动。吕冬阳不懂那是什么等级，反正是英雄标志，绝不是顶着督战队的弹雨得来的，这一点他从来没有怀疑过。老爸对谣言置之不理，他也就跟着保持沉默。

吕德臣喜欢勤快的孩子，早起早睡爱劳动的人。不喜欢点灯熬油看书，拿书本当饭吃的人。在他眼里，只有后来的邻居孙大学和张大学是例外，人家毕竟是北京人。偏偏儿子吕冬阳是个书虫，倔脾气倒是像他，但逮着时间就把书捧起来。你当自己是领导家的孩子啦？吕德臣有这想法时，无疑是想到了高场长家，也不清楚对人家高晓莹是贬还是夸。自己那点文化不足以和儿子辩口舌，只在心里说，都说书中自有黄金屋，书中自有千钟粟，书中自有颜如玉，哪本书里有啊？翻出来给我看看。

一日三餐顿顿喝点酒，生活对吕德臣来说是令人满意的。劣质散装白酒一顿两小杯，不到二两的样子。说是劣质，其实也是真材实料，纯粮食酒，只是小作坊的东西，酿酒提纯的工艺不够过关。原瓶装的六十度北大荒或边疆白酒只能送礼用，自己是舍不得喝的。只有过年姑爷来了，摆摆谱，打开一瓶，也就一瓶而已。散装白酒都是从林场小卖店买的，小卖店有几口大缸，分别装着白酒、醋、酱油，连从县城葡萄酒厂进货的葡萄酒都是散装的。有人来买，就用酒提探进缸里，提上来灌入放在瓶口上的漏斗。"去打一斤酱油"，小孩子经常得到家长这种指令。吕德臣喝晕了，心情高兴就躺在炕头上哼着小曲儿，夏天穿个蓝色棉线布裤头，有时裤裆里的毛毛虫都软塌塌地露在外面。吕妈妈就骂他，灌点猫尿就美上天了，嘚瑟得没个人样。猫尿说的是白酒，要是喝的啤酒，就是灌马尿了。林场老爷们有时吆喝的"灌点猫尿去"就是去喝点儿的意思。吕德臣看到吕冬阳扫院子、种园子、挑水、劈柴就有笑脸，看到吕冬阳捧着书本，就骂骂咧咧。吕妈妈小时候家里成分高，她就是吕爸爸扛活的东家的女儿，读过两年私塾，今天塞个煮鸡蛋，明天给买瓶汽水，默默地支持儿子的学习。因此，吕冬阳看书躲着老爸吕德臣，却从来不用躲着妈妈。

吕德臣没有绰号，是因为耿直，也是因为借了胡茂银的光。胡茂银精明得让人嫉妒。龙头人民公社信用合作社的储蓄员，每隔三两个月就来林场一次，现场办公，收钱开单子。林场没有人去信用合作社营业厅存钱，没那个习惯，手头有了闲余，就当面交给上门服务的储蓄员，领个存钱条子。储蓄员来到龙头林场，第一个必到胡家，总能揽到百八十块钱，这就传出了"胡算盘"的叫法，这是胡茂银的第二个外号了。胡茂银气不打一处来，追根溯源，一个个嘴巴、一个个耳朵连接成线，一路追查下来，就到了电工老才这里，再没有上家了。胡茂银心里有了数，源头非老才莫属。

　　还没等抽出时间去小河西边老才家，他就在林场仓库领苞米面和豆油时碰到了老才。胡茂银拎起仓库的笤帚——这是吕德臣用来扫落在木案子上的米面的，胳膊长短——朝着老才不问青红皂白一通猛抢。老才好汉不吃眼前亏，撒腿就跑，从仓库跑到小桥，过小桥到了小河西，跑着跑着，想想不对，不能把胡茂银引到自己家里，于是顶着笤帚雨，又从小河西跑回小河东。两人像吕家和胡家的狗大黑大黄一般追逐，在小桥头遇到去小卖店打酱油醋的娄妈妈，娄妈妈觉得奇怪，想问都没来得及，两人一阵风刮过似的跑了过去，脚下带起两团尘雾。老才引着胡茂银，场部门前绕了绕，明白自己不是来找领导说理的，绕回了仓库，躲在吕德臣身后。老才觉得胡茂银小题大做，让一向账实明了、办事妥帖的吕德臣说句公道话，没想到平常温和的吕德臣竟然是对儿子一般恶狠狠的，"破嘴该打！"胡茂银和老才一样，气喘吁吁，哪里还有力气再打，用笤帚指着老才，把事情原委又捋了个明白，老才指天发誓，就此放下不再提起。

❧

　　吕冬阳脑袋里装了些书本中的东西，今天装点儿，明天装点儿，慢慢有了点积累，爱在心里琢磨，懒得讲废话，在别人看来他木讷寡言，越来越蔫。家在小河西道北边的大个子才礼看他老实巴交，时不时欺负他。在挠力河岸边钓鱼时，才礼就不止一次折腾过吕冬阳，看见吕冬阳钓鱼咬钩频繁，钓上来的鱼多，才礼蛮横无理地要求换位置。换了位置钓了一会儿，还是他的鱼少，不行，还得再换回来。吕冬阳收拾渔具，去离他远点的地方重新开始，他又影子似的跟过来。动手打不过，只好让着他。君子报仇，十年不晚，吕冬阳总是这样狠狠地想。

# 六　挠力河的恒久陪伴

挠力河水量充沛，冷水鱼种类繁多，川丁子、柳根儿、泥鳅、白鱼、鲫鱼、鲤鱼、鲶鱼，还有生性凶猛的狗鱼都是钓得到的。吕冬阳的好朋友季海风曾经钓到过大个头的，他在一处涨水时就和大河连成一片的大水泡子里，钓上来一条七斤重的大狗鱼，一番折腾后拖上岸，把他累得直喘。那条鱼被他从鱼脊中线一分为二，一半送给了吕冬阳。鱼被切开后，半个乒乓球大小的小心脏还一鼓一鼓地搏动。

大河近岸处时常能看到水中几近透明的小虾，高晓莹和朱丽萍用笊篱捞过，那笊篱用细铁丝编成螺旋状，直径有二十厘米，手握笊篱把探进水中划拉半圈，出水就有二三十只。不一会儿工夫，就捞到小半盆，活蹦乱跳的，煞是喜人。浅水河滩上，能翻出躲在石头下面张牙舞爪的褐色蝲蛄，这和南方水塘里的小龙虾该是同种吧？高晓莹没有朱丽萍那样的胆子，不敢伸手抓，面对着高高仰起的两只钳子，叫得让人听着揪心，看着都分辨不清是蝲蛄抓她还是她抓蝲蛄。

平常日子钓的鱼个头不大，以川丁子、柳根儿、泥鳅、白鱼为多，入秋时节，鲫鱼、鲤鱼、鲶鱼就多了起来，也不知道是从哪里冒出来的。遇到盛夏雨水大的年份，河水暴涨，溢出河岸，大鱼就多了。

挠力河美丽富饶，除了鱼虾，还有蛤蜊，这个土气的名字让高妈妈笑话了好一阵子，不就是贝类嘛。刚听说的头几天，想起来就忍不住笑一阵子，笑到肚子疼，笑到上不来气儿，再后来就是冷嘲热讽。女儿高晓莹甚为不解，纯属少见多怪，至于吗？一辈子就这点事儿开心啊？

蛤蜊小的像高妈妈口中的海蚬子，大的横竖有十厘米长短。无论大小，外形与海里的贝类无异，深居于河湾深水下的淤泥里。大人小孩扎猛子到四五米深的河底，手像耙子四面划拉，一口气憋得差不多了，手里也满了，于是浮出水面，脚像鸭蹼似的踩水保持浮力，挥手将大小河贝抛到岸上，如此反复。阳光下的河岸草地上，小蛤蜊灰褐色带着圆弧条纹，大蛤蜊墨黑壳上泛着宝石绿，偶尔会有一只或大或小的蛤蜊喷出一股水柱。带回家砸碎贝壳，取出贝肉，开水焯后，可以炒韭菜、炒辣椒、炒蒜苗、炒毛葱或者大葱，最多的还是炒韭菜。也有眼光长远、能耐住性子的人家，把贝类砸碎扔到院子里喂鸡鸭鹅，等着吃营养更丰富的蛋。

龙头林场依山傍河，靠山吃山，靠水吃水，取之不尽，用之不竭。仅从地理位置上讲，也算得上风水宝地。

河面上的木刻楞大桥是最好的钓鱼地点。木刻楞大桥横跨林场正北挠力河五六十米宽的河面，宽有四到五米，桥下每隔五米设一处桥墩，桥墩用直径二十厘米的去皮干杨木横竖交错叠摞成井字形，交接处砍出槽状互相咬合。在井字框架中央，填满了从大河下游石滩上抬过来的石头，以增强桥墩的抗冲击力。冲击力来自两个方面，一个是桥墩拦截造成的湍急水流，另一个则是每年开春时节，河道里冰层解冻时，上游下来的冰排汇聚在桥墩前，既是冲击，也是挤压。冰排汇聚多了，为保护大桥，有时还得用炸药震碎冰排。桥面和林场中间南北流向的小河上的桥也是一样的结构。

每个桥墩下方三四米宽的水流回旋处，都有三两个手执鱼竿的人，或老或小。此时节鲶鱼居多，条条半米多长，咬钩凶狠，嗖地一下就会把鱼漂拉得一个猛子扎进水里，鱼线绷得紧紧的。鲶鱼嘴巴大，只一口就吞了鱼钩，立马被鱼钩穿透了嘴巴，挂在钩上。没有弹性的细木鱼竿急速高举，向上拉甩，这是甩向身后的动作。黑褐色的大鲶鱼出水时似乎懂得那是生存的最后机会，拼命翻腾，力道大得惊人。出水面后，就被拉成直挺挺的姿态。等落到桥面上，又开始翻腾跳跃。钓鱼的人手疾眼快，按住后手指掐住鱼鳃，提起来穿到铁丝鱼串上。也有用力过猛的，把从桥下游钓到的鲶鱼横空甩到桥上游河里去了，鲶鱼玩了一把空中飞鱼，留下了豁嘴残疾。

钓鱼是林场老少爷们儿的共同爱好。从前，高晓莹的同班同学孙宝珠的爷爷就爱坐个小板凳，一天到晚守在河边，孙家也因此是龙头林场吃鱼最频繁的人家，但孙家的这项福利到老爷子离世就基本终止了。孙英俊也钓鱼，但和蓄着长胡须的孙爷爷比，差得太多了，喂猫倒是够用。

说孙爷爷爱钓鱼不如说孙爷爷爱在大河边闲坐，这是唯有孙英俊知道的秘密，也是他们爷俩之间的君子协定。那年孙奶奶病逝后不久，孙爷爷也病了，脑后脖颈上生了个疮，溃烂得厉害，还一剜一挑地疼，朱大夫的药膏和胡守银的偏方都用过，就是不收口，不愈合。孙爷爷遭了不少罪，白天晚上哼哼唧唧，也把一家人折腾得够呛。侧躺养病的二十多天里，他心里打定主意了此一生。一天，趁着屋里没人，爬起身，偷偷撸下手指上的金戒指，塞进嘴里，喝口水，一仰脖，长胡须向上一抖，咕噜一声吞了下去。

老爷子也不知是从线装书还是戏剧里学来的招数，可这招数在他身上意外失灵了，三四天时间没见效，恰好脑后脖颈上的疮明显收敛，人也可以满地溜达了，弄得他心里越发慌乱。不想死吧，戒指还留在肚子里，想死吧，戒指无影无踪，不痛不痒，是吞少了吗？多了也没有啊。情急之下他让儿子孙英俊弄点香油，说自己想喝香油想得快要疯了。既然弄不死自己，那就赶紧把金戒指弄出来，省得心慌。喝掉少半瓶香油，老爷子对孙英俊讲，这些天憋闷得慌，要去大河边看看。

快到大河边了，任谁要跟着都不行。把儿子打发走了，到了大河边柳树丛，孙爷爷就蹲在地上，肚子哗哗直响，蹲得虚汗淋漓，好一阵子，终于有了便意。

孙爷爷拾起一根柳树枝，里外翻找，一声天老爷，伸手就抓起了金戒指，把远处偷看着的儿子孙英俊恶心得直呕。

孙爷爷咬牙晃悠到河边石滩上，冲洗了好半天，又把戒指放在手中反复端详，琢磨不明白这个东西怎么会不中用。他告诉深一脚浅一脚跑过来的孙英俊，自己好奇这是不是纯金的，就用牙咬，一不小心掉进了肚子里。他把戒指交给孙英俊说："不用等到死了，现在就给你们算了。"

孙英俊回头把戒指交给了老婆，没提这档子事儿，孙妈妈还在接过戒指后轻轻咬出个牙痕，爱不释手。孙英俊却落下了心病，看到老婆戴着戒指和玉米面蒸饼子、淘米或者是做饭做菜、吃饭时就皱着眉头，脸上的褶子自然就多了起来。

打那天起，孙爷爷就成了大河边的常客，除非下大雨或者有雷电的天气。一为钓鱼，二为思考古人传下来的东西到底还能不能相信。一来二去，还熬成了钓鱼高手。

钓鱼需要耐心，需要安静，这正符合吕冬阳的个性，才礼哪里做得到。才礼是他爸爸老才的翻版，高大粗糙，一打眼就是阔口酒糟鼻子，让人忘了看他那双单眼皮眯缝眼睛，张口说话鼻音浓浓的。才礼名叫才礼，表面看又缺才又少礼，他是林场小学留级纪录的保持者，甚至破了胡茂银家大儿子胡扁头留级三次的纪录。这可能也是一个原因。

　　孩子们当中，比较勤快的就数吕冬阳和孙宝珠，吕冬阳是老爸管理出来的被动行为，而孙宝珠则是以劳动为乐趣的主动表现。孙宝珠完全是受家庭的熏陶，干起活来天生的勤快，用大人们的话来评价，就是有正经精神头。她老爸孙英俊的名字和绰号明显起反了，他砌烟筒，垒炉灶，搭火炕，也扒旧的，但更多的是建新的，怎么就是"大扒"呢？他垒的灶台、搭的火炕烟火走得顺畅，烟筒有抽力。换了别人做的，风向转换，气压变化就有倒排烟的毛病，三天两头屋里烟熏火燎的，弄得炕上、对箱上、衣服上、头发上、脸上、鼻孔里、指甲缝里都是落灰或者脏泥。他的大女儿孙宝珠小脸长得圆鼓鼓的，可不像他，额头沟壑纵横，两个脸蛋子竟然也非同寻常地竖列着几道明显的纹理。这是饱经风霜的印记吗？不至于吧。他的脸可以当搓衣板，从哪个方向下手，朝哪个方向使劲搓，都差不多能把衣服洗干净。

　　孙宝珠的勤快名副其实。早晨起来，她就把夜里放在外屋的尿罐子拎出去倒掉。孙家在小河上游西岸，自然是道南边。房子东头二三十米就是小河，河边有连片生长的长草，还有柳树的遮掩，倒尿刷桶子都方便。尿罐子家家有，好多家还是铁皮桶，但和酸菜缸一样粗陶瓷材料的好像更多。高晓莹家和朱丽萍家的都是铁皮桶，是朱大夫让儿子朱玉栋从龙头人民公社供销社一块儿买回来的。这东西女人蹲着用，屁股不沾桶沿，男人站着往里滋尿，天气热时有的人家嫌味大不用，天冷时就家家户户必备了。娄美玲就常听到孙妈妈晚上熄灯前，喊宝珠把尿罐子拿进屋，从来没听到过孙妈妈喊孙宝珠的妹妹干这活。

孙宝珠白天把剩菜剩饭和从南山坡上割回来的灰菜倒在一起，搅和均匀倒进猪食槽子，一天到晚七八遍不止。按说挺耗费体力的，但她就是瘦不下来，尤其是她那和骄傲没有一点关系的大胸。

傍晚时分，她和妈妈出了家门走过小桥，溜达消化食儿，远处根本分不清谁是女儿谁是妈妈。孙家的小女儿就是当姐姐的宝珠背着抱着长大的，母亲当真只生了她的身，喂了她奶水，其余的事情几乎都交给了无怨无悔的宝珠。也真没有办法，吃粗粮，菜里油水又少，成月看不见荤腥，可她就是不瘦，喝凉水都长肉。她自己好像从来没有在意过胖啊瘦啊的，都是别人瞎为她操心。说来也是，有的人想胖还胖不起来呢。几个女伴一起玩跳格子时，高晓莹是轻盈的噗噗声，细马尾辫子在脑后上下翻飞，目光晶莹，自信满满，活力四射，脚下像是安装了弹簧，轻松自如，随心所欲。而她是砸地的咚咚声，分量十足，粗胳膊乱舞，寻求平衡，粗腿下的双脚时常踩碰格子，起跳时大胸向上飘，落地时使劲向下坠落再反弹回去，让人联想到强大的地心引力，落地不由自主。高晓莹开玩笑说愿意和她平均一下，一个稍微胖点儿，一个稍微瘦些，都是不大容易实现的美好愿望。

孙英俊家是一种典型的传承，是公认的过日子的好人家。孙宝珠的爷爷多少有点文化，识文断字，给宝珠、高晓莹、朱丽萍、娄美玲和胡凤娇讲过"五鼠闹东京"，也给吕冬阳、胡学兵、季海风和才礼讲过"七侠五义"。他在世的时候，希望儿子好过自己，怎奈有心无力，儿子对他的线装书不屑一顾，倒是对祖辈传下来的小铜佛青睐有加，年节时学着他的样子悄悄摆出来供上。孙爷爷也就只能把家打理成这个样子。孙英俊领着一家四口，过得勉强算是孙宝珠爷爷期望的光景，安于现状，新一辈复制老一辈，日出而作，日落而息，无怨无悔。毫无疑问，孙宝珠和她妹妹会再次复制孙英俊和孙妈妈的生活。想过去，看未来，原来都是眼前，就像从远处来，到远处去，忽而缓缓流淌忽而奔腾迸溅的挠力河，物是人非而已。

众人眼中，过日子就该向老孙家看齐，而读书就是和钓鱼一样的闲事儿，没文化不丢人，这在林场是一种共识。林场四十多户二百多口人，谁有多少文化、谁家不吃不喝不喘气了？识个数认个字就行了。采伐林木用文化？刨穴植树用文化？割林带用文化？没文化不能烧火做饭？不能喂猪养鸡？不能种菜侍弄园子？不能生儿育女？不能做衣服？看谁光屁股了？啥是文化？看不见摸不着，有没有不都一个熊样，既然不需要，费劲巴拉学它干啥？有用的东西有多少是老师教的？是从学校学出来的？没文化山路十八弯就能走丢了？别说，事实证明还真能。

林场的日子平淡，日复一日，粗茶淡饭，平日里的主食就是苞米面饼子，煮大大糙粥，每周换一顿发糕吃，是期盼中的改善。每月吃一次白面馒头，那可真是能记忆一个月的细粮，又好看又可口。油水不多的炒青菜，盐焗黄豆粒，营养还是差了点，可没人挑剔。林场的日子平庸，年复一年。春季植树造林，夏季割林带，除掉林带里的灌木和长草，秋季在这些被清空的林带里刨穴，以备来年春季植树，冬季就进山采伐，对外输出成品材。没有人想到还能干什么，要有什么改变，也不知道能有什么改变。为什么要变呢？就这样不好吗？一切就该是这个样子嘛。平淡就是心安，平庸就是幸福。难道还要追求别的想不到做不来的？晚辈循着长辈的轨迹去成长，去变老，再带孩子循着自己的轨迹长大，代代相传就是了，这是正经人做的正经事。

就说上学考试这件事吧，学校让考就考，不考是不对的，但考完就拉倒，及格不及格别当个事儿，更不要有什么痴心妄想，如果自己家的孩子敢想入非非，做学而优则仕一步登天的黄粱美梦，非揍他个小瘪犊子，把他从梦中打醒。

# 七　冬天里的一把火

用事后高晓莹的话讲，蔫人干大事儿。小学五年级的那个春节，吕冬阳干了件轰轰烈烈的大事。

大年三十晚上八点多，家家户户团圆饭时间，再过一会儿鞭炮声会密集起来。吕德臣家桌子上摆了八个菜，有杀猪留下来的肘子，炖得烂烂乎乎，筷子夹上去，颤颤巍巍，又香又腻。中间大盘子里是一条红烧鲤鱼，鲤鱼是昨天就从房头仓房拿出来缓冻的，足有二斤七八两。还有腊月二十三小年那天油炸出来的菱形面果子，又脆又甜的干果。家常拌凉菜是北方家庭节日必备，白菜丝、干豆腐丝、煮好了的粉丝、木耳丝，配上急火炒出的肉帽，加入白糖、醋、盐、味精、辣椒油，酸甜适口，开胃解腻，只可惜大冬天里吃不到新鲜黄瓜，否则就更多了一种清香味道。还有猪皮冻、猪头焖子、渍菜粉和肉炒黄豆芽，黄豆芽是把盆子放在自家热炕上发出来的。八个菜都是全家人爱吃的。

除此之外，还准备了饺子皮和酸菜肉馅，肉馅里酸菜放得少，瘦肉也放得没有肥肉多，煮熟咬开后就是圆鼓鼓的肉蛋儿，等饺子出锅后趁热吃，香得不得了。吕妈妈还准备了十枚五分硬币，事先刷洗干净，散放进饺子馅，要包到饺子里，看谁运气好，能吃到或者吃到的多，无外乎是为了大家开心。一般是到了晚上十点，吕妈妈和大女儿吕秀菊、二女儿吕秀兰就会开始包饺子，煮饺子。山里话说得好，饺子就酒，越吃越有。

　　吕家大女儿两口子都在县城农业机械厂上班，女儿在车间当工人，女婿曾经读过中专，在厂里当技术员。吕家到林场前，曾在县城住过，这是原来的老邻居牵线搭桥促成的，龙头林场还没有第二个女子嫁到县城，这让老吕家很有面子。大女儿一家三口平时忙上班，忙孩子上学，加上交通不便，很少有时间回林场，阴历腊月二十九才放假赶回来。二女儿嫁到了五十里外的梨树林场，小年一过，吕秀兰就和丈夫带着孩子回到娘家，除了去老同学季海鹰家串串门，到东头老臧家看看回父母家过年的同学臧家三女儿，再不到别人家走动。

　　两个姐姐回来过年，吕冬阳满心欢喜。大姐夫给他买了一挂二百响电光鞭，二姐夫送他一束钻天猴。两个姐夫拉锯，挥斧头，帮忙锯出两垛木柈子。二姐还亮出从前在家时的手艺，只用少许面粉，专门为他做出鲜美可口的葱花土豆丝饼。吕冬阳对此念念不忘，平时盼姐姐回来，很大程度上是他惦记着吃土豆丝饼。

　　吕德臣和两个女婿捏着小酒杯对饮，酒不错，是这年头当属最好的纯粮食白酒——六十度瓶装北大荒，这是大女婿孝敬老丈人的。吕妈妈哄着小外孙吃喝，小东西手脚乱动，一刻闲不住，闹腾得多，吃喝得少。

　　南北墙窗户边各贴着一张年画，应该是天津杨柳青风格，南面一张是红肚兜大胖小子怀抱硕大鲤鱼的连年有余；另一张是粉色大朵牡丹环绕着一个红衣服、蓝裤子、蓝围脖、黑鞋子小女孩，小女孩手执莲花灯的年年乐。两张画都是画面简洁明快，颜色艳丽，喜庆吉祥，满眼浓郁的节日气氛。北炕和外屋之间隔墙上的伟大领袖画像依然如新，也就没换。北炕炕梢墙上面贴的是彩色连环画，内容是《水浒传》中的"三打祝家庄"，几乎都是舞刀弄枪的画面，这是吕冬阳特意叮嘱老爸买的。

年画是腊月二十三小年之前，吕德臣从龙头国营农场军马场供销社买回来的。那时候，供销社一端拉上了好几道铁丝，年画都带着编号挂在上面，标注着价格。年画前挤满了人，一个个伸着脖子，仰着脸，指指点点。年画有山水画，有英雄形象，有历史人物，有文学名著当中的内容，有神话传说，还有民俗风情。吕德臣选的年画都是民俗类的，表现的是对幸福生活的向往和憧憬，山里人家都喜好这些。他是在今天早上领着小外孙子刷糨糊贴上去的。

热烘烘的炕，热气腾腾的桌面，三个喝酒的人把身上的棉袄脱了，连着又喝了两小杯。吕冬阳趁老爸心情好，伸手要了一支香烟。吕德臣平时是和孙英俊一样抽旱烟的，家里炕上放着长方形的木质烟盒子，兜里装着眼镜袋一样的小烟口袋，想抽了就随手卷一支。这不过年了嘛，提提档次，抽上了锦叶牌盒装卷烟。

吕冬阳划火柴点燃了香烟，从北炕梢炕席下面翻出一把小鞭，小鞭原来是两挂二百响的，被他拆散了。又拿出两支"钻天猴"，这东西挺好玩的，点燃引线，就吱吱嘛叫着冲向天空，有的还在空中炸响。吕冬阳手里的是不带炸响的，听着声，看着飞升的焰火也不错。

吕冬阳戴上军绿色羊剪绒棉帽，又给两个外甥扣上棉线帽头，拉着他们跑到院子里。院子里堆了两个半米高的雪堆，上面各放了一个晶莹剔透的圆柱形冰灯，冰灯是昨天做好的。用家里担水的水桶装满水，放到屋外院子里冻出来的。冻之前先卸掉了水桶的铁丝梁，待贴着水桶桶壁结成了两厘米左右的冰，就把桶子端到屋里稍微融化一下，桶口朝下倒出来，冰灯筒就冻好了。再用薄木片十字交叉钉好，就有了安放蜡烛的底座，底座上的钉子尖头正好固定蜡烛，冰灯上倒贴着红纸福字，发出艳红色彩的光芒，由于冰灯的折射，这光芒尤其晶莹，能看到一丝丝、一束束的红中透着金色的光线。

吕冬阳先把香烟吸出红火，接二连三点燃了十多个小鞭，点着了就抛出去，有的在空中炸，有的落到地上才响，空中和雪地里看到爆炸闪现的火光，夜空中听到一声声悦耳的脆响，冰灯光影中可见缕缕硝烟，还有特别好闻的硫黄味道，噼噼啪啪，与远处传来的爆竹声遥相呼应，真让他心里透亮，神清气爽。两个外甥一直跳着喊着拍着巴掌，他们走出院子，把钻天猴的竹棍插在大门外柴堆旁边的雪堆上，吕冬阳猛吸一口香烟，用烟头红火点燃引线，迅速倒退几步，和外甥们躲到一旁，吱吱吱吱，钻天猴的哨音传出去好远好远，这正是他们要的效果，让别人也能听到，独乐乐不如众乐乐，也不记得在哪本书里看到过这句话。

第二个钻天猴插在了雪堆偏松软的地方，点燃后，没朝天上飞，却意外地歪向一侧，一头扎进柴火堆里，吕冬阳心里直骂浪费。过了一小会儿，看看没了焰火闪亮，听听没了火药燃烧的声音，把烟头丢到雪地上，踩上去，捻灭。招呼一声大外甥，拉起小外甥扭头返回院子里，进屋后三个人赶紧把手放在炕头，焐到热乎，又忙着吃肉、吃菜了。

一瓶北大荒白酒只剩下瓶底了，吕德臣和女婿都变成了红脸，有了微微的醉意，二女婿提议把杯子里剩下的一口酒干了，再把瓶子里剩下的都倒进杯子，好东西嘛。吕爸爸好心情，大过年的，多喝一口就多喝一口，女婿的面子也要给，他让正在嚼着一大口带皮肘子肉的吕冬阳帮着倒酒。吕冬阳边吃边站起来，对着灯泡晃了晃酒瓶，平均分倒给老爸和两个姐夫的杯子。就在这时，吕妈妈摆手示意安静，大家听到了外面杂乱的喊叫声：老吕家着火啦！快救火！

吕家男人慌忙套上棉衣，穿上鞋子，鞋带都没顾得上系，就都冲了出去。吕秀菊让儿子陪着姥姥留在屋里，吕秀兰把孩子也推给姥姥，随后冲了出去。

着火的是大门外的柴火垛，已经是火光冲天，噼啪作响。人从各个方向拥向老吕家大门外，按着高场长气出丹田大嗓门的吆喝，大家迅速从家里拿来了水桶，小河东水井井台聚满了人，辘轳转个不停，也不管谁家的水桶了，大家自觉排成长队，传递水桶，装满水的水桶传到火场，洒得只剩下多半桶，几十只水桶提水、浇水有些慢，不够用啊。

东院邻居胡家父子端着装满水的盆子从自家院子冲过来，把水泼洒在腾腾燃烧的火苗上。住同一趟房子的几户人家水缸里的存水都用上了，这主要是妇女们端盆子泼洒的，吕冬阳的几个女同学都在队伍里，全然不顾过年穿上的新衣服。力气小，加上躲避熊熊火焰的炙烤，虽说使出了吃奶的力气，她们几个都把水泼在了柴火垛边缘。

火势控制住也是在半小时后，一大堆柴火快要烧成木炭的最后时刻。奔忙的人群停下来不到三分钟，娄文明湿淋淋的棉衣结了冰层，棉衣变成了"铠甲"，孙英俊满身的热汗此刻变得冰凉，头发上都是白霜，朱玉栋崴了脚，看看没什么事儿了，跟着朱大夫和妹妹朱丽萍一瘸一拐回家了。水井到老吕家的白雪路面成了光亮的镜子，洒漏的水瞬间结成了冰。

没见到老才的影子，但传递水桶的行列里看到了他老婆。高场长军大衣袖子上的水渍冻硬了，像木板似的看着硬挺。他和季副场长碰了碰头，说不可能是故意纵火，十有八九是小孩子放鞭炮惹的祸，叮嘱吕德臣再检查检查，防止死灰复燃。女儿高晓莹搂着他的胳膊，刚才端着装水的盆子跑了几个来回，小胳膊腿酸酸的，月光下脸上尽显疲惫，她和爸爸也说不上谁搀扶谁了。高场长临走还调侃了一句："火烧旺运，你家会走好运的。"

喧闹声停止了，人们在挑拣自家的水桶，没人抱怨桶上磕碰出来的坑坑瘪瘪。

"回家接着喝酒去，过年好！过年好！"又是一阵喧闹。

才礼和胡学兵刚才和大人们一起拎水端水，没觉得累，现在突然觉得胳膊腿发软，有点摇晃。胡茂银带着胡学兵和胡凤娇，安慰了吕德臣几句后，拐进自家大门，回家继续喝酒。

"我想喝酒，我爸不让，一瓶边疆牌白酒，被他被窝里放屁独吞了，睡得像木头一样。"才礼临走说的话，如果不仅仅是对老爸的抱怨，该怎么看他呢？王万岭回家前手摸着大下巴，看着才礼若有所思。

到底是谁最先发现火情的，已经无从知晓，实际是突然之间呐喊声四起的，火光就是号令，奋力扑救都是无条件的。吕德臣一家损失了一垛柴火，却收到了无限的温暖。饺子还是要吃的，女婿边吃边感叹老丈人在林场的人缘好，吕德臣说，这种时候是不分谁家的。说完也夹起饺子，放到嘴里，脸上没有太多的遗憾。

吕秀兰的小儿子为了找包在饺子里的硬币，咬开了三四个饺子，看看没硬币，就放在一旁妈妈的盘子里。吕妈妈笑着告诉他，饺子咬开后，要一个一个吃完，姥姥找到硬币也算是他的。吕秀兰照着儿子屁股拍了一巴掌，嘴里嚷嚷，规矩点儿，让妈妈吃几个囫囵个饺子吧。

　　小家伙自顾自地继续忙乎，面前皮呀馅呀搞得哩哩啦啦。吕德臣怜爱地看着，说他是小财迷。

　　吕冬阳烧了冬天里的一把火，心里清楚这到底是怎么回事儿。这一回，正月初四上山拉柴火可没什么可抱怨的了。

# 八　两任场长的接力

　　高晓莹一家不是龙头林场原住民。入学前，她家在离这里七八十里外的另一个林场，高吉祥从那里的副场长变成了这里的场长，高吉祥的父母，也就是高晓莹的爷爷奶奶还都留在那里。林场到林场，不属于外来人，所以也算是坐地户。时间不长，大家就认可了这个爱背着手走路，说话大嗓门的新头头。高场长的名字从到来那一天就没人叫过，问谁都叫不上来，他完全不需要名字，有个姓就足够了，高吉祥是高妈妈的高吉祥，高场长是大家的高场长，在家不声不响，出门高门大嗓。他是龙头林场唯一一个短头发，还要每天梳头的老爷们儿。朱大夫头发也拾掇得整齐，但属于大背头。这两个人相同之处，也是与众不同之处是不抽烟。

　　高场长来龙头林场之前，这里有一位同样是转业军人的曾场长。曾场长在抓革命、促生产、促工作、促战备的岁月里，不知道出了什么问题，不声不响地被调走。调到哪里，干什么去了，好像谁都不清楚。没在县林业局，另外七个林场的领导班子也都没有他，他成了龙头林场的过客，也成了老少爷们儿心中的疑团。连闲不住嘴的老婆子们都不知道该说他些什么，提到他心里就酸酸的。平时看惯了他从小河东走到小河西，又从小河西走到小河东的身影，听惯了他咚咚的脚步声和热情的招呼声，怎么就走得无声无息？他在龙头林场的时候，林场已经在拉高压电线，家家户户连电线，就等着电灯取代煤油灯和蜡烛。高场长来了不到二年，通电了。

到了晚上，一排排窗子透出的依旧是昏黄的灯光，大家都舍不得多花电费，白炽灯大多是十五瓦、二十五瓦的，和煤油灯、蜡烛比起来已经算得上光芒四射了。四十瓦的灯泡只是在春节期间用个三到五天，这还是山里人出于迷信的缘故，大年三十和正月十五是通宵亮着灯的，灯光要照亮屋子的角角落落，这能让一年的光景都亮亮堂堂，趋吉避凶，让乌七八糟的东西都离得远远的。也有人家点一百瓦灯泡的时候，那是谁家办红白喜事或逢年前杀年猪，在房前院子里专门支架子拉电线点的灯。一百瓦的灯泡就是亮，散射的光线里都有钱的影子，晃到人眼花，看一眼灯泡，再抬头连天上的星星都看不到了。实际上还是心理因素，终究是舍不得电费，烧钱的感觉闹腾人。

家住小河西道北边的老才，因为林场通电，穿上了公家发的土黄色帆布工装，挎上了卡其色电工工具包。老才有此美差，得感谢家住小河东道北边的老臧头。

通电第一天，老臧头对电有满脑袋疑问，这东西无影无踪，无声无息，怎么就能亮灯？怎么就能转动机器？着实忍不住好奇心，拧下灯泡，伸手去抠灯头里的卡簧片，刚刚碰到，立马触电，目光呆滞，脸色青紫，头发直立，浑身发抖，猝然倒地，倒地后蹬了蹬腿，之后一动不动，僵尸一般。好半天过去了，家里人呆傻了半天，才听他哼唧一声，"电咬人"，原本瘦削的脸颊竟然也看到了抖动的肌肉，好半天才吐出一口气来。问他咋不马上把手指从灯座里拿出来，他说粘住了。问他啥感觉，他说心突突，脑袋空空。问他难受不，他说如同被死死地掐住了脖子，根本透不过气。

老臧这一来，大家都怕了咬人的电老虎，高场长和季副场长闻听此事，当即决定，安排个专职电工，确保安全用电，这玩意儿风险大，莽撞的人干不了，思来想去，两人认定第一人选就是老臧头，这个老中农成分略高，但人老实。被电咬过，不用叮嘱，他也会格外小心。本以为是对老臧头的照顾，却不料他一句感谢的话没说，反把头摇得拨浪鼓似的。于是就有了赶鸭子上架，干中学，学中干的电工老才。老才得济了，老臧心里留下了阴影，一改常态，不玩不闹，窝在家里，仿佛销声匿迹。

老才原本应该打扮得像个八路军，但松松垮垮加上驼背的长相，让他看上去更像是电影里的坏蛋，电影里不是都有反面角色嘛，战争年代有汉奸、特务、叛徒，和平年代也有反动势力和破坏分子。千万不要忘记阶级和阶级斗争，不用提醒，大家也忘不了电工老才。他长得反动了点儿，但家家户户用得着，招之即来，热心得很。老才没啥文化基础，无法从书本中获得电工知识。书倒是翻过一回，讲的原理和画的线路图都看不懂。没别的办法，只能靠打听，靠模仿，学来学去，实际也就会牵个电线、接个灯头、上个保险丝啥的，连串联和并联还偶尔犯糊涂，要是搞稍微大一点的强电类工程布局，不用说，肯定掰不开镊子。

电工老才是个重要角色，这和所处时代的社会经济、技术水平有关系。林场通电后，断电是家常便饭，停个半天一宿，十分八分都不算个事儿。不是有一句民谣嘛，"那里的火柴一根棍儿，这里的电厂亮一会儿"。"那里"说的是邻县的一个火柴厂，本该是圆鼓鼓的火柴头，实际却只在火柴头上粘了薄薄的一层磷，要么划不着，要么只是闪烁下火花，点一次灶火要废掉好几根。这种火柴要是到了童话里卖火柴的小姑娘手里，就没有冷和饿的问题了，直接就把人愁死了。"这里"说的是本县县城的火力发电厂，谁知道是机器老旧，还是烧的煤热卡低，还是管理不善，反正说不上什么时候就断电。山里人通情达理，说老虎也有打盹的时候，可电厂打盹也太频繁，太随心所欲了。也因此三天两头就有灯泡钨丝烧断的。这种灯泡也舍不得轻易丢掉，举到眼前，对着光线晃荡几下，能连上就接着用，连不上就只好换新的。每家每户保险盒里的保险丝也因频繁断电，经常烧坏，不找电工老才不行。

高压线拉到龙头林场，用了两年多时间。翻山越岭，逶迤拖曳几十里的线路要提前腾出二十米宽的通道，伐树、砍掉榛子树、苕条等灌木丛。立起电线杆，拉上电线，还用了好多机械。外观像履带式拖拉机的"爬山虎"，是胡扁头、才礼、吕冬阳和季海风几个小屁孩最喜闻乐见的，爬四十五度的斜坡完全是小菜一碟，能拖拉水泥电线杆，还能用前端伸展式起吊装置竖起电线杆。这两年里，林场小卖店多卖了不少烟酒食品，等工程完工，嘈杂的机器轰鸣消失，林场又归于平静。

民兵训练是打破平静、改变林场日常秩序的一项活动，按照县林业局和县人民武装部要求，备战备荒，时刻提高警惕，准备打仗，工人既是生产者，也是基干民兵。民兵分为两组，高场长和季副场长轮流各带一组。一组跟着季副场长训练队列、瞄准、射击、拼刺刀、投弹、爆破，另一组就跟着高场长，去林场西南一里地远的山里挖防空洞。

　　服装无法统一，林场能给大家配发的也就是额头上方带舌头、能遮挡阳光的草绿色军帽了。衣服上扎的腰带，大多是用布条替换出来、原本系裤子的裤带。大家参加军事训练的热情高，劲头足，尤其开头几天，自我感觉像在电影中看到的英雄，新奇得很，一招一式，练得格外用心。

　　早上七点，就能听到民兵在场部前广场集合后，向同是林场西南方向的训练场地行进时，齐声唱出的"打靶歌"：走向打靶场，高唱打靶歌。豪情壮志震山河，子弹是战士的铁拳头，钢枪是战士的粗胳膊。阶级仇，压枪膛，民族恨，喷怒火，瞄得准来打得狠哪，一枪消灭一个侵略者！消灭侵略者！

　　从小河东到小河西，整个林场为之振奋。等到下午全天训练结束，再听到嘹亮的"打靶归来"，由西向东跨过小桥：日落西山红霞飞，战士打靶把营归。风展红旗映彩霞，愉快的歌声满天飞。歌声飞到北京去，毛主席听了心欢喜。夸咱们歌儿唱得好，夸咱们枪法数第一。

　　从季副场长喊出齐步走开始，一直唱到他喊出立定，自觉循环，民兵都感觉又提神又解乏。

　　手榴弹投掷训练最初用的是木刻手榴弹，假到百分之百，让人无法当真，民兵们拿它砸肩膀敲脑壳开玩笑。基本要领掌握之后，换成了纸卷手榴弹，里面装填了炸药，有了百分之五十的真实感，大家拿它当了大炮仗，也没太当回事儿，投掷后漫不经心地卧倒在地。等最后换成了木柄铁头的真手榴弹，大家立刻变得小心翼翼，轻手轻脚，说当爷爷一样敬重都不过分，拧开盖抠掉引线奋力投出去，忙不迭地匍匐在地，这可是要命的家伙。

　　打靶是不让小孩子靠近的，但好奇心驱使，一有空，才礼他们就头上戴着树枝编成的帽子，埋伏在后方灌木丛中，伺机而动。等民兵解散，到场子食堂开会，去表决心，去喊口号，去做总结，或者回家吃饭，一拥而上，冲到打靶场捡子弹壳。子弹壳能做成哨子吹，还能做成把火柴头打得噼啪响的手枪枪筒。才礼和胡扁头有一次冲早了，人家刚打完，队伍刚集合要回林场，遭到一顿呵斥，屁股被踢了好几脚。

防空洞是靠钢钎、铁锤和土筐挖出来的，洞口在山南的松林里，北山坡留了一个应急出口，洞子挖进山体一百五十多米，洞宽和洞高都有接近两米，唯一窄小的地方就是北侧的应急出口，要在洞里登上三级石阶，再把手和胳膊搭在直径七八十厘米的洞边，胳膊腿和手脚同时发力才能向上钻出去，应急出口的主要功能是通风透气。防空洞是山体中掏出的石洞，坚固耐用，防范空袭或常规炸弹轰炸是没有问题的，就是较小当量的原子弹，也能避开冲击波，躲过第一轮伤害。这里后来成了男孩子们经常光顾的探险之地。

高晓莹和几个女同学也曾跟随男生到民兵训练场和防空洞看过，毕竟算得上是林场的大事儿。知道是怎么回事儿了，也就不再好奇。

民兵训练，有自动步枪，还有抗美援朝时用过的转盘式轻机枪，《英雄儿女》那部电影里就有，守卫上甘岭用过，志愿军战士端着它向漫山遍野疯狂进攻的敌人扫射，轻机枪喷吐着火舌，撂倒一片又一片的美国鬼子，有白脸的也有黑脸的，打得敌人鬼哭狼嚎，看着老过瘾了。

民兵训练最大规模的实弹射击，安排在林场西南面的一片山洼地。射击前的准备工作刚做完，提示了射击要领，验完了枪上的标尺，第一组六名民兵已经趴在了射击位置上，左手托举枪身，枪托倚着右肩，眯缝起左眼，右手扣住了扳机，只等一声令下。就在这个时候，神奇的一幕出现了，不知道从哪里跑出来一群野狍子，慢跑在射击区间，在灌木和草丛当中时隐时现。

难得的活靶子来了，现成的演示道具，机会稍纵即逝，副场长老季跑步拎起轻机枪，端平瞄准，喊出一声"给我打"，就带着六名民兵，扣动扳机，哒哒哒，砰砰砰，哒哒哒，砰砰砰，满满一转盘子弹，加上六发步枪子弹，只一眨眼工夫，倾泻一空，众人都看得傻了眼，趴在地上的六个民兵有瞄向狍子的，也有瞄向靶子的，打完一枪也都急慌慌爬起来，和其他人一起，不约而同地踮起脚，伸长了脖子向前方瞭望。

季副场长真不愧是久经沙场的老兵，一刹那间展示出了威武的英雄形象。二十多只狍子，被枪声惊动，突然跃起，加速奔逃，冒着季副场长组织的弹雨，突击向前，向前，就是向前，表现得勇敢顽强，没有一只掉队，没有一只倒下，一眨眼工夫，消失得无影无踪。

灌木不晃，草不摆动，一阵难堪的寂静，季副场长臊得乌黑麻漆的脸都快要渗出血了。受到季副场长影响，随后打靶效果挺一般的，低环的和脱靶的比比皆是，也没人觉得难为情。

"老季这老伙计真够虎的，一口气搂出去一转盘子弹，狍子毛也没打着，这是他的枪法吗？"

"一转盘子弹得多少钱啊？谁能像他这么败家，高场长不管呀？"

高场长还真的不管。军事训练说好了由季副场长全权负责，人家老季也起早贪黑，手把手教导民兵，这些人还真让老季调教得不错，列队整齐，口号响亮，拼刺刀也有了章法，手榴弹也不会投在能把自己炸伤的距离内，拿起枪也去掉了吊儿郎当的匪气。

要是打起仗来，拉出去还真是比较像样的队伍，战斗力不算太强，但比当年的土匪肯定强老鼻子了。老季霍霍点子弹不算事儿，他自己向县人武部去要就可以。再说了，作为林场副场长，老季就管狩猎队，别的事情问了说话，不问就不掺和，根本就不让高场长烦心。不就是一转盘子弹嘛，两转盘又有什么，响当当的战斗英雄，谁在战场上计较打了多少子弹，打得越多越好。高场长也为自己的大度沾沾自喜。

晚上在饭桌旁，季副场长夹了一筷头炒土豆片，忘了往嘴里放，嘟囔了一句："妈了巴子，不能啊。"

坐在对面的季妈妈疑惑不解："说啥呢？"

"邪了门儿了，真打仗撂倒他五六个是手拿把掐的。"

季副场长自顾自地接着咕哝一句。

"你爸发神经了。"季妈妈说这话时眼睛看着季海鹰，季海风和二儿子季海波是知道原委的，哧哧偷笑。

第二天在学校操场上，胡学兵和才礼把季海风夹在中间，两人不约而同地左手在前做端枪托状，右手夹着枪柄的样子，一起做出端着转盘机枪扫射的姿态，脸上怪笑着，嘴里哒哒哒，哒哒哒吼叫，放下两只手像是放下了机枪，嘴里大声咕哝："妈了巴子，狍子呢？"季海风恼羞成怒，一把抓住了才礼，吕冬阳顺势抓住了离他最近的胡学兵，正要拳脚相加的当口，一旁玩跳格子的几个女生跑了过来。胡凤娇抱住了哥哥胡学兵，胡学兵急得大声喊道："是老蔫要打我。"

"我不管，反正不许打架。"胡凤娇甩甩辫子，摇摇头，坚决不松手。

孙宝珠和娄美玲扯开季海风和才礼纠缠着的手，朱丽萍也凑上前，和胡凤娇一起，隔开了气咻咻的吕冬阳和故作无辜表情的胡学兵。高晓莹一甩脑后的马尾巴发束，杏眼圆瞪，身材娇俏却气势夺人，看了一眼胡学兵，又直视着才礼，"季叔叔是长辈，老英雄，又是场领导，我们得尊重，这是起码的礼貌。再说了，他用的是什么年代的破枪，真打仗都不会再有人用，你俩啥也不想就胡说八道，太不应该了吧？同学之间，不能说动手就动手吧？丢人现眼，自己还意识不到。"这话连吕冬阳和季海风一块说了，她的话真像转盘机枪打出的一连串子弹，压制住了四个男生的气焰。

吕冬阳拉了一把季海风胳膊，两人率先离开操场。胡学兵瞪了胡凤娇一眼，生气妹妹不帮自己，却怕吕冬阳吃亏。才礼嘴里小声嘀咕："小丫头片子，哪都能显摆着你，盐吃多了，操闲（咸）心。"悻悻地回到教室。

意想不到的事情发生了，随后两天，精彩纷呈，接连听到龙头人民公社那边有人到挠力河南岸，捡到了倒在草丛或灌木丛里的狍子，个个带着枪伤，血迹斑斑的，说起来有七八只。死狍子纷纷被发现，为季副场长正了名，训练场上，季副场长的"妈了巴子"又多了起来。

# 九　胡木匠的追求

　　对了，高晓莹家的灯泡是四十瓦的，吕冬阳去她家的时候感觉到了亮度。高晓莹爱看书，习惯用看书需要安静当理由，来管控爸爸妈妈的无厘头争吵，虽然不能完全控制爸爸的急脾气和妈妈的尖酸刻薄。弟弟高晓松和一帮小朋友打得火热，家就像他的旅馆饭店，困了回来睡觉，饿了回来吃饭，不挑不拣，根本不管家里的事情，不像姐姐那样看书比玩的时间还多，既累眼睛又累心，他才不那么傻呢。

　　也不是有什么远大理想，高晓莹也不知道将来的自己会是什么样子，封闭的山沟限制了她的想象，她就是喜欢看书而已。这一点她和吕冬阳一样，觉得书能让人知道好多东西，不看书是不会知道的。在书中能遇到好多不平凡的人，好多稀奇古怪的事，好多美好的情感，好多优美的风景，好多意想不到的惊喜。能尝到别人尝不到的甜头，欲罢不能。

　　山里的孩子，对付完作业就干活，干完活还要玩呢。总学习的话，家长们肯定不会喜欢。说实话，在家长眼里，捧着书就是躲避干活，说不喜欢都轻了，说讨厌、硌硬一点都不过分，就是这样的。

吕冬阳从朱丽萍哥哥朱玉栋那里借来的小说《龙泉谷》，就被吕德臣抢过去，在吕冬阳的哀求声中，塞进了饭锅下的灶坑里，书在红火炭蓝火苗中化为飞舞的灰烬，想赔人家都没处去买。吕冬阳随着书页由蓝变红，由红变灰，心如刀绞，如同得了无法治愈的急症，而吕爸爸却有朱大夫治好了谁的病情的那种轻松感，仿佛烧了书就去掉了吕冬阳没有正事儿的病根儿。

《龙泉谷》这本描写山沟里纯真爱情的小说，给吕冬阳带来了好多的幸福遐想。朱丽萍和高晓莹都看过这本书。吕冬阳借书时，朱丽萍也在场，她随口告诉他高晓莹特别喜欢这本书。吕冬阳后来看书时偶尔在想，她懂吗？她哪里有人家那么温柔善良？他不知道，高晓莹小小年纪，虽然谈不上世故，但心理上还是比他略略成熟些的。淳朴的爱情感动了她，读书时始终浸润在温暖中，小小年纪竟也浮想联翩，期望将来遇到可心的爱人，得到暖心的爱情。有些段落、章节，她反复看过好几遍，那种体会虽然还谈不上深刻，但地老天荒的故事，确确实实是令她感动的。听说吕叔叔把书烧掉了，倍感遗憾，也替吕冬阳着急过，毕竟书不是吕冬阳本人的。借着和妈妈去县城的机会，还特意跑到新华书店找这本书，希望她一个人的善意举动，能解决朱玉栋和吕冬阳两个人的烦恼，可惜没找到，她也就未曾对别人提起。

学习的事情最好有人陪伴，互为榜样，不知不觉间，高晓莹就把吕冬阳看成了学习的伙伴。私下里对照着、比较着就好，你看的书我也看，你会的东西我也学，不知不觉间，就都有了进步。吕冬阳爱看的《儿童文学》，她就同样喜欢。同学当中，好学的人太少了，吕冬阳的表现就越发难能可贵。如果是其他人借的书被大人毁掉，高晓莹是不可能会特意跑到新华书店，多此一举的。

吕家和高家一样住着木刻楞联排房子，林场建场初期都是这种房子。不必打太深的地基，外墙壁是二十厘米粗的圆木垒起来的，圆木上每隔一米左右钻孔，上下插入细木杆以连接和固定。两米半左右高度加盖棚面，棚面上面铺苕条，苕条上面铺干草，干草上面铺锯末子保温。墙面木缝处用稀泥和着长干草抹平，再用稀泥和着用铡刀切短的干草把墙面覆盖一遍。房盖是河边割的长草修剪整齐后，从屋檐往上一层压一层披上去的。木刻楞房子看着原始了些，但冬暖夏凉。吕德臣家住的木刻楞是一趟房，一趟是山里的叫法，他们住的房子是林场为数不多的长房子，一趟房子住了四家，房前都是用板皮杖子与邻居隔开的，院子不算开阔，房子后面是对应自家房子宽度的长条形菜园子。菜园子往北约百米，就是奔流不息的挠力河。打开窗子，河水哗哗流淌的声音听得真切。

春季里河两岸柳树悄然染绿，生机盎然；夏季里柳树变得黛绿，河面氤氲荡漾；秋季里碧蓝的河面漂浮泛黄的柳叶，一派诗情画意；冬季里结冰的河面铺着厚厚的积雪，羽绒般松软，一尘不染。要是在冬天的河面上选一个开阔处，按照圆形赛道扫净积雪，露出来的就是天然的滑冰场。底面镶嵌两根八号粗铁线的出溜板、木爬犁都能玩，谁要是有一副滑冰刀那就更牛了。

水向东流，归为何处？没感觉东边地势低呀。吕冬阳书看得多了，不免想入非非，根据"朝看东流水，暮看日西坠"；根据"百川东到海，何时复西归"，越往东地势肯定越低，孔子说过，"虽万折而必东"，最东边一定是大海。吕冬阳梦里曾经几次被成群结队、蝗虫一样铺天盖地的星际战斗队带到空中，千奇百怪的飞行器就像是一幢幢带机翼的楼房，吕冬阳没见过多高的楼房，所以战斗队的飞机也就顶多两三层楼高，但那也够有气势了。在空中他看到了，由西至东几百几千里，地势是明显的台阶状，就是梯田一样的。啊，怪不得"滚滚长江东逝水"。天外有天，星际文明相助，懂得直观，心服口服。

这只是让吕冬阳和小伙伴们开心的众多事项中的一个，开心的事儿掰手指头是数不过来的。吕冬阳和同学们讲过这些，讲得煞有介事，大家都听傻了，胡学兵流了口水。高晓莹看他梦话当真话讲，在一旁扭扭细腰，俏皮地笑着，说他是"小比"。听着不像好话，怎么解释，笑而不答。问朱丽萍，朱丽萍说"我哪知道"。从语气和表情判断，高晓莹是在讥讽，又拿不准，吕冬阳嗫嚅道："骂人听不懂，就是骂自己。"

❦

和林场其他地段一样，这一趟房有几家养猫狗。狗认识全部邻居，狗眼里这些邻居几乎都是一家人，所以从来不对这些邻居乱咬乱叫。但这几条狗在一起玩的时候不多，守着自家院子，警惕别的院子的狗来蹭吃蹭喝，反倒是和外面交往密切。吕家东院老胡家的公狗大黑，就配了小河西道南娄文明家的土褐色母狗，生了一窝七只狗崽子，其中五只毛色和它几乎一模一样。娄美玲说在她家院子外面看见过那两条狗红彤彤连在一起，说不上是谁欺负谁，她拿石子土块打过，只是打也打不开。几个男同学听了都在偷笑，也不好意思议论，只是说，这个傻狍子，真能多管闲事儿。

吕家的大黄狗在林场牛车不出工时，会跑到东边的牛棚，与几头身强体壮的黄牛厮混，围着满嘴草末的牛转悠，和吃饱喝足的牛相邻而卧。

老胡家两个孩子，女儿胡凤娇留级一年，就和西院的吕冬阳同班了。她哥哥胡学兵原本比妹妹高两个年级，四年级时，等到了和自己妹妹，还有高晓莹、朱丽萍、吕冬阳、季海风、才礼同班的机会。这当然是靠他不爱学习给自己创造的机会。胡学兵小的时候，胡妈妈给他睡脑形睡过度了，就成了圆脸扁头，从小朋友那里得到了胡扁头的绰号。

吕家和胡家是邻居，胡家兄妹经常和吕冬阳在一起玩，吕冬阳和胡凤娇玩嘎拉哈、下跳棋，和胡学兵下军棋、弹溜溜，有时候还和长辈胡茂银下两盘象棋。胡爸爸、胡妈妈是看着吕冬阳长大的，所以有着天生的信任感，久而久之就有了和吕家联姻的想法，惦记着抢占频道，先下手为强。遗憾的是，这想法一直没落到实处。

两个孩子也算两小无猜，胡凤娇家收到山东老家通过邮局邮来的花生饼，还从哥哥手里抢出来一点留给吕冬阳。花生饼就是花生榨油之后的花生渣滓挤压成的饼，可以当粗粮吃，也可以喂牲口，嚼起来很香。胡凤娇头发浓密，梳两条齐腰大辫儿，总爱把两个辫梢拢在一起，揉来揉去。她聪明伶俐，只是还没等到小学毕业，和高晓莹几乎相同时间里，得了一场持续半个月的重感冒，感冒期间想起学习头就加剧疼痛，在心里说上课写作业还不如就这么躺下去，从此对学习失去了兴趣。原本喜爱的书本也都在用过之后送给哥哥胡扁头叠纸飞机和其他玩具模型了。吕冬阳是很心疼那些精美图页的，可都是很少有的彩色图页，上面有各种类别的轮船和童谣。他印象很深的，如开船开船，开来一艘大货船。货船上装的是什么？皮球、积木、玻璃弹。后来的后来，吕冬阳长到二十岁、三十岁、四十岁、五十岁，都忘不掉这些。

而同样得病的高晓莹却与她截然相反，躺在炕上，捂着厚被子，想方设法让自己发汗。想想好吃的吃不下，好玩的玩不了，只有看书才算得上最大的乐趣。可想看书手都举不动书，急切地期盼早日康复，好爬起来到学校，耽误课程太煎熬。这一场病让她真切感觉到学习是她为数不多、屈指可数的乐趣之一。啥叫有用？啥叫没用？自己喜欢，就是有用。说起来也真可怜，感冒慢慢见好，可以下地活动了，她却一脚踩空，掉进了外屋厨房地中央挪开一块盖板的菜窖，小腿划破了皮，还崴了脚。高妈妈菜窖里取完萝卜、土豆，还没来得及全盖好，一转身的工夫，听到高晓莹哑了嗓子失声尖叫，已经来不及了。即便这样，高晓莹也早早地恢复上课，一瘸一拐，又是一个月左右。

胡茂银是精细人，像他平常用来吊线的墨斗，算计得到位。胡木匠的脸是丰润的上下拉长了的国字形。他家房后长条形的菜园子，总共有一亩多一点，被他侍弄得地垄齐整，土质翻挖拍打得细匀。芹菜、菠菜、韭菜、大葱、茄子、辣椒，条块分明。豆角架、黄瓜架稳固有序，连黄瓜蔓、豆角秧都长得规矩，缠绕着细木条架子，不把叶子挂出去太远，去挡光、挡风、挡视线。菜园种了近一圈向日葵，长高开花的时候，黄灿灿的一圈圆圆的盘子，天天追着太阳的方向转。一个个大圆盘子就像胡凤娇的圆脸，一大排胡凤娇，偶尔有几棵高出一头或矮人一头，却是一般大小的圆盘子，灿烂得毫不逊色，向日葵也把他家的菜园子围成相对独立的小天地。

到底是林场唯一的有吊线墨斗的手艺人，做什么事情都像人家说的"木匠打媳妇，有准"。他家园子门在临河方向，也可以从家里北侧窗台跳进园子。实际也不用跳，窗台下面放置了一个长条板凳，当台阶踩就是了。胡茂银家的园子门值得一提，无论开着关着，都是平行方正的。全不似林场别人家的园子门，斜的、歪的，只是凑合着挡个鸡鸭啥的。

胡茂银的时间不光是用在家里，全林场去龙头人民公社收购站次数最多的是他。他去卖的可不是吕冬阳和季海风他们卖的破鞋底子、麻绳头、破铜烂铁，而是山里采回来洗净晒干的党参、川贝母、黄芪这样的山药材。算起来，林场里他家是最富裕的，家里只有两个孩子，没有那么多娶进来嫁出去的责任，不像同一趟房最东边的老臧家，七个儿女，一个紧挨着一个。如果不是第三胎早夭，就是八个，过去、现在和未来都是压力，这些年就好像没间断过娶妻嫁女。县林业局八个林场中，五个有他家的人，春节团聚，跟县林业局开会似的。只不过都是老臧婆子热心张罗，儿女们欢声笑语，越发衬托老臧头的木然。

胡茂银懂生活，也懂享受，周末节假日戴的是瑞士"英纳格"手表，平时上班做木匠活时是舍不得戴的。手表不戴的时候，就用女儿胡凤娇嫌弃不用了的扎头发的红绸子，缠绕包裹起来，打开收音机盒子前面的对开小门儿，把手表放在盒子里，小心翼翼关上。胡扁头和他爸爸要手表，胡茂银说："等我死了传给你。"胡凤娇也要，胡茂银说："传男不传女。"胡凤娇不悦，噘起小嘴，使劲扯弄自己的一双大辫子。胡茂银贴近胡凤娇耳朵悄悄说，爸爸再给你买新的。胡茂银的收音机比吕家的电视机小不了太多，赫赫有名的"春雷"牌，大上海制造的，全龙头林场也是唯一。用和不用只有胡茂银说了算，开和关都是他亲自旋钮。

淡黄色的收音机是胡茂银珍爱的物件之一，几样好东西让他有了拥有一切的美好感觉。他熬了好几个通宵，构思、试制、组合、打磨、油漆，才让独一无二的收音机有了独一无二的盒子，一个绝对拿得出手，摆得上台面的工艺品。这个山东大汉眯着眼欣赏放进了"春雷"内涵的作品，抚摸着大手指内侧已经破了皮儿的水泡，暗暗为自己的精湛手艺叫好。

胡茂银的精打细算一不小心和贪小便宜搭上了边。

寒冬里，几十里外的采伐操作面，身着厚棉服的工人们不方便天天雪地里往返跋涉。林场依照惯例提早在夏秋季节，就在距离作业面较近的山坡处，朝着地下挖出空间，用长圆木在挖空处支架子，搭顶棚。密集排放的原木上覆盖厚厚的茅草，茅草上压上草根交错纠缠的大块草筏子，防止草被风吹飞。出入有门可以开合，这就是容纳二三十人的地窝棚。

地窝棚里有孙大扒垒的锅台，锅台的烟道通过长长的火炕后，接直径十多厘米的炉筒子，最终把烟排送出地窝棚。说来这还是系统工程。不明就里的人远观，以为不是仙气就是谁家祖坟修到了深山老林，冒青烟了。山里没有水，工人从不用雪来融水，山里积雪松软，密度小，装一大锅只能融化出一锅底儿水。高场长安排娄文明到结冰半米厚的挠力河面，用冰镩凿出搬得动的大块冰，赶着马车定期运送到远处山里的地窝棚。冰块就堆放在地窝棚的入口旁，偶尔上边还沾有金黄色的马粪丝。做饭做菜，烧开水都用冰块化出来的水。住地窝棚时期，水和油一样珍贵，没人洗澡，也很少有人刷牙。山上住久了，衣服接缝处、头发上都能抓到虱子，是吃得圆鼓鼓的那种，抓到后在手指肚里直蛄蛹，放在炕沿上，用大拇指甲一按，啪的一声，肚皮爆裂，蹦出吸食的血浆。

说回胡茂银，早几年他也住过地窝棚。地窝棚里吃大锅菜，先用清水放盐，煮切碎的冻白菜或者冻酸菜，开锅后或是临出锅时，撒上半勺豆油。油花漂浮在上面，菜里面没有一滴，俗称"后老婆油"。油花四溢，看着很多的样子，却吃不到肚子里。严寒的冬季里，工人们踩着厚厚的积雪，都没过膝盖，又不知道雪下面覆盖着的是不是枯枝烂树，深一脚浅一脚的，干着繁重的活计，他们用板式长锯单腿跪地伐树，用长柄斧头砍削粗大的树枝树杈，把树干锯成五六米或七八米的规定长度，还要搬运堆放到车可以装载的位置。总是干活时一身汗，漫山遍野"顺山倒"的号子和粗俗的玩笑，停下来一身凉，又困又乏，棉手闷子摘下来再戴上就冰凉刺骨。一日三餐喝着这样的菜汤，主食又是苞米面饼子，不好消化，关键是难以下咽，嚼碎的饼子在嗓子眼里翻过来磨过去，就是不愿意进食道。这种条件也没有人挑剔，经济困难时期，保证吃饱就相当不错了。胡茂银有心，每次端碗盛菜，总是用勺子在汤最上层来来回回地捞，浮在锅上面的油花就都被捞进他的碗里。一来二去大家都知道了，话传到电工老才耳朵里，"胡撇油"的外号就冒出来了，这和胡茂银有泡屎都要拉在自家茅房的个性相符。所以迅速传开，像用电焊焊在他身上，成了不可分离的标签。

# 十　让生活越来越好

　　高场长和季副场长决定建新房子，改善林场居民生活条件。这次是用土坯房取代木刻楞，房盖变成大块石棉瓦。新房子是在原来的房子前面两米远的地方重建。一时间，家家户户挪柴火堆，搬桦子垛，好不热闹。

　　吕德臣作为总负责人，孙大扒负责土建，胡茂银负责框架结构，老才负责电路。几路人马分工协作，按照场领导提出的"觉得怎么好就怎么盖"的要求，趁着好天气，全面作业。小河东到小河西，从早到晚，灌到耳朵里的几乎都是孙大扒和胡茂银的争执声，快了慢了、高了矮了、多了少了、深了浅了、早了晚了、正了斜了、扁了圆了、干了湿了、疏了密了，哪哪都是事儿。一到傍晚收工，红脸变成白脸，又聚到谁家端起了酒杯，白脸再喝成红脸。

　　转胡同，绕墙头，进出别别扭扭，尘土飞扬了几个月，由于标准不算太高，新房子很快建好了。敞门开窗通风，糊棚糊墙，把家具从旧房子门搬出来，从新房子窗户就搬进了新房。说来也是，没有一家借搬入新房子的机会换换家具、器物，就连成年累月摆在外屋厨房里，烟气熏得有些黏手的碗架柜都没放到屋外晒太阳，吹吹风。旧房子随即拆除，房前院子缩小了一半，房后多出了一片空地。吕家房后五米远的两棵十多米高的大松树，倏忽一下跳到了十几米开外。而房前右侧的一排七八棵大榆树，却凑近了十多米距离。

各家房后新腾出的空地上，还有一些需要慢慢清理的建筑垃圾，这由住户自家负责平整。石头和木质的器物捡拾干净，也就只剩下草泥了，包包块块，起起伏伏。只能等雨雪风霜侵蚀，改变土质后再并入菜园子，两三年内只能闲置。从东南山顶上望过来，河边的林场，废墟连片。住新房比啥都强，园子破点不要紧，过些年就好啦。老婆子们不是眼光看得远，是吃过的苦多，乐观得几近麻木。

时间一长，这一片片废墟空隙孕育出了一窝窝老鼠，东一窝西一窝，守着菜园子，有吃食，有住所。这也激活了生物链的另一环，各家各户的猫不分昼夜忙了起来。夜晚，猫眼里有了晶莹深邃的光亮。

胡家的大母猫半夜叼回来一只尺把长的大耗子，沉甸甸的，直想叼到炕上。胡学兵抓起猫脊梁，连猫带老鼠扔到院子里。猫竟以为胡学兵要和它争抢老鼠，嘴里放不下，发出呜呜的抗拒。

季海风家的猫大白天捉住一只一拃长小老鼠，它咬住老鼠的脖子，却又不把它咬死，老鼠惊惧，吱吱哭叫，四肢悬空，无法挣脱。猫把老鼠放在北炕上，目光炯炯，蹲坐在老鼠前。老鼠不动，它就伸出一只爪子对老鼠拍拍打打，老鼠动了，它就扑上前去，一口咬住。季妈妈看在眼里，放弃了把猫赶出屋子的想法，揪着心坐在南炕沿，看了有半小时光景。不知谁提到过蛇鼠一窝，让大家多了一份小心，可是却没有谁在这样的地方看到过蛇。

一日，高晓莹和朱丽萍在胡凤娇家院子里跳格子。轮空的间隙，高晓莹跑到一边，抚弄窗前屋檐下的扫帚梅花丛，头脑中闪过一个念头：种花！对，在房后腾出来的地方种花。

高晓莹本就爱花，野百合、粉玫瑰、鸢尾花、灯笼草、黄花菜、打碗花，当然还有冰凌花，她都喜欢。她家窗前种着春天发芽，夏天开花，秋天结籽，冬天根系留在土里待来年的大丽花。大丽花盛开时花朵饱满，花团锦簇，五彩缤纷，却在这里得了个土里土气的名字，叫土豆花。它和菜园子里种植的土豆毫无瓜葛，只因为根系状如土豆，在见多识广的高妈妈眼里，实际更像地瓜。她家院子外面大门两侧，种的是姹紫嫣红、花朵顺着枝干开成串的勃勃团子。花名听起来也和吃有关，却还是吃不得。由此可见林场人是多么惦记吃的东西，多有正经精神头。说起来也不丢人，民以食为天嘛。

高晓莹脑海中浮现出一片花海，花开万朵，蜂蝶纷飞，她被这个念头打动了，这是不难做到的事情，趁着哪天雨过天晴，砸碎土疙瘩，少填些新土，就可以种出很大一片花。地不平，花来补，高低错落更有层次和韵味。花在对她笑，紫红、粉白色的花都在笑，笑得花枝乱颤。她咧开小嘴，露出整齐的小白牙，笑了，笑得满脸花开，笑出了声，不由自主地拍了一下手，跳了起来，惊动了兴致盎然、跳得额头上汗津津的朱丽萍和一旁跟着节奏东歪西斜的胡凤娇。她强行把她俩拉到扫帚梅前，说出了刚想出的主意，结果一拍即合。

问胡凤娇，除了浇水，用不用施肥？好不好侍弄？回答用两个字概括：简单。换两个字：皮实。就种这种粉红、紫红、白色混杂的扫帚梅，这种花的花茎能长一米多高，花蕊金黄一色，花期半年以上，甚至达到十个月。三姐妹被刚刚想出的主意感动了，手拉着手，咯咯笑着，情不自禁跳着转起了圈，又说要让娄美玲和孙宝珠两家也一起行动，最好把吕冬阳、季海风和才礼也拉上。如此，还可以给他们学雷锋做好事的机会，帮着几个女生家挑土篮子运土。

五米开外的大黑狗，小心地站了起来，慢摇着尾巴，呜呜了两声，歪着脑袋，满眼疑惑地盯着她们。

屋里炕上坐着的胡妈妈，透过窗户看着小姐妹们疯疯闹闹，也受感染，心情舒畅，手上的针线活做得十分麻利。

就这么做了，没正事儿就没正事儿，顶着家长的批评和左邻右舍的冷嘲热讽。同学们轮流到各家劳动，家长们只好赔着笑脸，还得装模作样夸赞几句，背后才说她们尽整些没用的。

第二年，林场冒出来七八片扫帚梅花丛，花茎遮盖了旧房经过简单平整的废墟，三色花风中摇曳，好似五色、七色。南山上护林防火瞭望塔上看得清楚，说不清是花在林场里，还是林场在花里，反正是没了破乱废墟的感觉。护林员想拖着场长们上山看看，高场长始终"没工夫"，老季张口就是："妈了巴子，有狍子、野猪你再来喊我，我不得意什么花花草草。"

高晓莹同学歪打正着，选对了品种。老老少少都知道了扫帚梅就是格桑花，就是波斯菊，这种花既耐寒，又耐瘠。这些知识都是随后不久学到的，因为身边来了农林专家。这都是后话。

　　吕家和胡家之间添了新邻居，同一趟房由四家变成了五家。这是从北京来的两口子，三十二三岁的样子，男的姓孙，女的姓张。说是犯了什么派别错误，到山沟里来改造世界观的。世界观是啥？看不见又摸不着，怎么还能在咱们这里改造？两个人看上去没有一个是能犯错误的样子，这年代见怪不怪，也没人去问。两个人都是大学毕业，搞林业科学研究的。孙大学壮硕，而张大学瘦弱，男的头大，女的脑袋小，两口子走在一起，就像一老一小父女二人。山沟里大学生太稀奇，龙头林场根本没有，老老少少从一开始就喊人家"大学"，一个孙大学，一个张大学。

　　高晓莹喊上朱丽萍、娄美玲和孙宝珠，特意跑到胡凤娇家，透过木杖子缝隙，满怀好奇，仔细观察了半天。回到胡家里屋，几个小姐妹叽叽喳喳了好一会儿，也没品出什么特别之处，只是觉得不像坏人。

　　老胡家的大黑和老吕家的大黄，对着陌生人叫了两天就平静了下来。大黑以为孙大学和张大学是西院老吕家的人，大黄觉得孙大学和张大学是东院老胡家的人，你家的事情你家管，才不去操那份闲心。

　　适逢县林业局批建容纳全县八个林场子弟的中学。孙大学和张大学就有了双重身份，正式的林场技术员和非正式的林业子弟中学校外辅导员。

　　幸运的是，林业子弟中学建在龙头林场往西五六里远的地方。龙头林场的中学生不用像其他林场的学生住校。吕冬阳姐姐吕秀兰家在五十里外的梨树林场，他们那里读中学的孩子都要到这里来上学。最远的林场，离这所学校有八十多公里呢，按山里人习惯说的，也就是一百六十多里地呢，有的还需要在县城客运站中转换乘。学校条件比较艰苦，土坯房大宿舍、大食堂、大厕所、大操场，操场阴雨天就泥泞不堪，无法在户外活动。因此，中学被学生们私底下比喻成少年集中营。白天上课有人管，晚上就寝也有总务老师监督巡视，按点关灯。谁要是调皮捣蛋，宿舍里还会有人当叛徒，打小报告，随后就会让老师叫到办公室，指着鼻子，一顿收拾。校园西侧建了六栋平房，住的是十几户从外地调到林业子弟中学的领导和老师。

这阵子就是热闹，县林业局给龙头林场派来了一位副场长。新来的副场长姓谢，四十出头，年富力强，看着挺精明的，眼神活泛，国字形脸比胡茂银小一圈。据说他原来是距离这里最远的东方红林场的副场长。谢副场长家落脚在小河西道北边，和电工老才家做了邻居。

为谢副场长到龙头林场来的事儿，高场长和季副场长第一次红了脸。高场长还有所控制，老季激动得严重失态，吹胡子瞪眼睛，桌子拍得啪啪响，喊了好几遍"妈了巴子"，重复了好几遍不同意。卫生所的朱大夫听到争吵，跑着喊来了吕德臣，他俩一起敲场长室的门，却被季副场长骂了出来。

啥事不能好好商量？急赤白脸的，到底为啥呀？两人一头雾水。判断场长们无论如何不会动手，辩明白道理也就好了。终究还是有些担心，两人互相示意，到朱大夫的卫生所坐下，心中十五个吊桶打水，七上八下，惴惴不安，一直等到场长们平息下来。

# 十一　万物皆有灵

中学的事情也成了高家的话题。高晓莹家晚饭有一道菜必不可少，那就是争吵，发起人总是高妈妈。高吉祥刚要坐下，高妈妈让他到外屋拿筷子，筷子摆到饭桌上，高妈妈发难："谁洗的筷子刷的碗？这是洗干净了还是没洗干净啊？"

"什么意思？哪儿不干净了？"

"让你多洗两遍，多冲冲水不行吗？不就是多去挑两桶水嘛。"这还没完，"以水为净你不懂吗？以为在家里还是场长怎么的。这日子叫你们过得，真要命。"

说归说，摔归摔，高妈妈把碗蹾在桌子上的力道恰到好处，又有较大的响声，又不会摔破瓷碗。嘴上这样说，却没有让谁再去刷一遍的意思。高妈妈享受竖起眉毛，大声呵斥的威严，习惯成了自然，想不到全家人表面逆来顺受，内心却极度反感。

高吉祥想拍桌子，扭头看了看女儿高晓莹和儿子高晓松。他装作没看见向他做鬼脸的晓莹，瞪了高妈妈一眼，摩挲了一下头发，没吭声，他已经由习惯到麻木了。扫地、擦玻璃一点不干不行，干活就生出一堆毛病，得到无休止的指责。高晓莹和高晓松自顾吃饭，间或夹一口土豆片炒白菜片，这是这顿饭的主菜，旁边还有一小碟子盐焗油炸黄豆粒。不过，吵归吵，这次高吉祥听了徐春华的话。

"天天忙，一天到晚一年到头，没看你忙出啥新鲜玩意儿。高吉祥，能不能干点人事儿，把大道修一修。你眼睛又不瞎，看不见大道没法走人嘛。"高妈妈可是意识流，说起话来滔滔不绝，强加于人，才不管你爱听不爱听呢。这张嘴，简直就是好话变难听的转换器，点药捻子的打火机。

高吉祥没看一直盯着他说话的晓莹妈的脸，目光一直追随着她右手腕上晶莹剔透的岫玉镯子，碧绿的颜色看久了好像有安神静心的功效。她这番话有好的出发点，也是为乖女儿和儿子考虑，也造福林场子弟。

✿

高场长受晓莹妈启发，和季副场长、谢副场长一商量，就抽调人力，组织了修路会战。拓宽路面，坑里垫石头，路面铺沙子，路上的十万大坑不见了。十万大坑是县级公路拐下来后的一段有三四里长的路段。谁最先开始说的无从考察，但生动形象，路面上深约十几厘米、直径三五十厘米的锅底坑鱼鳞般星云密布，就像月球表面有麻子的什么地方。机动车只能缓慢地蜗牛似的扭摆着车身行进，速度都不如沿着路边骑行的自行车。人坐在机动车上，五脏六腑悠来荡去，手要是不抓牢，不一定晃到哪里去了。每次来到十万大坑近前，司机都有一种上战场的感觉，紧张、忐忑、惶恐、揪心，等晃悠出了这一路段，就大舒一口气，仿佛掉进鳄鱼池又死里逃生爬了出来。骨头没散架，算你结实；车轴没折断，算你结实。也不是一次都没修过，但填进去的沙土被车碾轧过，新添的沙土被挤出坑，坑反而更深了。这次修路，高场长采纳了孙大扒的建议，先用水浇湿路面，刨开坑沿硬土边，把坑里填得比坑沿还高，让高处变低，再统一夯实。这十万大坑，让工人们费了九牛二虎之力。不管怎样，月球又变回了地球。

路两侧挖出了半米深一米宽排水沟，排水沟没挖得太深，是考虑到路窄，车掉进去难以挪出来。两侧排水沟外还安排人用镰刀割除了各一米宽的灌木杂草，视野顿时开阔了很多。

县城到龙头人民公社这一路段有县级公路，但从龙头人民公社南边三里外的大桥头岔道口拐向林业子弟中学，就变成了狭窄的砂石路面。从县级公路下道，到林业子弟中学还有近十里路，林业子弟中学正处于县级公路和龙头林场之间，靠龙头林场更近一些。县级公路虽然也是沙土路面，但宽敞平整得多，两车交会，适当减速即可同时通过。而下了县级公路，在通往林业子弟中学和龙头林场的路面上，两车迎面而来，必须有一辆主动靠边，停下来避让。通常是轻车或空车给拉木材的重车让路，这也是山里的惯例。

孙大扒有泥瓦匠修修补补的技术，这一次又有好的建议被采纳，算得上有功之臣，获得了护路养路员兼护林防火检查员的工作岗位。场领导明确告诉他，以护路养路为主，更准确地说，以养路为主。没有人故意破坏公路，严重毁坏路况的自然灾害也极少出现，所以护路基本是句空话。至于护林防火安全检查，主要就是堵截带有砍伐工具的非林场人员擅自入山，严格查问所有进山人员，是否随身带有火柴、汽油打火机之类的火种。

林场随后还给孙大扒配备了一辆胶轮牛车，他可是马车夫娄文明之外的又一个牛人。牛车在孙大扒手里派了大用场。几乎每天，人们都能看到他坐在车左前沿上，挥舞着鞭子，牛车吱吱嘎嘎，把一车车河滩上的沙子运到路旁，每隔二三十米一堆，从龙头林场一直堆过林业子弟中学，堆到大西边的县级公路连接处。他每天见坑就填满，见包就平掉，风雨无阻，雪天就看雪大雪小了，雪下得太大，走不了车的。路边的沟沟坎坎也都有了整齐划一的视觉感受，真不是吹牛，孙大扒维护的林场路段，窄是窄了点，平整度一点不次于县级公路。

路况好了，县客运公司的大客车，也在每天傍午时分开到龙头林场。有了车身上半截黄色下半截红色的大客车，受益的可不只是龙头林场的父老乡亲。后来人多了，本县知青们回家或是杭州知青去逛县城都十分便利，还有林业子弟中学那些长期住宿的学生。就连从各个林场来学校看望孩子的家长都多了起来。

赶牛车回林场路上，遇到女儿孙宝珠和一大帮同学，孙大扒吆喝着让他们坐车，女生都捂着鼻子摆手谢绝，牛屁股、牛尾巴上看得见黄褐色的牛屎，左摇右晃，甩来甩去，女生嫌臭。几个男同学手扶车帮跳上车，不一会又跳下来，一个劲吱扭吱扭，磨磨唧唧，嫌慢。"再见，孙叔！"还是高晓莹有礼貌。只消片刻，蹦蹦跳跳的孩子们就走在了牛车的前面，和吱扭吱扭的牛车拉开了好远的距离。再以后遇到，就只打招呼，不邀请坐车了。

孙大扒爱牛，想给牛自由活动的空间，曾几次把牛赶过大桥，把牛缰绳盘在牛角上，让牛在绿意盎然的世界里悠闲自得地啃食青草树叶。他自己要么在附近河边钓鱼，要么脸上盖一顶草帽，伸展四肢，在树下草地上眯上一觉。有时候，老吕家的大黄狗也会跑出来围着几头牛转悠。

忽然有一天，孙大扒吆喝牛往回走时，发现少了一头。刚开始，他以为牛只顾低头吃草，走远了而已。树丛中慌慌张张跑了个大圈，无论怎样呼喊，也没有大黄牛的声息。牛丢了！这么大个活物，到底哪里去了？孙大扒心急如焚。

天渐渐黑了，无法继续寻找，孙大扒牵着余下的三头牛，回到桥南。收回牛棚后，他急匆匆到了场部，看高场长还在，就把丢牛的事情说了。高场长很冷静，说河北边没什么猛兽，不必太担心，明早照常把牛放出去，走丢的牛会主动寻找牛群，同时组织一些人扩大范围再找找看。孙大扒愁眉紧锁，脸上满是横纹竖道，烟卷得比平时粗了好多，把自己上半身弄得云里雾里的。

两天过去了，还是没有那头大黄牛的影子。高场长安排谢副场长和孙大扒一起，到龙头人民公社派出所报了案。但牛丢在荒野中，派出所仅有的两位民警也一筹莫展，只说向公社周边生产队发协查通知，能不能找到，可能运气的成分要大一些了。

这当儿，老吕家的大黄莫名其妙地消失了两天两夜。当人们刚从丢牛说到丢狗的当儿，它满身灰土，却在第三天早上疲惫不堪地回来了，看上去肚子都瘪了回去。狼吞虎咽完吕妈妈喂给它的剩饭剩菜，抖抖毛，大黄开始对着门汪汪叫。吕德臣打开门，两只脚还没完全迈过门槛，裤脚就被大黄咬住了。

大黄把吕德臣拖向院子里停放的自行车，吕德臣心知大黄不会平白无故地这样做，又说不清究竟为什么，摸摸车胎足气，和吕妈妈打了招呼后，就推车跟着大黄出了院子大门。

大黄汪汪两声，就在前头引领，过了挠力河大桥，一路向北。大黄每跑一段距离，都要回头看看骑车跟着它的吕德臣，再汪汪两声，好像在说，跟着我，跟着我。看着大黄坚定不移、毫不犹豫的样子，吕德臣打定主意，跟到底，一看究竟。

大黄带着吕德臣，从龙头国营农场军马场折向东北，离家越来越远，吕德臣满心疑惑。三十七八里之后，在一处有几十户人家的村屯外停了下来。吕德臣想了想，自己曾经来过这里，这里是龙头人民公社下辖的红山生产大队。

红山大队有豆腐坊，还有个榨油站，吕冬阳、季海风、胡学兵还有才礼每年腊月都结伴过来一趟。来时用自行车驮着三五十斤大豆，换成生榨大豆油和干豆腐带回家。第一次是吕德臣领着来的，之后就是半大小子们的事儿。高晓莹、孙宝珠和娄美玲家就委托哥几个代劳了。也因为这样，小哥几个吃腻了干豆腐。那次，他们难以抵御新做的干豆腐散发出的香喷喷的气味，半路停下来，支好车梯子，揭起几张依旧热乎乎的干豆腐，卷成卷，你看着我，我看着你，大快朵颐。结果吃伤了，再看到干豆腐就作呕，一冬天不再吃哪怕一口干豆腐。

这一次，大黄没有带吕德臣到豆腐坊，也没有奔向榨油站。

大黄折返到吕德臣身边，咬住他的裤脚，扯动两下，示意吕德臣跟着它，此刻一声不响的大黄是怕惊动什么人。

吕德臣推着自行车，跟着大黄转过两排房子，到了一户人家大门外。说是大门，实际只有不方不正的木门框，根本没有门扇。吕德臣一眼看到了拴在院子里墙根木桩上的大黄牛。

难道这就是孙大扒丢的那头牛？吕德臣不熟悉林场那几头大黄牛，所以有此疑惑。他看到大黄狗冲进院子，跑到大黄牛身边，用身体蹭着大黄牛的前腿。大黄牛低下头，用嘴拱了拱大黄狗的脖子，老友相逢的样子。吕德臣明白了，这肯定就是林场丢失的牛。

吕德臣内心深受感动，大黄的聪明表现，使他坚信万物皆有灵这种说法。人做不到的，大黄做到了，如果不是平时大黄和牛群的亲密相处，如果不是大黄和主人的密切合作，哪里会再见到大黄牛？这一切想起来真是不可思议，可事实如此呀。

随后的故事就简单了，房子的男主人四十五六岁年纪，头发蓬乱，身上的衣裤多日未洗，散发着刺鼻的酸腐气味。大黄冲着他一顿狂吠，要不是吕德臣大声呵斥，它会不顾一切地扑过去。他一开始不认账，坚持说牛是他买的，听说林场已经报案，屋里传出了女人带着哭腔的声音，你个死鬼，挨千刀的，快别做缺德事儿了，让人家把牛牵走吧。男主人龇出一口黄牙，悻悻地改口，说牛是野地里捡到的。他可真有本事，带着缰绳的牛都能捡回家，看他这副无赖嘴脸，看他窗框门框上没一块玻璃，钉在上面的塑料布都在风中片片扬起，如椴树叶子，露出机枪扫射过后才会有的大窟窿小眼，破败不堪。有这般家徒四壁、不务正业的模样，吕德臣也不和他再多废话，当着听见争吵围拢过来的十几个老少村民的面，走上前解开缰绳，理直气壮地牵走了牛。听到身后传来的议论，说早就感觉这牛来路不正，横草不拿竖草不放的二流子，还能挣回头牛，没了天理了。

立了大功的大黄一路摇着尾巴，跟着吕德臣拴在自行车后的大黄牛，四蹄轻快，偶尔被大黄牛的尾巴有意无意地甩打一下，也不汪汪。当晚大黄得到了意外奖赏，说来有趣，高场长家半年难有一顿的小鸡炖蘑菇，一只鸡腿不翼而飞，害得高妈妈从锅里找到盆里，盆里找到盘子里，最后也没搞清楚好好的一只鸡怎么就变成了独立金鸡。这是大方的高晓莹偷偷摸摸干的好事儿，这只鸡腿也让她和老吕家大黄建立了友谊。

大黄牛失而复得，孙大扒内心以为是他拜佛的缘故，牛丢了以后，他在家里翻出小铜佛，真诚地拜了几拜的。他抱住牛脖子，不停地拍打牛背，就像失散多年的亲儿子，沟壑纵横的脸更复杂了，激动得流泪了。一旁的老才感慨，你亲爹回来啦！孙大扒手指老才红鼻头，大喝一声："牛屎蛋！滚球子！"

# 十二　电影胶片风波（一）

　　高场长给龙头林场带来了一项福利，就是邀请县林业局放映队和理发师不定期来放电影和理发。不定期是不定期，一般放电影都是一个半月左右，理发都是一个月左右。放什么片子，不可以提前要求。理发要是一次没赶上，就得等两个月再理，基本都是贴近头皮又短又平的前进头。

　　理发师每次来理发时，嘴里叨叨咕咕的都是，头发都多长了，乱糟糟的，荒了不是？像不像鸡窝？纯粹是鸡窝，我这哪是理发，我就是个修理鸡窝的。他还真懂林场的生活，林场各家各户的鸡窝都是土坯砌成的，里面用一排细木棍分隔为上下两层，上层是鸡窝，都叫鸡架，下层是鸭子和大鹅的窝。天一擦黑，在窝前撒一把苞米粒，咕咕叫几声，就把满院子溜来溜去的鸡鸭鹅聚拢到窝前，吃光了苞米粒的鸡鸭鹅随着主人"进窝""进窝"的吆喝声和小树棍的规劝钻进窝里。鸡跃到上头，鸭子和鹅站在下层，主动归位。一阵哄闹后，关上鸡窝门，里面咕咕、嘎嘎几声之后，归于寂静。第二天天亮，打开鸡窝门，鸡鸭鹅见到阳光，欢呼叫嚷着混乱拥出，挤刮掉的羽毛四处飘飞。鸭子和大鹅身上带着残留的鸡粪，好在它们可以在房后大河里扎猛子清洗，主人每天要用铁锹铲除窝里的粪便。理发师把头发形容成鸡窝，那个蓬乱可想而知。

时间久了，理发成了一种仪式，好像只有等县林业局理发师来了才行。只有高场长才会蹬着自行车，不定期地到七八里外的国营农场理发店去理发。

爸爸妈妈是孩子的样板，高晓莹和高晓松都算得上干净利索，一点都没有邋邋遢遢、蓬头垢面的习惯，头上找不到虱子、虮子。高晓莹自觉的成分多，高晓松被爸爸盯得紧，不敢蓄长发，又被妈妈盯得严，三天两头洗一遍头。

❧

夏天在林场场部前，也就是场部和仓库之间的广场上放电影的时候，小孩子们有好多跑到银幕的后面去看，影像是反的，但是一点也不影响故事情节，这也太神奇了吧！索性前面看一会儿，再到后面看一会儿。小孩子们在沙土广场上跑过来跑过去，虽然看不到脚下扬起的灰尘，但鼻子是闻得到的，电影银幕上显不出来，但在放映机一路打到银幕的光柱里，能看见旋转飞舞的尘埃，把坐在靠前位置的大人们烦得不行。"小崽子，屁股底下长锥子啦，能不能老实坐住？"小崽子们可不管别人说啥，这是他们的快乐时光，眼里就只剩下了他们自己。

银幕上现出"中国人民解放军八一电影制片厂"字样，正中的五角星嵌着金边，放射出灿烂光芒，耳畔响起解放军进行曲的激昂前奏，嘈杂声立刻大幅度降低。

也不知是谁，是不是龙头林场的哪个人？竟给解放军进行曲前奏配了词："同志们有钱不花留着干啥？同志们有钱不花留着干啥？"和着旋律，不多不少，正好一句话唱两遍。这明摆着是戏谑，言行不一，嘴上鼓励别人大大方方花钱，自己却都个顶个是一毛不拔的"葛朗台"，恨不得把钱掰成两半花。没人当着高场长和季副场长的面这样唱，也就没人制止，几乎是人人哼唱。放一回电影，就引起一波，持续好几天，经常是三五个人合唱，乐此不疲。

好久好久，好多孩子还弄不明白，电影放映机里咋能放出千变万化、五花八门的东西，那银幕上的人到底是怎么出来的？要人有人，要动物有动物，要山水有山水，要飞机大炮有飞机大炮，要吃喝有吃喝，是变魔术变出来的吗？就是因为好奇，看电影看出了大事，应了那句话，好奇害死猫。

六点吃完晚饭天还没有黑，这是夏天昼长夜短的缘故。林场东南面的山地是一大片人工种植的落叶松林，树都有十五六米高，树龄超过二十年，林涛上空的云团稀稀疏疏，但每一团都呈现出很好的立体感，估计从空中看也是这样，树林间白天蒸发的水汽形成的云团纯净、柔软，云团空隙间的蓝天此时是灰蓝色。由下而上，绿树、白云、素色天穹，透出的是舒适和惬意。西北天际，晚霞映衬的云却是横着排列的，像铺开的棉絮，晚霞预示着明天还是晴好的天气。东南西北遥相呼应，山里就看到了十里不同天。

县林业局放映员要把放映设备搬到场部前广场上，放映机箱子、三脚架、银幕袋子、电线包都在，可胶片盒子哪里去了？刚从别的林场放映完，装车前还查看过，不可能忘了带来，转了好几圈，就是找不到，真的找不到了。天啦，从来没有遇到过这样的情况，放映员慌了神，急匆匆找了高场长。高场长听了，一头雾水，不可能丢的东西，谁要这东西干吗呀？不当吃不当喝也不当用。

"赵电影，你是逗我玩对吧？"赵电影就是县林业局的电影放映员，和高场长之间没有管与被管的上下级关系，平时两人见面说话比较随意。

"这哪里是开玩笑的事儿！就在你们龙头林场丢的。"赵电影脸都灰了，话里带出了哭腔。

"别急，别急，快到我办公室，咱研究研究。"

季副场长和谢副场长来了，吕德臣也匆匆赶了过来，高场长在场部门前看到朱玉栋，就打发他跑去通知他们。四个人顾不上坐下，站成一圈，开始分析。林场没有外来人，我们先了解下都有谁来过场部，就差不多能找到，高场长思路清晰，他的大方向是对的。赵电影点头，季副场长、谢副场长和吕德臣也赞同。

山里没什么太多的业余活动，看电影的机会比较珍贵，吃完晚饭的人陆陆续续来到广场，小河东边的来了，小河西边的过了小桥也来了。摆凳子，占地方，声高声低地扯闲篇、唠家常。娄妈妈问朱妈妈，给她家娄美玲做的裤子哪天能做好，她好去拿。孙妈妈问胡妈妈最近邻居孙大学和张大学家有啥新鲜事儿。高妈妈嗑着瓜子，耳朵里听着她们唠嗑，脸上是漠不关心的神态。高晓莹、朱丽萍、孙宝珠、娄美玲和胡凤娇聚在一处，互相扯着衣襟，你点我一下，我捅咕你一下，叽叽喳喳，嘻嘻哈哈。没见着才礼、季海风、胡扁头和吕冬阳这帮半大小子，不知道在哪里疯闹呢。

"咱四个分头找人，就问一个问题，下午看见谁到过场部。一有线索，马上和我打招呼。"这边情绪依旧高度紧张，高场长布置得简单明了。

"我干什么？"赵电影一时没转过弯来。

"你呀，架银幕、架放映机，要是有人问，就说片子正从别的林场往咱们这里赶，稳住大家伙儿就行。"

一个多小时过去了，天色渐渐黑了下来，问来问去，下午除了在场部上班的几个人，好像就再也没有人来过场部。再找人谈似乎意义不大。

高场长额头出汗了，问题在哪里呢？来龙头林场四五年了，他熟悉这里的家家户户、老老少少，没有好逸恶劳、游手好闲、偷鸡摸狗、损人利己、道德败坏的人，就是个别人有点小毛病、小算计也不算过分啊。这个东西个人用不了，家里也用不上，谁拿它干什么？难不成真出现了搞破坏的阶级斗争新动向？不可能，绝对不可能。可到底是什么情况啊？

"那啥，事情既然已经发生了，我们就得沉着冷静对待，着急上火是解决不了任何问题的。依我看，这不是一般的小事，咱们报警吧，当个案子，交给派出所，该咋处理就咋处理。没啥情面可讲，谁干的谁就得认倒霉。"

谢副场长说的话让老季脸上露出反感，他毫不掩饰："能不能不这样说话，你来龙头不是一天两天了。"

老季半只眼睛都看不上谢副场长，总觉得他道貌岸然，嘴上讲仁义，肚里藏诡计。他和高场长了解他的过去，两人之间唯一的一次争吵就是因为他要来龙头林场的事。

在东方红林场时，谢副场长和邻居发生了龌龊。他和别人家老婆发生关系，被邻居老爷们儿抢了一顿铁锹柄，被打得浑身青紫，跪地求饶，名声扫地，无法继续在当地开展工作。县林业局给他记过处分，安排到了距离东方红林场一百六十里的龙头林场。之前征询意见时，高场长明确反对，态度坚决。局领导说帮帮忙吧，也算是替领导分忧解难。高场长问，如果他旧病复发怎么办？领导说，不大可能的事，这次教训足够深刻，他不会愚蠢到那个份上。

把事情说给季副场长，老季立刻火山爆发："不同意，说破天也不行！这是一颗老鼠屎，要不得。一条鱼会腥了一锅汤。"
高场长待老季稍微冷静些，转达局领导专门说给老季的话，作为
一名党员领导干部，要服从上级组织的决定，执行上级组织的安排。
老季无奈，肚子气得鼓鼓的。

回到眼前，吕德臣说："是不是应该把下午在场部上班的几
个人问一下？"

"他们怎么可能偷那玩意儿。"季副场长心里也是急得不行。

"他们不可能整个下午坐着一动不动，不拉屎也得尿尿吧，
出来走动就有可能看到点啥。"

也是哈，朱玉栋和几个年轻工人又被高场长指派，四面八方
跑出去找人。

月朗星稀，微风习习，已经是接近八点了。有风就少有蚊子，
广场上一片明亮，数十只趋光的飞蛾飞来舞去，夹杂着几只地蝲
蛄，围绕放映机上挂着的一百瓦白炽灯发出的耀眼光亮。这让赵
电影烦乱的心绪更加烦乱，他不停地挥手驱赶，但只要手一放下，
立刻又蜂拥而至。

片子丢了的消息像一盆水泼出去似的呼啦啦传开了。家长们
首先想到要做的，就是东奔西走大声吆喝着找自己家的孩子，尤
其是男孩子。

下午在场部上班的几个人到了高场长办公室。关好门后，高
场长简单说明了情况，只问下午有谁见到什么外人到场部来过。
几个人凝神细想，接连摇头。

一阵静默，高场长失望之际，朱会计突然抬起左手，捂着半
边脸，犹犹豫豫地说："好像是，我记不太准，记不太准，唉，
真的记不太准……"

"到底啥意思？"高场长实际上比季副场长还着急，但话没

老季快，老季是脱口而出，正好也是他要问的。

"下午好像见过老才家的大小子，恍恍惚惚有这个印象。"

"找电工老才，让他带儿子过来。"高场长吩咐。

老才进场长室之前，季副场长让人找来了小学校长王万岭，考虑老师对小孩还是沟通顺畅些。王万岭在广场上已经听说了胶片失窃，听了场领导的想法和线索，右手抚着长下巴，琢磨着用指纹破案的说法对付可能顽固不化、拒不交代的才礼，到时就说马上向公安局报案，通过指纹鉴定很快就能找到作案的人。才礼表面看着好像挺简单，实际上颇有心计。那年春节老吕家柴火垛救火，就不经意间给爸爸没到场参加救火说明了原因。王万岭一边琢磨，一边往几位场领导身后挪了两步，他知道自己现在是场领导们破案的工具，顶多是破案的助手。

被电工老才拖进场长室的才礼吓坏了，在外面听了沸沸扬扬的说法，心里想着可千万别被当成嫌疑人，却被以一号嫌疑人的身份带到这里，哭咧咧大喊冤枉。

高场长示意王万岭问话，王万岭趋步来到才礼面前，用手拨开老才拖着才礼胸前衣襟的手，老才脸上有汗珠，眼里有泪花。"才礼，我问你，下午到林场场部来过没有？"

"他来过。"老才绝望的声音，抢先回答了王校长的问题。

大家又惊又喜，简单的想法是，找到了就好。

"我到小卖店也犯法吗？你们讲不讲理呀？"才礼的声音很大，有倔强，但更多的是恐惧。

一时无话可说，高场长板着脸推门出去，不到一分钟又转了回来。

"小卖店就没见你来过，怎么解释？"王万岭得到高场长摇头示意后接着问道，他表情冷峻，大下巴前倾，增添了几分威严。

场长室外面扒门缝的人隐约听到了室内的对话，一刻不耽搁地把消息像救火传递水桶一样送到了广场。广场上嘘声四起，嘈杂混乱。家长们开始庆幸这事儿不是自家孩子干的，一颗颗悬着的心放回了原处。又开始议论才礼偷胶片究竟是为了什么，责怪老才两口子管教不严，担忧胶片被毁掉，才礼成了罪犯，老才家就没法抬头做人了，龙头林场也会因此名声扫地，儿女们娶妻嫁女都没了身价。古语说："好事不出门，坏事传千里。要想人不知，除非己莫为。"唉，这不霍霍人嘛。

场长室里，才礼哭哑了嗓子。他解释说，下午到小卖店后，扒着门边往里看了看就返身走了，没去别处，直接回了家。

这熊孩子，到这个份上了，还不如实说话。大家脸上现出失望的表情，王万岭心里闪过"坦白从宽，抗拒从严"这句口号，话到嘴边，又咽了回去，对一个孩子说这么上纲上线的话终究不合适。又想起"我们绝不会冤枉一个好人，也绝不会放过一个坏人"这句有恫吓力的话语，想想也不合适，总不能草草定性好人坏人吧。老才几次要冲到才礼身边，巴掌举起老高，都被站在他身边的吕德臣拦住了。

"你说说，下午到场部小卖店想买什么东西？来了为什么没进去？"高场长语气还是比较平和的，终究是个孩子，又不是阶级敌人。

"我来找胡扁头，呃，就是胡学兵。"

"怎么到场部小卖店找胡扁头，啊，不，是胡学兵？"

"我先去他家找了，他妹妹告诉我说他在小卖店，我扒门看看没有，就走了。爸呀，我没偷公家东西，没拿电影片子，真没拿呀，啊啊啊呜……"

看来下午到过场部的应该还有老胡家大小子胡学兵，两个小子联手干的事儿？说没线索一条没有，说有线索一下子来了两条，有点复杂了，快去把人叫来，也让他爸过来。高场长看着老才，让他先冷静，也不必回避。到这个时候，老才还是不抱一点侥幸，打又不让打，急得他灯光下脸涨得通红，红鼻头有闪光渗血的感觉，一只手直揪自己的头发。

胡扁头走在胡茂银前面，一进屋，大家就注意到了他左边脸上的巴掌印。这小子平时蔫了吧唧，学习不好，但心地不坏，也不做出格的事儿呀。真的会有他吗？场长室里的几个人几乎都是一样的疑虑。肯定是才礼唆使他一起偷了胶片，弄不好，胶片早就被他俩给毁坏或者是扔大河里去了。

胡茂银父子俩都哭了，老的无声，觉得颜面尽失，小的号啕，觉得自己完蛋了，肯定上不了学，回不了家，要被戴上手铐，游街示众，然后扔进监狱，就是铁栏杆小黑屋那种，在电影《红灯记》里鬼子鸠山关押李玉和那样的。李玉和是正面人物，是英雄，可自己是反面人物，是坏蛋。完了，这辈子只能是坏蛋了。

调查进行到这一步，究竟是接近真相，还是更加扑朔迷离？高场长急于从胡学兵嘴里得到进一步的消息，毕竟外面小广场上二百多号人在焦急等候。

# 十三　电影胶片风波（二）

　　胡扁头对电影胶片的好奇有些不可思议，多少次他翻来覆去睡不着觉，琢磨这个神奇的东西。有好几次，他在林场放电影的时候，凑到赵电影身后，近距离观察放映机，隐隐约约听到赵电影对打听的人说过，放映机内部有个高亮度灯泡，放映机前面的镜头把灯泡发出的光聚到一起，这种聚光把胶片上的画面投射到银幕上，就有了我们看到的电影画面。银幕上的画面在动，这是因为胶片连续放映的缘故，每一秒钟镜头前要转过去二十四张胶片，画面细节在胶片上是有变化的，就像我们抬手举手，高度在变化，只是画面变化得快，连续起来，眼睛注意不到而已。没看到胶片在电影放映时哗哗哗一个劲儿转，从上面的满盒子转到另一个空盒子里吗？听的人们不住地点头了，背后的胡扁头却还是没太搞清楚，画面动作是这个原理，可那些声音是怎么来的呢？用三节以上电池的大手电筒，能不能照射出电影来？胡扁头被这些念头折磨了好长时间，却从来没有过偷的念头。

　　今天下午到场部，他本打算到小卖店买块橡皮。就是为了一块橡皮，他铅笔后端自带的橡皮不小心擦断了，自己兜里没钱，向妹妹胡凤娇要了五分钱，可进了场部，还没到小卖店，就看到了堆放在墙边的放映设备，他朝思暮想，心心念念的电影胶片也赫然放在那里。只有片刻工夫，他动了拿走的念头，没去想晚上放不了电影，整个林场会是什么样子，却想到哪一天带上胶片，叫上才礼、季海风和吕冬阳。女生就不叫了，爱在爸爸面前撒娇告状的妹妹胡凤娇，她对吕冬阳比对自己亲哥哥还好，尤其是高晓莹，好管闲事儿，得了便宜还卖乖的，搞不好会在高场长面前说漏嘴的。到山里的防空洞，把白衬衣挂在山洞里，用换上新电池的三节大手电筒照照，放电影玩，非把他们几个小子羡慕死不可。胶片盒子拿到手里沉甸甸，这份重量让他稍微有过一丝犹豫，将它夹在胳肢窝下，他走出了场部大门，鬼使神差，一路小跑奔向小桥。

奇怪的是，一路下来，竟没有碰到一个人。回家后，胡扁头内心没有惶惑的感觉，也没有小偷偷人东西时的那种怕被捉到的紧张不安。直到晚上广场上坐满了人，他才意识到这不是他一个人的事情，他做了影响大家的蠢事儿了。可一切都为时已晚，说不清楚，无法补救了。这时候的他是真的害怕得不得了，扁扁的脑袋知道错了，又没有站出来承认的勇气，只好像挠力河石滩上的蝲蝲蛄，被人翻开藏身的石头，看着无法逃脱，干脆卷起尾巴，趴在水里，一动不动地装死，林场不是就有"装死蝲蛄"的说法吗？但想要装得若无其事太难了、太累了，谁的话都能听见，谁的一举一动都觉得是冲着自己来的。听说才礼被叫到场部，他意识到事态更严重了，他知道才礼迟早会解释清楚，不会被冤枉。但啥时候会轮到自己被叫到场部，是根本不会，还是立刻马上，他想都不敢想了，每一分钟都惴惴不安，每一分钟都心惊肉跳。老天爷，老天爷，他在心里祈祷，这也不知道是打哪儿学来的，也不知道有用没用。"我再也不敢了，再也不干傻事儿了。"胡扁头悔青了肠子。

胡扁头弯着腰低着头，带着季副场长和王万岭校长去了林场中间的小桥，王万岭用验指纹的说法诈供前后都没用得上，心里还有点小失落。从桥面下靠西一侧的桥垛缝隙里，胡扁头掏出了铁皮盒子，递给王万岭，王万岭蹲在小桥头，用手电筒照着，看到季副场长打开的铁皮盒子里有大卷的电影胶片，两人不由得松了一口气。

胶片以最快的速度交到了赵电影的手上，赵电影平日里娴熟的双手今天哆哆嗦嗦地把它挂在放映机上，广场上喧闹声戛然而止，只剩下电影《奇袭白虎团》的音效和对白，飞来舞去的数十只飞蛾、飞到空中的几只地蝲蛄，随着一百瓦灯泡熄灭倏忽不见，隐没在黑暗里。

胡扁头交给了胡茂银，高场长抬手捋了一把头发，眼里射出钢针，话里有了辣味，恶狠狠地叮嘱道："这个小瘪犊子，带回家好好收拾收拾！前些天我还看见他和才礼拿弹弓打林场大喇叭，开始以为他俩只是练习瞄准，谁知道真打，被我大老远吆喝跑了。以为干完坏事儿就没事儿了，怎么可能，只要是败坏林场风气的行为，都必须严厉制裁，不是不报，是时候未到。"季副场长也说："蔫人坏大事，回家棍棒伺候。妈了巴子，让他记住，公家的东西不是自己家的小人书，想怎么翻腾就怎么翻腾。"

老才可不管拿弹弓打林场大喇叭的事儿，那算个什么，相比之下，那样的事暂时可以忽略不计。今天的电影胶片一事让他虚惊一场，差点儿屈打了儿子，现在知道和才礼没有一分钱关系，这就好，这就够了。他自己心里都有点奇怪，好像多多少少对儿子还有了点感激。总当好人做好事，偶尔一件事情不好，就是坏人；而总当坏人做坏事，偶尔做了一件好事，或者没做坏事，就成了好人。世上本不会有这样的道理，但老才现在就是这样的认知。

电影散场后，小桥西边的人家都回家睡觉了，小桥东边的人家，尤其是道北边的人家，都没怎么睡好，胡扁头哭得长一声短一声，撕心裂肺的，感觉是十个指头被钉了牙签那种。胡木匠为了达到惩前毖后、治病救人的目的，下了狠手，抽断了两根家具封边用的细板条。

高晓莹和朱丽萍是最先来看胡扁头的人，估计他头依旧是扁的，但脸和屁股一定是又胖又圆的。打孩子是山里人实施教育的重要手段，棍棒下面出孝子是共识，打是亲，骂是爱，不打不骂是祸害。高晓莹才不去担心胡扁头呢，她心里一直惦记小姐妹胡凤娇，知道她心里一定特别难过，不去看她的话，她肯定不好意思露面，这是最需要别人安慰的时候，该去找她说说话，让她早点减轻心理负担，别影响了学习，耽误大家在一起玩儿。匆匆吃过早饭，高晓莹站在洗脸架旁简单梳洗一番，照照镜子，上下左右看看，镜中标致的小妞对自己微微一笑。梳理整齐，额头上向后弯曲扎在脑后的秀发，薄皮瓜子般瓷白的小脸，睫毛忽闪忽闪，露出一口整齐的小白牙，天生丽质，看着心暖。送人玫瑰，手留余香，去帮助别人，心情真好，和镜中美女互相点头致意，然后转身出门，叫着朱丽萍去了胡家。

胡凤娇眼睛哭肿了，手抚着两条大辫子，始终低着头，既是心疼哥哥，又为哥哥的所作所为羞于见人。高晓莹和朱丽萍拉起胡凤娇的手，又一起抚弄胡凤娇的辫子，柔声细语，说东说西，只字不提胶片的事儿，一会儿工夫，就把胡凤娇说得脸上浮现出了笑容。胡扁头脸朝下趴在炕上，闭着眼睛，一声不吭，装死蝲蛄。这时候，听到外屋传来吕冬阳的声音，朱丽萍嘀咕一句："老蔫来了。"高晓莹笑着制止："别乱叫别人外号。"三个小姑娘相互看着，一起咧嘴，无声笑着。

"胡扁头，爬不起来了吧？"听了吕冬阳的话，三个小姑娘笑出了声。朱丽萍歪头对高晓莹说："还怪我叫老蔫，你看他就叫了胡学兵外号。"

胡学兵像见了救星，睁开眼睛，动了动身子，屁股上一阵撕扯皮肉般的疼痛，他忍不住发出了一声哀号。

"你家太法西斯了，胡叔叔真下毒手。昨晚听到你号叫，吓得我腿哆嗦，没敢过来。我爸还说亲爹打儿子，不会要命的。"说这话时，吕冬阳充满了同情，却也奇怪，心里莫名其妙地有那么一丝丝兴奋。吕冬阳想扶胡学兵坐起来，下地出门活动活动，待看了屁股上像很多放大的数学乘号似的交错重叠的疤痕，就放弃了这个想法。他让胡学兵老老实实趴着，这也是唯一可取的姿势。跑回家拿了几本《儿童文学》，交给胡学兵。平时看书就走神儿的小子，这回纹丝不动，眼神直勾勾的。

高晓莹和朱丽萍叮嘱胡凤娇给哥哥煮碗面条，加个荷包蛋，之后在院子里和胡爸爸胡妈妈打了招呼，各自回家。

到底是小孩子，没过多久，胡扁头就又出现在林场路边等放映队到来的行列。

夏天大雨飘泼，冬天大雪弥漫都扑不灭山里人看电影的热情，天气不好就在林场的大礼堂看。说是大礼堂，里面桌椅板凳一概没有，就是一个挨着场部，三百多平方米的空筒大房子。特别的是，冬天林场狩猎队在山里打到的狍子、野猪、黑熊，都放在这个大礼堂里。大礼堂里没有热气，所以猎物都冻得硬邦邦的。看电影的时候，有用棉坐垫的，有把军大衣兜在屁股底下的，反正都坐在狍子、野猪、黑熊身上。单独进大礼堂有些瘆人，所以没有人先单独入内，都是等来的人多了，才搭帮结伙走进去。季海风给这个地方起了一个贴切的名字——野猪林，可惜没有传播开，只有他们几个小朋友这样叫。

一般在春节前半个月，林场会统一安排，把这些猎物搬运到大食堂，放两天也就解冻了，剥皮，分割，免费分给各家各户。小小的林场，也就四十多户人家，每家分到十几斤甚至几十斤是不成问题的。吕德臣负责这项工作，具体操作就是娄一刀带几个帮手，热热闹闹地忙活四五天。

这是一项很奢侈的福利，遗憾的是，只在春节期间，平日里根本就没有。

大礼堂的大门从来不上锁，猎物在分发之前属于公家的东西，也从未曾丢过。

# 十四 "孙大学"和"张大学"

孙大学和张大学两口子整天不声不响，高晓莹她们几个小姑娘对这两口子保持着最初的好奇心。闲来无事却又好事儿的老婆子们，也在密切观察着他俩的一举一动。

左邻右舍用粗糙但善良的心对待他们，今天这家送一盆酸菜，明天那家送筐土豆，还有人送来木耳、蘑菇、粉条。

每天他俩吃完晚饭，都会到大道上溜达溜达，从小河东走到小河西，在小桥上总要停下来，看着小河流水的波纹，赞叹它的纯净，赞叹它的活力；再看着小河岸边悠然自得的草木，赞叹它们的惬意，赞叹它们的自在；看着草木间啁啾贪玩的小鸟，有麻雀也有羽毛艳丽的山雀，赞叹它们的灵动，赞叹它们的欢快。

他俩和路边偶尔遇到的三三两两在一起拉家常的人，打着千篇一律的招呼，"吃了吧？"

"吃啦。你家也吃了吗？"

"吃啦。"

这对知识分子看不出有啥毛病啊，可怎么就给打发到咱们这深山老林来了？在这里能学什么好？真让人想不明白。

他俩会走过老季家，走过小学校，走过老才家，一直走到林场西头，再不急不慢地返回来，过了小桥向东，过了场部，过了马厩牛棚，到了林场东头，再折回到小桥头，从那里拐个弯，路过水井井台边，再走回家。这一套程序下来，大概能用四十几分钟，相当于学校上一节课的时间，在小桥上驻足的时间略多一些。

他俩参加的一般是苗圃育苗一类的轻体力劳动。回到家里，就各自捧着书，换着抱自家那只灰色黑花或者黑色灰花的胖猫。猫是胡家的猫崽子，给他家后，在他家喂大的。胖猫的名字好像叫"葡萄"，也不知道是因为眼睛像葡萄，还是毛色像成熟了的葡萄。谁要写字的时候就把葡萄放开，葡萄就晃晃悠悠爬到另一个人的怀里。葡萄是龙头林场唯一经常洗澡的猫，好像它也慢慢嫌弃外面别人家那些脏兮兮的同类，不爱出去和它们玩，更多的时候是和孙大学和张大学依偎。

张大学给它的都是它期待的，不给它意外惊喜，也从不会给它意外惊吓。而孙大学时常拿它寻开心，时而把猫头攥在手里，让它不安；时而把它弄翻，仰面朝天，再用手挠它的肚皮，偷袭它的爪子，让它愤怒，挥舞猫爪和他对着干；时而突然扯动它的尾巴，让它惶惑，扭过头来攻击他。时间久了，葡萄知道这都是游戏，看孙大学安静看书，不理它，它会主动向他挑衅，一次又一次，就要一起玩。

孙大学和张大学家屋后的菜园子，是在胡茂银和吕德臣的指导下，在胡学兵、胡凤娇和吕冬阳的亲手帮助下种起来的。就连西红柿苗掐尖、辣椒苗、茄子秧、小葱的栽种这类的简单侍弄，割韭菜、菠菜、摘豆角这样的简单收获，都是新学的手艺。给菜地浇水，两口子赶在烈日当空，又烤又晒的时刻，以为这个时候最解渴，经过吕德臣点拨，才知道应该在早上气温还未上升时浇菜，井拔凉水对热气蒸腾中的青菜是有伤害的。看着张大学腾来挪去、踩地不留痕的作态，看见青虫、蚯蚓失声叫嚷，让人忍俊不禁。

张大学和孙大学没有像其他人家那样养鸡、鸭、鹅、狗，不会也不想学，太费精力，也嫌脏。养那些东西为的是下蛋，为的是逢年过节或招待客人时杀了吃，看别人家杀生都是用刀抹脖子，还用盆子接鲜红的血水，他们无论如何也下不了手。

这一对知识分子对大黑和大黄的策略是敬而远之，孙大学和张大学看它俩猪食、人屎，见什么吃什么，嫌它们脏，从来不碰它俩，也躲着它俩，从来不喂吃的给它俩。它俩好像知道，也不去他俩身边摇尾巴，白费闲工夫还自讨没趣，也主动保持距离。

东院胡妈妈是林场妇女的观察哨，她看到的事情不出一天就能传遍四十多户人家。张大学家太过于讲究，油豆角非得切成丝再炒，包豆的大豆角不是更好吃吗？茄子干吗切成那么小的块块？土豆片和土豆块就没见她家吃过，不切成土豆丝咽不下去吗？鱼为什么不整条下锅炖，非要像吃猪肘子那样剔骨，还要切成片？生姜还要去皮儿再切成丝，切成末？每顿饭都做好几样菜干吗？一盘菜就那么一把抓的分量，做一大盘不就得了，吃进肚子还不是搅成一团？胡妈妈和大家一起操心，竟然还乐此不疲。她感觉孙大学和张大学一家的到来，把她在林场妇女当中的地位提高了，提高了一大截子，好像特别受欢迎。孙大学家院子是吕冬阳帮着打扫的，客气了几次也就随便了。吕冬阳这样做也是一种回报，因为孙大学家他白天可以自由出入，他家的小书架，是他可以任意翻看的小小图书馆。遇到难处，有问必答，不厌其烦。

# 十五　娄一刀的口福

　　林场要开会了，这是秋天的一个傍晚。在平时大多闲置的大食堂里，难得一聚，喧闹一片。是朱会计下午用场部大喇叭通知的，大喇叭传出的声音有时被风吹得四面飘散，东一句、西一句、南一句、北一句，忽强忽弱，时断时续，怕有的人听不到、听不清、听不全，接连通知了三遍。朱会计板牙长得比较大，口齿还算是很清楚的。

　　胡撇油抽抽鼻子，右手在鼻子下边扇呼两下，问和他坐同一条板凳的娄一刀："你吃啥玩意儿了？臊气熏天的。"娄一刀脸侧到一旁，悻悻地嘟囔一句："真的有味？"

　　"哎呀妈呀，自己一点没有感觉吗？是不是又没舍得扔掉马卵子？"

　　胡撇油说对了，上午请了龙头人民公社的兽医，把总爱搞事情的那两匹公马给骟了，割下来的东西被娄一刀收拾起来带回家，用大粒盐搓洗后，又用井里新打的凉水好一顿泡，傍晚让娄妈妈切成丝条状，从园子里摘了十多个指头长的绿色尖辣椒，爆炒了一大盘。娄妈妈是骂骂咧咧炒的菜，这菜里也就有了另外的一种惹人嫌弃的气息。晚饭时，饭桌旁只有娄一刀一个人，娄妈妈宁愿站在院子里透气，隔着木杖子和季妈妈扯闲篇儿。娄美玲听到爸妈喊吃饭，只答应一句，我不吃了，就影子都找不到了。

娄一刀对朝夕相伴的马有深厚的感情，这就像孙大扒对他的牛。那年失去了一匹马，娄一刀看到马莫名其妙地倒下，试图抬头却几次都没有成功。慌慌张张跑去场部喊来高场长和卫生所朱大夫，见到的是已经没有了鼻息的死马。娄一刀一把鼻涕一把泪，要求朱大夫想办法，朱大夫一脸无奈，摇头表示惋惜，还告诉娄一刀，死马当作活马医只是个说法，但凡马还有一口气，也要全力救治，可问题是这马已经没有气息啦。高场长拍着抽噎不止的娄一刀的后背，既是安慰也是叮嘱，马死不能复生，知道你不舍得，也别太难过，回头再置办一匹吧。另外，这匹马死得蹊跷，啥病说不清，离远点找个地方深埋掉。娄一刀眼泪汪汪地点了点头。

娄一刀围着死马转了几圈，弯腰低头拍了拍马头，附近喊来几个人帮忙，把马装上车。

夜深人静时，娄一刀家外屋厨房门窗紧闭，热气蒸腾，八印铁锅烀了满锅马肉。一顿无论如何吃不了，又不能拿到外面晒肉干，两口子一商量，第二天一早，把半米高腌咸菜的坛子腾出来，撒盐腌了满坛子马肉，细水长流，慢慢享用。

原来，他把死马运到几里地外的河滩，半泡在水里，以防被人发现，被狗、狼追踪。趁着夜色，用他扬名立万的杀猪刀，把死马胸、背和腿上的肉剔下了一面袋子。刚入夜时，月亮还没升到半空，地面昏暗，混沌一片，撕扯下来的皮毛带着血水直接混入河滩上哗哗作响的河水，余下的骨架被娄一刀借着河水的浮力，推入了深水中。娄一刀累得直喘，喘息声被风声和河畔树摇声掩盖。

歇息也是靠熬时间，待饭后门外闲聊的左邻右舍都转身入户，娄一刀神不知鬼不觉地把肉袋子扛回了家。

去之前，娄一刀曾让老婆孩子当中谁跟他一起，娘两个都嫌丢人，拼命摇头，气得他直嘟囔，出力的时候不伸手，吃的时候都不嫌丢人。

人说靠山吃山，靠水吃水，娄一刀是靠马吃马。啥病不病毒不毒的，这年头，肉就是香啊。

高场长让季副场长读一篇报纸文章，季副场长正和孙大扒从同一个烟口袋里撮烟丝，卷烟卷儿，摇了摇头："你就全都自己来吧。"

老季这话是冲着谢副场长说的。每次林场开会，高场长一个人就把不够一只手数的事儿掰扯明白了，问季副场长意见，老季总是摇头，话都懒得说。问到谢副场长，他却总要多说几句，是展示自己，还是让自己在大家面前有存在感，不得而知。老季反感的是，谢副场长从来讲不出新鲜东西，除了"那啥"，要么重复高场长的话，要么从报纸或文件上找出几句当成自己的话来说。老季私底下说过他两次，没用的话不说就不行？谢副场长笑嘻嘻反驳，哪句是没有用的？老季无语。高场长背后提示老季，让他说说也无妨，别打击年轻人的积极性，咱俩有责任让他重新树立信心，有个好心态。老季气哼哼："太硌硬人，你以后少让他讲话，读报纸都尽量少用他。"

高场长无奈，自己戴上花镜，亮开嗓音，读了起来，文章不长，只一刻钟工夫就读到了头，接着学习毛泽东语录，知识青年到农村去，接受贫下中农再教育，很有必要。还有，农村是一个广阔的天地，在那里是可以大有作为的。按照县林业局转达的上级指示，向大家宣讲了知识青年上山下乡对缩小三大差别的重要意义，三大差别说的是工农差别、城乡差别、体力劳动与脑力劳动的差别。读毕，又组织大家唱了一遍由朱玉栋的姑姑，也就是林场会计改编的歌曲：

"林业工人不信邪，火眼金睛心如铁，政治挂帅办夜校，认真读书学马列。不怕寒风吹，不怕冷水泼。认准革命路，九牛拉不回。反击右倾翻案风，就为了江山不变色。"

林场开会，每遇大事才会组织唱歌，这又是约定俗成的惯例。所以，歌声落地，大家预感到有大事要发生。高场长清清嗓子，捋了捋头发大声说道："大家静一静，注意听了哈，县林业局要给我们龙头派来十八名知识青年，上级叫法是上山下乡，具体到我们林场就是上山青年。有九名是从我们县城来的，还有九名是从大老远的地方浙江杭州市来的，全都是高中毕业生。"

"还有南方人啊。"季副场长吐出一口烟，云里雾里冒出一句话。

"一个个肯定细皮嫩肉，娇生惯养的，能干得了山里的活吗？"

"来这么多人，吃啥喝啥呀？"

"用不了几天，不得跑个一干二净才怪。"

工人们议论纷纷。

"少说闲话，知识青年上山下乡是国家大政方针，刚刚你们也都听到了。我们先把仓库旁边的宿舍收拾出来给他们准备好，孙大扒，你赶明儿个试试炕是不是好烧。"不待孙大扒回答，他又接着布置，"食堂有现成的，吕德臣，你负责安排几个人简单弄弄，安排两个老婆子给做饭。别的事情不那么急。"看看季副场长和大家都没什么事儿，高场长宣布散会。

第三天，从下午两点开始，小学全校六十多名师生列队等候，这是林场大的阵容。都是小学校长王大下巴按照高场长的要求布置的。他上午还派人到龙头人民公社的供销社——那是人民公社、林场和国营农场三家卖店当中最大的——去买回了红、黄、绿三色彩纸，做了一百面粘在细木棍上的三角彩旗。师生人手一面，余下的分发给现场看热闹的工人和家属。电工老才大个子、大鼻子，依旧是一身土黄色帆布工装，身挎从不轻易离身的卡其色帆布工具包，右手在红酒糟鼻子旁边摇晃一面绿色彩旗，最引人注目，还挺可爱。

龙头人民公社、龙头林场和龙头国营农场军马场三家当中，最大的卖店也不过两百平方米的营业面积，最小的卖店就是林场的，主动把自己叫成小卖店，只有五十多平方米，货类当然比国营农场军马场的少，比人民公社的更少。人家都叫供销社，都有大门脸，大门脸女儿墙上都有涂成红色的"发展经济，保障供给"水泥字标语。

人还未到，知青的故事先到了。本地县城的知青，在城里无法落实工作，待业在家，到林场来可以变成正式国营工人。杭州青年个个是一腔热血，有家里有两个孩子的，还有妹妹抢在姐姐之前偷拿户口，去报名上山下乡，抢先到最艰苦的地方去，接受工人阶级和贫下中农再教育的。一般人还真无从知晓真假，来龙头林场的知青中，却有的在后来得到了验证。十八名知青是十一男七女。

李菲红是杭州知青里面年纪最小的女孩子，这个十八九岁的女孩子挤占了姐姐的名额。一眼就可以看出她是个南方女子，长得娇小玲珑，精致细腻，秀外慧中的样子，还有点孩子气。吕冬阳偷偷把大四五岁的李菲红和高晓莹做过比较，模糊的定义就是李菲红算小家碧玉，而高晓莹是大家闺秀，高晓莹的长相介于南北方之间，两方面的优点她都有。其他女孩子没法和人家李菲红比，又不能单独比谁个子更高，比谁胸更猛，比谁腰更粗，比谁腿更壮，比谁说话嗓门更大。

　　一贯冷冷清清、略显空旷的龙头林场，只多了这区区十几个人，却仿佛突然之间人声鼎沸，喧闹了起来。

# 十六　困惑

南方青年和北方青年到了一起，住在场部对面、仓库旁边一幢四十多米长的长趟房子里。房子地基肯定是挖浅了，外墙已经明显下沉，室内影响不大，但从外面看，窗子与地面之间的距离已经不到一米高，进门下台阶，这让房子有点地窖子的感觉。阳光从南面几个窗子照射进来，光影里满是舞动着的丝絮和粉尘颗粒，室内无风，只是人在室内拿取物品，卷卷行李，穿穿衣服这种并不剧烈的动作，就扬起这么多的尘埃，有炕面的，有地面的，有棚面的，也有墙面的，也有从行李和衣服上抖落的。已经泛旧的粉花纸糊的棚上，垂挂着丝丝缕缕的灰挂，想不出来它们是怎么接续到这种十几厘米长度、要掉下来又不掉下来的样子，看它们飘来飘去就知道屋内气息的流向。屋里的土腥气，过了大半个月才消退。

人静时，尤其在夜晚，听得到老鼠在棚里杂沓逡巡的声音，脑海中浮现出交替移动的细爪子，心好像被细细的线系在上面，总让人目光追逐那声音，由远而近，由近而远，时刻担心老鼠踩破棚纸，掉到自己身上。

男宿舍是南北两铺大炕，这两铺大炕是孙大扒的杰作，一般人是望而生畏、做不出来的，炕要是搭不好，可不光是返烟熏人，还可能从炕沿下边，炕和墙相接的地方喷出火苗，还可能塌陷，还可能爆裂，搞不好，火炕就成了定时炸弹，隐形杀手。南北两铺炕中间，有三米多的距离。宿舍北边一侧住的是北方知青，南炕住的都是南方知青，这也算是对南方知青的照顾，南面有阳光，相对暖和那么一丁点儿。不同的生活习性，在这里就要慢慢地被互相之间制约没了，同化掉了。这里的条件和他们在家时相比，天壤之别，尤其是南方青年。

女知青宿舍在同一幢房子的西头，规模要小一些。

让知青尤其是杭州知青最无法面对的，是宿舍房后的土厕所，山里人叫作"茅楼"。这是在户外挖出半米深的坑，边上立四根柱子，四面钉上板皮做遮挡，板皮是圆木锯成板材时淘汰下来的木质和树皮连接部分。地面上约三十厘米处钉上横档，横放两块结实的板子，中间留出二十多厘米的缝隙。解手时，两腿分开蹲在竖板上，尿呀屎呀稀里哗啦落进脚下的坑里。夏天，为了降低臭味，也为了减少蛆虫滋生繁衍，每隔几天，会在排泄物上面覆盖一层锅灶下掏出的木灰。冬天里，屎和尿一层层堆积后被冻住，等堆积到了竖板的高度，再被刨掉，铲走。竖板上哩哩啦啦的尿液结成冰，稍不留神，就会至少一只脚滑入茅坑，裤脚沾上屎，沾上屎的厚棉裤洗刷都费劲儿，棉花见过水，御寒性能就低了很多。城里条件再差也不至于到这种程度吧。

刚开始，姑娘小伙子们都是战战兢兢的，解决完回到屋里要平息好一会儿，恶心死人了！这还不是全部，被窝里还有抓不尽的喝人血的虱子呢。这，这，这是原始社会早期吧？他们不知道的还有呢，山里老的小的，经常在林地里解手，完事儿随手捡两根树枝木棍，顺着腚沟前后拉磨一下，就眼不见为净了。

杭州知青顾尧池时常坐在宿舍窗边暗影处，透过厚厚的土坯墙上并不方正的窗户，眼睛看着窗口飘进屋子的光影里翻飞的丝絮和尘埃，抬手看看自己略显纤细的手指上，似乎永远也洗不干净的指甲，心里难过极了，这个原本乐观豁达的青年人，每天都有直不起腰板的感觉。来北方之前，同学送行聚餐时，他还故意背诵了一段鲁迅的文章《一件小事》，"我从乡下跑进京城里，一转眼已经六年了。其间耳闻目睹的所谓国家大事，算起来也很不少；但在我心里，都不留什么痕迹，倘要我寻出这些事的影响来说，便只是增长了我的坏脾气——老实说，便是教我一天比一天的看不起人。"

　　这一段他是借题发挥，是有意调侃。谁知道今天竟然是这个样子，一天比一天叫人看不起。坏脾气是真的长了，好像更年期提前了似的，几句话没说完就变味变调。恶劣的情绪和火气十足的脾气，也真给他带来了不小的麻烦。南北方知青经受着煎熬的第一年，和林场原住民一样生活劳作，等理发师，盼赵电影。

十六　困惑

# 十七　丢鸡（一）

"咱家鸡怎么少了一只？这两天我都数了，还是少了那只芦花大公鸡。"娄文明睡觉前听老婆说了这句话。

"会不会小河边草地里有黄皮子？"娄文明说的黄皮子就是黄鼠狼，这是山里人的叫法。在山里人眼中，黄鼠狼是神奇的黄大仙，能释放气味，致人迷幻，有偷吃小鸡的嗜好，被人发现，只是驱赶，一般没人惹动，轻易不会伤害。

"不能吧，这几年也没有过呀。"

"明天再找找看吧。"

第二天，傍晚鸡进窝时，娄妈妈瞪大了眼睛，手里点着计数用的小棍儿，生怕出错，认真专注，但还是没有，心里犯嘀咕，也只好不了了之。吃饭时，她想起了一件事，"记得前两天大河边洗衣服，听老臧婆子说丢了一只鸭子呢。会不会和咱家丢大公鸡有啥联系？"

"这么说来有可能。她家鸭子平时出不出自家院子？"娄文明琢磨着。

"说是从早到晚在大河边晃荡，找虫子，吃草叶。"

"要是这样的话，黄皮子的可能性大，弄不好就是哪里蹿来的黄皮子搞的鬼。"娄一刀嘴里嚼着青菜，想不出别的原因。

"你自己慢慢吃吧，等我回来收拾桌子。我出去走走。"娄妈妈有点头疼，是疑惑不解那种。

娄妈妈听到胡妈妈在小桥边和别人嚷嚷，说是丢了两只鸭子。

"能不能是黄皮子干的？我家大公鸡前几天也丢了。"娄妈妈带着疑团凑到胡妈妈跟前。

"不像啊，黄皮子偷吃的话，应该有血迹，有掉的羽毛。我可啥也没看着。"胡妈妈说的不是没有道理。

"老臧家也丢过鸭子，你说这几件事会不会是一连串的？"娄妈妈的话吓了胡妈妈一大跳。"啊，不止咱两家呀？这可得当回事儿了。"

老胡家的大黑这些天叫得比平时欢，时常从老臧家东房头绕过去，跑到房后大河边，远远地望着河边觅食的鸭子。老臧婆子注意到了这一反常现象，说给胡妈妈和娄妈妈听："你家大黑吃掉的吧？"

十有八九是它，这个畜生！三个老婆子共同认定了嫌疑分子。也别着急收拾大黑，先偷偷盯着它，看它咋干的？嗯，捉贼捉赃。

一连三天，一直到周六，老臧婆子配合胡妈妈监视着大黑的一举一动。眼见它几次三番跑到河边瞭望鸭群，却没有叼咬鸭子的举动。每次都是汪汪叫几声，又跑回家里。回到家，又焦躁不安，坐卧不宁，呜呜哼唧。它的一切都被两双警惕的眼睛盯得紧紧的。可就在周六这天，小河西道南边老娄家又丢了一只老母鸡。老臧婆子为大黑作证，这可一点都赖不着老胡家大黑。活见鬼了，那会是啥呢？

傍晚，大黑疯狂的吠叫引起胡妈妈的注意。打开院门，大黑箭一般冲了出去。胡妈妈腿脚慢，循着大黑跑去的方向追，绕过老臧家东房头，来到挠力河边，发现大黑停在木刻楞大桥上。

大黑汪汪跳跃着，凶恶地看着一个蹲在大桥上的瘦弱身形。见有人来，那人连忙求救："快把狗弄走，快呀。"他是那个会什么诗歌的杭州知青，他在往大桥下的急流倾倒着什么。胡妈妈站在桥头，大声吆喝大黑，趁着大黑跑回胡妈妈身边，被胡妈妈搂住脖子，知青小杜慌慌张张从一旁溜了回去。大黑余恨难消的样子，想挣脱却无奈被搂得更紧，对着消逝的身影好一顿汪汪，有点像骂人的脏话。

去找老臧婆子说起此事，一旁的老臧头冷着脸，劝她俩拉倒，别太闹腾。二人撇开打怵抛头露面的老臧头，带着手电筒来到桥面，桥面有风，桥下水流激荡，胡妈妈牵着老臧婆子的手，停在知青小杜蹲过的地方。各处照了个遍，却不料在大桥边沿，看到了一截在风中悠荡着的鸡肠子。原来那小知青是来处理鸡毛鸡杂碎的！怪不得以前找不到任何痕迹。

如此看来，大黑早就发现了罪魁祸首，这几天叫个不停是有原因的，这个通人性的家伙，几次三番跑到大河边对着鸭群瞭望，实际是出于担心，是想保护自己家的鸭子。

两人到河边找了根柳条枝，把鸡肠子挑了起来，顾不得腥臭味，胡妈妈伸手把它缠绕在柳树枝上，打了个结。这是重要证据，可不能掉到河里或者一不小心弄丢了。走，先去找娄一刀媳妇，再一起到知青宿舍说事儿。

娄妈妈看到鸡肠子，瞪起眼睛，怒气冲冲问是谁干的。得知是知青小杜，直接断言是团伙作案。这还了得，反了天了，找他算账去。一旁的娄一刀听了，也气得不轻，和三个老婆子一起，一路骂声不断，朝着知青宿舍来了。

知青小杜怕狗追，又怕人撵，从大桥上慌慌张张跑回宿舍，同宿舍的知青立刻明白事情败露了。此事本来由杭州知青发起，本县知青范学俭也热心张罗，他正打算把装着白条鸡的脸盆端到食堂去，此刻去不成了，怕在路上被抓现行。眼光在宿舍里扫了一圈，无处安放，无奈，拿块纸板盖在上面，塞到自己被窝里脚底位置。关灯，插上门插销，大家约好，不到万不得已，坚决不开门，听说什么都不要应声，听骂什么都不要反应。

敲门声和叫骂声同时响起，当，当，当，是手敲门的声音；砰，砰，砰，是手掌拍门的声音；咣，咣，咣，是拳头砸门的声音。

"开门，开门，谁这么早睡觉？装什么死蝲蛄！"

"这帮小瘪犊子，有人养，没人教，干起偷鸡摸狗的丑事儿了。"

"啥玩意儿啊，还知识青年呢，干这些偷鸡摸狗的事儿，知识哪去了？不会没学人肚子里，学狗肚子里去了吧？"

"偷鸡摸狗，噎死你们。"

诸如此类，带着鸡粪味，像三挺转盘轻机枪，外加娄一刀几颗手榴弹。门外的响动陆续招来了不少围观，围观的人分成两类，一类奉劝大事化小，另一类跟着一起叫骂。折腾了半个小时，房间里没有一点动静。"走吧，有账在，迟早能算。"大家听了吕德臣的劝解，看几个当事人骂骂咧咧地往家走了，也都各自散去。

以静制动的策略奏效了，知青们松了一口气，悄声议论起来，眼前躲过一劫，又担心起明天。这件事不会就此善罢甘休，刚才听到这样说了，知青成了小偷，在林场成了人人喊打的过街老鼠，再背上一个处分，前途可就毁掉了。一晚上，好几个人憋着尿，都没敢出去撒。

# 十八　丢鸡（二）

第二天一大早，三个老婆子带着一团火气找高场长。得知高场长没在家，在场部和季副场长商量事儿。那正好，把咱们的事儿也一起商量商量，一路嚷嚷着，门都没敲，三个人就闯进了场长室。

高场长听了她们一片混乱的表述，摩挲了下头发，笑了起来，笑得一点责任心都没有的样子。"鸡鸭丢了，是知青干的，让人家赔，对吧？我和季场长正要找你们呢。"

三个人一起点头。

"这件事挺让人难过，"高场长说得慢条斯理，"这帮孩子让人心疼，爹妈都不在身边，咱也没拿他们当自己家孩子照顾好，吃点肉还得偷偷摸摸的。"

"可是这样做性质恶劣。"娄妈妈余怒未消。

"老嫂子，你说得对，说实话，这都怪我这个场长没当好，没管好林场，没照顾好这帮小青年，没看好你们的鸡鸭。最应该责怪的人是我呀。你们的鸡鸭我和季场长安排赔吧，等春节前分野味，给你们三家多分十斤二十斤的，算是补偿。"

"场长，你怎么不替我们说话？听你的话好像是我们不明事理似的，你在家就这么说话吗？还不把晓莹妈气死。"胡妈妈得理不饶人。

"小青年可怜归可怜，那也不能偷啊，别把林场小孩子影响坏了。"老臧婆子嘴上这样说，心却开始软了，她想起了早夭的第三个孩子，要是活下来，也该是这帮知青一般大小了。她把这个想法说了出来，一不小心触到了娄妈妈内心痛处，儿子这个称呼是娄妈妈永远无法治愈的心痛，脸上不由得浮上了阴云。

这年月别说鸡鸭了，就是鸡蛋都被当成宝贝。胡妈妈的儿子胡学兵，就曾从自家鸡窝偷过鸡蛋，之所以从鸡窝偷，是因为家里的鸡蛋有数，窝里新下的没数。他把偷出来的鸡蛋用纸包好，在水里泡湿，然后埋在锅灶下火炭里，这样做，鸡蛋不会爆裂，蛋黄格外香，就是吃急了烫手烫嘴，噎得慌。这是西院吕冬阳教给他的小窍门，吕冬阳是跟季海风学来的，季海风的师傅是才礼。用不上十分钟，鸡蛋熟了，用木棍扒拉出来，左右手换着，颠来颠去，嘴里嘶嘶哈哈，从窗台进到房后园子，坐在黄瓜架中间，吹着气儿，把鸡蛋慢慢剥皮，吃掉。如果不是那次碰上摘黄瓜的妹妹胡凤娇，家里的鸡蛋还会继续减产。胡学兵露了马脚，引起了家长们的注意，也断了吕冬阳、季海风和才礼的路子，不知道还有谁家孩子也这样干过呢。这件事自然没有逃过高晓莹和几个女同学的耳朵，一连两个星期上学路上，都会有人大声问，今天吃鸡蛋了吗？噎没噎着？

> 胡扁头，偷鸡蛋，
>
> 一不小心被发现。
>
> 这事儿原来不简单，
>
> 一扯扯出一大串。

这是女生合伙编排出来调侃男生的顺口溜。男生听了扭头翻白眼，女生前仰后合嘻嘻哈哈笑成一片。

高场长的话说得在理，这帮细皮嫩肉、从来没有吃过苦受过罪的小伙子大姑娘，离家好几千里，父母该有多牵肠挂肚啊。哪个孩子不是父母的心头肉，孩子们成年累月听不到父母的话音，看不见父母的面孔，咱帮着尽尽父母的本分也没啥不应该的。还有很重要的一点，就是高场长多分野味的承诺，都知道高场长说话算数，言而有信。

每个人都是有故事的，只是说不说出来的问题。三个老婆子叽叽咕咕好一会儿，再转过身，全没了凶煞气，已经是眼睛里噙了泪珠。

高场长还在道歉，是在替知青道歉："回头让他们去给你们做个检讨，道个歉吧。我和季场长负责监督他们改正错误。"

"别让他们为难了，一帮大小伙子，给他们留个面子，这事就拉倒吧，多分野味的事儿记住了就办，记不住就当没说。说起来昨晚也没给他们留面子，骂得也够狠的了。鸡鸭我们不要了。不要了行不行？"三个老婆子说到了一处。

"我考虑给知青安排改善一次，多买几只鸡鸭，让这帮孩子高兴高兴，把林场当成他们的家，心里不留阴影，这坏事儿也就会变成好事儿。"高场长的话听得三个老婆子直点头。

"我也豁出去了，再拿两只炖给他们吃。"

"干脆咱一家出一只吧。"

"鸡鸭肉炖上一大盆粉条，都是肉味，让他们吃个够。"

三个老婆子你一言我一语，都爷们儿起来了。

季副场长刚开始脸有些涨红，呼哧呼哧喘粗气，要发作。听了高场长的一番话，此刻平息了下来，"还有我和高场长两家呢，五只鸡，让他们可劲造。有我和高场长在，不会让你们吃亏。都回家拾掇去吧，把鸡送到食堂，就今晚吃。"

三个老婆子走后，两位场长临时做出决定，食堂南边五十米外建个猪圈，养上十几头猪。以后每隔一个月宰杀一头，吃上个把星期，再加上冬天野味补充，让他们肚子里多少能存住点油水。反正食堂有泔水，喂牛、喂马的饲料有些也可以喂猪。这项工作就交给仓库管理员吕德臣安排落实。

高场长说不管谁先见到谢场长，记得把这个事儿知会他一下，老季点头。

两位场长商量完工作事宜，正准备离开，听到了敲门声。进来的是胡妈妈，她讪笑着说："走出门，她们两个让我回来再提醒一下两位场长，说话可得算数，年前分野味时千万别忘了多给我们分点。"

"你们可真有正事儿，这都说过多少遍了？要不要给你们打个白条？"两位场长都有点哭笑不得。

"不用，不用，我走啦，回家抓鸡去。"

"我就说嘛，这些老婆子都认死理儿，上哪儿也弄不来这么高的觉悟。"高场长和季副场长相视一笑，心里说还好，没闹翻天。

"老季，分发猎物时，有一户人家还真要记得照顾。"

"你是说孙大学和张大学吧？"

"正是。"

季副场长和高场长四目相对，同时认真点了点头。

早晨起来，知青宿舍门口没见到有人堵截，只看到丢在门旁缠着鸡肠子的柳条枝，知青们大感意外。范学俭带着小杜，两个盆子对扣，把宿舍藏着的白条鸡送到了食堂，想说道歉的话，没找到合适的对象。

这顿让知青既担心又激动的"百鸡宴"来得突然，刚开始接到通知以为是鸿门宴。他们慢慢体会到了真情实感，心中大呼意外。没听到有人提偷的字眼，只有男知青们一肚子悔恨。前些日子，真把他们馋得不行了，容不得别人说到肉字，看到谁家的猫，都恨不得抓住烤了吃掉。有人提到偷鸡鸭，没得到响应，却也没有一个人反对。这帮小子尚算义气，跳窗户进食堂做熟，鬼鬼祟祟端回宿舍，喊了女知青，但人家没一个人过来吃。

娄一刀做的事情没啥对错，但和高场长比起来，还是差点火候。昨晚他被吕德臣数落了一阵子，说他跟个老娘们儿一样，大呼小叫，不成体统。昨晚回家一连卷了好几只烟卷，烟雾缭绕中，有点后悔一时冲动，一时间想不出该怎么解决。早上听老婆说去找高场长，也没有拦阻，只告诉老婆好好捯饬捯饬再出门，别让人当泼妇看待。亏不能白吃，事儿也不能闹得太大，由着老婆子们闹，走一步看一步。

听说了两位场长的处理安排，嘴上不太服气，嘀嘀咕咕，说还是场长嘴大，想一出是一出，心里却是佩服得五体投地。

# 十九　独辟蹊径

场领导们决定，让柔弱的李菲红做电话接线员，场里的电话交换机需要有人值守。这个决定比较人性化，知青们感受到了领导们的好意，每每说到此事，内心都如沐春风，也没有人和李菲红攀比，但却给她本人带来了烦恼。

得知这一消息，她的第一反应就是无法胜任。说给同伴们听，刚开始都说她得了便宜还卖乖，细听缘由，又都表示理解。

她的口音，当地人听不明白，对方打电话来或者接听这边打过去的电话，一开始以为有人开玩笑，可怎么询问也不改腔调，到后来，谁用电话谁骂人。既然不适合，那就到小学当老师吧，边学普通话边教课。

这种安排无意中帮助了高晓莹，也帮助了爱学习的朱丽萍和吕冬阳。这些看着不起眼的点滴帮助，在人生轨迹改变上，既及时又有力。

小学王校长一开始不知道该如何安排李菲红，让她教几年级，上什么课都不知道，就先让她熟悉熟悉学校、老师、学生，熟悉熟悉普通话，大家也熟悉熟悉她的口音。

李菲红一开始担心自己知识储备不足，不懂教学方法，心里直打鼓。她私底下问过顾尧池，到底该怎么做。顾尧池也在心里替她着急上火，嘴上却鼓励她逐渐适应，当务之急是学好普通话。

那些天，李菲红感到特别无助，一到晚上，用被子蒙着头，暗自流泪。虽如此，班还是要上的，明明从早到晚没干什么，看上去比进山干体力活的知青还疲惫。这小同志该不是病了吧？宿舍里的几个姐姐关心她，她却有苦难言。

慢慢地，情况有了改变，她发现自己当小学老师们的老师也没有大问题，他们几个照本宣科，不太照顾学生的学习效果，听懂听不懂不管，把课按进度讲完就万事大吉。更不可思议的是，王校长还可以把犯错误的学生叫到办公室，像对自家孩子一样打骂。

她旁听了几节别的老师的课，发现学生竟然不会用字典，竟然没教过汉语拼音，我的天哪。她发现了她的用武之地了，和校长王万岭打过招呼之后，开始给全校所有年级补习汉语拼音。

李菲红从来没有觉得自己知识竟然如此渊博，自己竟然这么有用，每天可以过得这样充实。她自告奋勇，每天比别的老师多讲两节课，每周一到周六讲课超过二十节，她额外讲的课不受教学安排限制，只要不和其他老师的课时安排发生冲突就行。她教组词、造句、成语，甚至教句子结构分析、修辞手法。全校都能用她南腔北调的口音背诵"主谓宾，定状补，主干枝叶分清楚。基本成分主谓宾，附加成分定状补。定语必在主宾前，谓前为状谓后补。六者关系辨分明，分析正误心里有数。"这对山里孩子后来的学习帮助很大，只是由于每个人理解和接受程度不同，收益深浅不一而已。

大辫子胡凤娇就总是把定语和状语搞混，娄美玲则是经常找不到哪个是谓语，孙宝珠头疼的是怎么有时候还是多主语或者多宾语。至于才礼和胡扁头，爱谁谁，爱啥啥，这纯粹是裤裆里没卵子找个茄子提溜，整那些没用的规矩干啥？不耽误说话就行了呗。

高晓莹、朱丽萍、吕冬阳就是在这一时期补上了汉语拼音课。看似简单，学起来也不难，但胡扁头、才礼却学得七七八八，到最后也没学好用拼音查字典。李菲红试着给几个后进生补课，但他们的注意力根本就集中不起来。李菲红的普通话说得杭州味十足，倒让小哥儿几个学得飞快，她用作拼音练习范句的"工农兵，打头阵，我们是'批林批孔'的主力军"被复述成"工农兵，大头沉，我们是'批您批孔'的主力军"。"大头沉"变成了小李老师的绰号，几天工夫，大人小孩就都知道了。难为李菲红的一片苦心了，老老少少的都这么没正事儿。

也不全是这样，娄妈妈和季妈妈在大河边洗衣服刷鞋时碰到朱妈妈和高妈妈，就聊到了孩子们补习汉语拼音的事儿，说是多学点东西不是坏事儿，说是虽然学习耽误点干活，但也不是什么用没有。不过，高妈妈对这类话题还是不屑，她嘴里讲的是，不对的，龙生龙，凤生凤，老鼠的儿子也就只能是会打洞，山里娃学习有用是有用，但一个是学也学不来多少，再一个是学了也用处不大，学不学能有什么两样？她这话是不需要回答的，因为在她看来，土豆就是土豆，地瓜就是地瓜，土豆咋整都变不成地瓜。所以答案是固定不变的，就是否定。

娄妈妈顺着高妈妈的话又讲到了李菲红，这回是说到长相，说她长得单薄，腰细得像酒瓶子，不当小学老师的话，恐怕废人一个。高妈妈笑着嗯了一声，表示赞同，心中闪过蛇精的念头，没好意思说出口。

也就在她们手里不停地搓洗，嘴上一个劲儿东拉西扯时，季妈妈抬手指着高妈妈小腿边，冷不丁问了一句："你那儿花里胡哨的是啥呀？"

高妈妈扭头看了一眼，突然"妈呀"一声喊，触电似的一跃而起："蛇，蛇，长虫！"在高妈妈老家叫蛇，在东北林区叫长虫，她怕别人不明白似的都喊出来了。

季妈妈和娄妈妈撒手丢弃手里的物件，惊慌失措地站了起来，哆嗦着嘴唇跟着嚷："花长虫！大长虫！"

花蛇有小擀面杖粗细，全身红蓝白多色斑点，五彩缤纷，圆头微微仰起，扭动一米多长蛇身，扭出拉伸开的弹簧形状，不紧不慢游走了。四双眼睛瞪得圆圆的，目送着花蛇游到大桥下，透迤钻进木刻楞间石头缝隙。

花蛇是怎么来的呢？没有人说得清楚，事后想想，十有八九是肥皂释放的香味吸引来的。高妈妈用的肥皂和别人家的一样，都是用松香、猪油和烧桦子剩下的炭灰混合做成，成形后放到太阳下晒干，结实耐用。经水泡加上揉搓，奇异的香味在水中弥漫。这年月，都不舍得花钱到小卖店买现成的肥皂。论起效果，自家做的肥皂用起来更下灰。

四人心有余悸，不敢久留，用捶打衣服的棒槌一件件挑起水淋淋的衣物，匆忙装盆，端着各自回家了。

高妈妈待晓莹放学回家，把碰到蛇的事情讲给女儿听，晓莹搂住妈妈胳膊轻轻摇晃，安慰说："还好，毕竟有惊无险。"心里也暗暗思忖，也怪妈妈总爱抱怨，这回抱怨小李老师，该不会是小小的报应吧？

高妈妈洗衣服碰到花蛇了，这件事成了林场老婆子们放不下的话题，直到有一天，宣称从来没有单独碰到过长虫的老才婆子，揭开仓房里两扇对开的米缸盖子时，一眼看到大糙子上盘成一盘的黑灰色长虫。用她自己的话讲，当时就麻爪了，心都跳出了嗓子眼儿。这不是说啥来啥嘛！这不是巧合，这是灵验。于是全体禁声，一时之间，不敢再讲长虫，花的也好，黑的也好，没了议论。

# 二十　老才婆子遇险（一）

又到了秋高气爽的时节。今天晚上有好事儿，看电影《智取威虎山》。好多人激动得头一天晚上没睡好觉。说起来这些京剧片都看过不止一遍，提起头就知道尾，随便找个人，就能把杨子荣、座山雕的故事讲个明白。这样也好，省得抓心挠肝着急上火了。中间上个厕所，回家取点东西，给圈里的猪倒点猪食，或者给月科孩子送个奶，都不耽误电影故事的连续性。文化生活太缺乏了，能看场电影，就是做一次心理按摩，舒坦舒坦身心。

放映到中途，小常宝正在控诉土匪罪状，字字血、声声泪、激起仇恨满腔的当口，突然停下了，一百瓦灯泡亮起，高场长用连着放映机的话筒喊话，声音很急切，说的事情也让大家立刻没了看下去的心情，"刚才电工老才报告，老才婆子中午拎筐进山采山货，走'麻达山'了，七八个小时过去了，到现在还没回来。"

这很可怕，山里有猛兽，饿不死也会被咬死。高场长要求以民兵为骨干，全场十八岁以上的男人，不管是学生还是工人，分成四个大组，沿着公路东西向拉开，以公路为北起点，间隔三五里安排一组，向正南方向搜寻。每组安排一个带猎枪的狩猎队员，确保搜寻队伍的安全。

才礼的同学们聚到了才礼身边，他叫闹着要亲自进山找妈妈，和谢副场长商量，没得到准许。高晓莹脸上挂着焦虑的表情，看得出大家把希望寄托在她身上，她扬了扬眉毛，张开紧闭的双唇，让大家别着急，她来想办法，眼见娇小的她甩着马尾巴头发，跑到高场长身边，和高场长说了几句话，高场长先是歪着头听，接着摇头。高晓莹揪着爸爸的耳朵又说了什么，嗯，点头了。又看她抱着爸爸的胳膊说了句什么，高场长又在摇头。什么情况？

高晓莹跑回几个同学身边，告诉大家，考虑到才礼的感受，高场长破例同意季海风、吕冬阳和胡学兵陪着才礼，加入季副场长率领的小组，夜间行动，要求特别注意安全，但高场长坚决不同意她们几个女同学进山。

搜寻组带上手电筒和短柄斧头等工具分头出发了，才礼、季海风、胡学兵和吕冬阳走在队伍中央，身前身后都是林场工人，季海风在才礼前面，胡学兵和吕冬阳走在才礼身后。他们是最西边的一组，走的是一条林业子弟中学偏西向南进山的小道。才礼一直哭哭啼啼，哥儿几个一直不停地安慰他："别哭了，一会儿就能找到你妈妈。""我妈看着厉害，实际胆子可小了，她最怕狼了，会被狼吃了的。"

高晓莹、朱丽萍、娄美玲和胡凤娇，还有孙宝珠没有马上回家，五个人留在广场上窃窃私语。想起盛夏时的一天中午，她们五个一起拎筐跑进南边山里采榛蘑，循着榛蘑趟子，往前边采边走。榛蘑长在灌木丛中，朵朵幼嫩，有的是单独的伞，有的是几个伞共一个根，连成线，铺成片，弯下腰，低下头，目光就局限在眼前的榛蘑和筐子上了。不知不觉间失去了方向感，刚开始还不以为然，嘻嘻哈哈，随着时间推移，采蘑菇的小姑娘们心里变得不安起来，只好停下来，专心找方向。慌乱中在高树下的灌木丛中穿行，蜘蛛网挂在了肩头，头发里插入了细树枝，脸上淌着一道道汗水。太阳西坠带给她们无比的绝望，光线变暗，树叶沙沙作响，越发觉得周围隐藏着凶猛饥饿的狼虫虎豹。高晓莹提议，让大家前后相互呼应着，既是壮胆，让野兽躲开，也是防止姐妹当中有谁掉队，五个人这样做的时候都带出了哭腔。幸运的是，夜幕降临前，她们听到了远处轮式拖拉机踩油门突突突的声音，几个人形成了一致的方向判断，一番跋涉，终于见到了狭窄的山路。只有高晓莹和娄美玲筐里还有榛蘑，到家前，看到娄美玲也是所剩不多，高晓莹把筐里的榛蘑分出些，给了朱丽萍、胡凤娇和孙宝珠。怕父母担忧，也怕男同学笑话，此次历险作为秘密藏在了姐儿五个心里。才礼妈妈在山里失踪，让她们后怕得心慌。

"老才婆子——"季副场长带头吆喝，声音传出去很远很远，远处有余音。

树叶被夜风吹得一会儿沙沙作响，一会儿哗啦啦地低晃，附近不时有被惊醒的小动物慌忙逃避剐碰灌木和受到惊扰的小鸟儿振翅的拍打声。季副场长说："你们几个小家伙大声喊喊。"胡扁头、吕冬阳几个人扯开喉咙："老才婆子！"喊声和才礼喊妈混在了一起。几个人都觉得这样喊长辈有些不恭，季海风问了爸爸，季副场长说："这是行军打仗救人命，别想得牵肠挂肚的。"才礼闭嘴。"你们每隔一两分钟就喊两声老才婆子，喊完就停停，听听是不是有反应。"几个人高声呼叫时，才礼竟然也跟着喊起了"老才婆子"，心情焦灼可见一斑。小路走着走着就没了，一队人在灌木丛和森林里借着树冠透出的微弱光亮，磕磕绊绊向南走了大约二十里，没有任何老才婆子的声息。听季副场长说要原路返回林场，才礼靠着一棵大杨树哭出了声，嘴里嚷嚷着不行，回身抱住了大树。

"说不定别的小组已经找到你妈了，咱们也得回去看看。要是都没找到，再带上干粮，重新进山，生要见人，死要见尸。"

"你放屁！我妈妈死不了。"

"我说错话了，你妈死不了。"没人觉得季副场长的话好笑，由于担忧，心情都很压抑。

高高树冠上的枝叶把落到地面的月光搞得斑斑点点，一阵风从上面掠过，碎银子似的月光也漂移变幻，季副场长的尴尬表情由于光线的原因没人看得清。他端起枪，让其他人稍稍退后，才礼自然而然放开了抱着大杨树的双臂，枪口对着树梢，朝着天空，"砰"的一声脆响，枪声传得老远，在山谷里回荡。这声枪响说不定能帮上老才婆子呢，吓退她身边的野兽。

已经是凌晨三点钟，精疲力竭的四支队伍都回到了场部门前，全体待命。高场长和季副场长、谢副场长带着老才几个人，聚在一起，商量了一下决定让大家回家吃口饭休息休息，明天走新的路线，东西跨度拉长，向南推进到更远的地方。林业子弟中学已经联系好，明天停课，全校男生参加搜救。假如明天还没有找到丢失的老才婆子，后天就向龙头国营农场军马场和龙头人民公社求助，增加人手，毕竟人命关天。

老才和两个儿子一夜无眠，家里的气氛就如同办丧事。

要说林场、国营农场和人民公社三种体制间也不是老死不相往来。每年春节，一般是初三，人民公社就会组织附近几个生产队的秧歌队到林场，再到国营农场，或者先到国营农场，再到林场，踩着高跷，打扮得花红柳绿，吹着悦耳到刺耳的唢呐。大部分人摇扇子，还有旱船，挥舞双桨，还有西天取经的唐僧师徒，挑担子，舞耙子，耍如意金箍棒，搔首弄姿。大冷的天儿，扭得散发着汗雾，热气腾腾，好不热闹。去年的事儿大家还都记忆犹新。那天零下二十四五摄氏度的样子，胡妈妈和孙妈妈站在一处，都戴着酱紫色的方块头巾，棉裤又肥又厚，旱船划到身前的时候，眉开眼笑。高妈妈、吕妈妈和朱妈妈在仓库墙边，仓库坐北朝南，这里有阳光，略感觉暖和些，高妈妈裹着平时高场长穿的军大衣，和朱妈妈的绿底碎红花花棉袄、吕妈妈的黑棉袄外扎了红花绿叶围裙气质不同。季妈妈、老才婆子和娄妈妈站在场部右侧的宣传牌前，季妈妈一条灰色粗线宽围脖围上了脖子，也包严实了脑袋，只露出了眼睛，围脖肯定是大女儿季海鹰给织的，眼睛上方的围脖结了一层白霜。老才婆子头上是电工老才平时戴的土黄色平顶长毛狗皮帽子，两个帽耳线在下巴处系在一起。娄妈妈是和胡妈妈、孙妈妈一样的外表，连脚下的黑条绒棉鞋都一样，鞋的头尖沾着雪。几个人开心地对着秧歌队指指点点，时不时笑得前仰后合。

秧歌队到来和离开之际，林场会安排年轻工人燃放爆竹，欢迎欢送。如今，老才婆子还能等到看秧歌的时候吗？

老才头发蓬乱，身体四面八方转来转去，只说："添了大麻烦了，谢谢啊，谢谢啊"！感激涕零。

一场声势浩大的搜救战役打响了，高场长安排谢副场长留在场部坐镇，他和季副场长随大队人马进山，连胡茂银家的大黑和吕德臣家的大黄都参加了搜救。这本来应该是才礼、胡扁头喜欢的节目，可惜才礼是事件当事人，心头乌云密布，心中充满了失去妈妈的恐惧。搜救队伍翻山越岭，依旧是老办法，边走边喊，边喊边听，也按统一要求仔细留意灌木丛和树下各处，看是不是倒在哪里或者是有被野兽吃剩的白骨。不知不觉间都走出了二十里开外，山里就是这样，俗话不就是这样讲的嘛，看山跑死马。一座座山，一道道岭，以为近在眼前，实际远在天边。

# 二十一　老才婆子遇险（二）

　　四十里外的狼洞沟，老才婆子一天一夜只认识天不认识地。狼洞沟这个名字说不清打什么时候叫起，听着就知道是谁的天地，出没在这一带的，除了狼，只能是比狼还凶猛的野兽。

　　山林里，到处是怪响，夜里不知名的野兽在山谷里纵横穿行，身后不远处是不是狼的嚎叫？叫得她心里一阵阵发紧。天还没黑尽时，她放下与她做伴的筐子，倚靠斜坡处一人多高的大石头，就在这里过夜吧。心里害怕会遇到妖魔鬼怪和野兽攻击，她相信有妖魔鬼怪了，心已经被妖魔鬼怪用绳子勒紧了，勒紧了还摇来晃去，孤独让她变得单薄，单薄得如同一张纸片。她壮着胆子，在附近也就是三米之内，捡拾了十多块拳头大的石子，预备着吓唬可能冲出来攻击她的野兽。深夜时分这些东西是不是有用得着的时候，她也不知道。本来就疲惫不堪，恐惧又加重了疲惫感，还没来得及吃筐里掉剩下的裹着绿衣的榛子，她就睡着了。榛子刚摘下来绿衣下的壳还是软乎乎的，手都捏得动。

　　在众人一片慌乱的月夜里，老才婆子就这么幸福地睡着了，她睡得无所畏惧。凌晨四点钟，也就是林场领导刚刚研究完寻找她的计划，几乎是相同的时间，老才婆子被附近窸窸窣窣的响动弄醒了。刚才还在梦里呢，盖着新棉花絮的红花绿叶被面的大厚被子，软乎乎的，热乎乎的，她伸伸腿，蹬开老才横过来的大粗腿，心里说："滚一边去，别耽误我睡觉。"再伸伸腿，一点也不露脚，真舒服啊。睁开眼睛抬头看时，距离她五六米远的地方，一头黑灰色的野猪正直勾勾地盯着她。老才婆子喉头发出"啊"的一声怪叫，耳边听到的是过年杀猪时才能听到的，和熟悉的猪圈里的猪叫得不一样的关乎性命的声音，是野猪陪着她叫出来的。野猪哼唧着仓皇逃出她的视线，隐没在林中。老才婆子浑身筛糠不止，额头渗出一层绿豆粒大的急汗，仿佛刚用厚被子捂过。

站起来，找回家的方向。可周围是蔓延到视野之外的无边无际的林木，稍有空隙，又是爬满野山藤的灌木丛。一簇簇野葡萄藤挂满了葡萄串，葡萄串上的葡萄长得不算密实，有不少的小颗粒，葡萄粒大的已经是黑色，熟了，还剩下颗粒较小的依然是绿宝石色。老才婆子左手攥着块圆润易于掌握的石块，伸出右手摘了一串黑色颗粒比较多的葡萄，迫不及待放进嘴里，一直是恐惧代替了饥饿，这时候倒有饥肠辘辘的感觉了。吃了几串葡萄，似乎头脑也清醒了些，知道最重要的事就是尽早回家，一旦遇到雨天，天气骤变，就会死路一条。但往哪里走是回家的方向，她现在是落入陷阱的狐狸，智商再高也等于零。何况，没有那么高的智商啊。

老才婆子哭了，是伤心欲绝的那种。老才喝酒容易喝醉，喝醉后打过她几回，打就打吧，反正没有打才礼那么狠，能找回家，挨打也愿意。才礼不爱念书不算啥，可一天到晚不省心，她烦都烦死了，也不算什么，男孩子嘛，长大上班就懂事儿了，再不行等娶了媳妇，有人管了，也就有正事儿了。你个王八羔子，平时你爸这样骂你，我真觉得过分、难听，现在怎么觉得骂得亲切、骂得好听了呢？看你没了妈，你爸再不安分给你找个后妈，你咋办？你可咋办啊？你弟弟才信还小，谁照顾他呀？啊啊啊呜——泪人儿似的老才婆子按照自认为盯住的一个方向扒拉着荆棘一直走，却不知道她在不大的区域里转圈圈，根本没动多远的地方。看树冠上不同朝向的密或疏，是可以大致辨别南北的，这和阳光照射产生的光合作用，影响不同方向的树枝生长势头有关。老才婆子没文化，没参加过林场工人在大食堂开的会，没听过孙大学和张大学给林场工人讲的相关知识，哪里会懂得这些。

怎么连一条林场工人进山干活的小路都没遇到？这到底是什么地方？

她想喊，却又不敢喊了，怕招来附近饥饿的野兽，谁知道这是哪个山猫野兽的地盘？到后来，也是没了喊的力气。她的心在枯萎，在一点一点慢慢地枯萎，本来强烈的求生欲望也在慢慢减弱，慢慢降低，就像一只吹得很大的气球，在慢慢地泄气，慢慢地变小。她也曾想到过老才会去求高场长，高场长会安排人进山找她。可是，她从家里出来时，没和老才说要到哪一带山岭，又没说是采什么山货，高场长又能安排多少人呢？茫茫林海，方圆百里，人迷失在里面，和一根针掉进挠力河又有什么区别呢？

早上刚开始在林中穿行时还有一丝判断力，到中午时分，她的大脑已经是一罐子糨糊，钻树丛钻得漫无目的了。已经不知道什么怕，不知道什么渴，不知道什么饿，不知道什么累，不知道什么疼了。两条腿已经是机械运动，手拨开树丛也是凭着模糊的意识。

季副场长带的一队人马，负责中路，向林场正南推进的同时，呼应着东西两侧。进山约十六七里，就发现前方山林上空盘旋着一群乌鸦，不下三十只，一片聒噪，队伍里有人失口说了句大事不好，老季也是心头一紧。乌鸦的聒噪让人恐慌，山林上空有乌鸦盘旋，十有八九是下面有动物的尸骨，这个时候，它们的目标不会是老才婆子吧？季副场长安排一队人分成三组，每组保持三个人以上，在乌鸦盘旋的区域散开搜寻，中路继续向前，另外两组左右包抄，以防疏漏。二十多分钟后，右侧传来喊声，说是发现了目标，中路和左侧小组迅速向他们汇聚，带领中路的季副场长立刻忐忑不安起来。

三组聚齐在一只死了多日的狍子旁，狍子毛被乌鸦尖嘴揪得斑斑驳驳，肉已经呈现腐败迹象，肚子部位露出凉森森的肋骨，臭气掩盖了山林中的清新气息，直往鼻孔里钻，绿头苍蝇落了一层，挥手轰赶，没飞多远又贪婪地落回到肉上。没找到老才婆子，并没有让大家失望。这里不是老才婆子，倒让季副场长和同组的人松了一口气。

吕德臣小组在太阳落山前找到了她，第一个见到老才婆子的是吕家的大黄狗。有人声陪伴，她没被大黄吓到，反倒把大黄当成了恩人，伸手去摸大黄的耳朵，却摸到了嘴巴，要在平时，早吓得不行，现在竟然感觉到的是亲切和友好。老才婆子披头散发，衣衫褴褛，脸上、手上布满了血痕，装榛子的筐不见了，手里紧攥着一块直径七八厘米的石头。是她先听到了寻人队伍的呼喊，接着循声走到一起。那一刻，老才婆子放心地倒在地上，惊吓、饥饿、无须坚持也坚持不下去，虚脱了。

# 二十二　少年不知愁滋味

　　上小学时，吕冬阳不喜欢高晓莹。学校每天都会安排值日生提前到校，生火点炉子，在上课前把炉火烧旺，他俩被老师分在同组。她指手画脚，一副理事儿大姐的范儿。吕冬阳知道她在家干活干得少，心里不服，听她说话就有抵触，只是没有完全表露出来。高晓莹也是满心瞧不上这个鸡骨瘦猴的男生，看他干活总觉得笨手笨脚，又不怎么爱说话，总是一副和她过不去的样子。可话说回来，看着蔫声蔫语，生炉子的活儿从头至尾都是人家吕冬阳干的，手冻得通红，无怨无悔，高晓莹顶多是在抱怨木柈子摆放得不够稀疏，不透风，火苗出得慢，炉子冒烟多，手就没从棉手闷子里拿出来过。木柈子是吕冬阳带的，炉膛狭小，特意把烧锅灶用的木柈子锯成了两段，高晓莹带的是引火用的白桦树皮。

　　冬日早晨，教室空旷，看哪哪冷，碰哪哪凉，桌椅板凳好像都冻得失去了知觉，黑板散发着森森冷气。几乎每一次，划断好几根火柴才点得着桦树皮，把火苗跳跃滋滋作响的桦树皮放到塞在木柈子下面的碎草上，碎草被引燃，炉盖缝隙升腾出浓烟。吕冬阳手执硬壳本夹子对着炉孔扇风，炉灰四散飞扬。一旁的高晓莹急忙抬手，用大棉手闷子捂住嘴巴和鼻孔，嘴里嘟囔着，脸上露出厌恶和嫌弃。火苗生发得实在困难，吕冬阳半蹲半跪，嘴对着炉孔吹气，高晓莹又换了面孔，提议还是用本夹子扇风，她看到灰白色的炉灰扑挂了吕冬阳一头一脸。

有一回，吕冬阳生好了炉子，看高晓莹走出了教室，以为她回家吃早饭，就从衣兜里掏出在家切好的土豆片，吹掉炉盖上的灰尘，两面翻烤起来。不知道是不是烤土豆片的香味吸引，高晓莹又回来了，先是冷脸批评吕冬阳不讲卫生，接着主动拿起一片烤得焦黄的土豆片，吹了吹，是吹灰也是吹凉，转过身小心翼翼吃了起来，随后又来了一片，看看炉盖上都吃光了，有些意犹未尽："挺好吃啊，下周咱俩值日，你别忘了再带。"吕冬阳淡淡地看了她一眼，点了点头。心里说："心口不一，假惺惺，啥人啊？"

转眼到了下一周，待吕冬阳生旺了炉火，炉灶内木桦子噼啪作响，炉盖烧热后，两人几乎同时掏出了切好的土豆片，只不过高晓莹带的是削了皮的，而吕冬阳的却是带皮的。两人烤得认真，翻腾得及时，土豆片在刚刚开始发烫的炉盖上滋滋作响，随着不停翻面，接二连三鼓起大小不一的气泡，慢慢变得泛黄焦脆，散发出诱人的香气。吕冬阳从自己的课桌里找出一本演算本，撕下两张，用来摆放烤好的土豆片，一人一张，一人一堆儿，炉火边是两张和气的小脸，这次是自己吃了自己带的。只是，高晓莹伸手从炉盖上揭土豆片时，一不小心烫了手，好在只是瞬间的接触，但还是疼得掉了眼泪。吕冬阳慌里慌张说"我看看"，捏着高晓莹被烫的手指，竟没有找到烫伤的痕迹。

第二天问起手指还疼不疼，高晓莹咪咪笑着冒出了一句让吕冬阳不明就里的话——我妈说让我离你远点儿。这是啥话呀？烫你的是炉子，又不是我，我又没拉着你的手往炉盖上摁。

再过一周，只有吕冬阳带了土豆片，问到高晓莹为啥不带时，她先讥讽吕冬阳吃啥没够，又不经意地解释说家里早饭吃炒土豆片。得了，自此谁也不带了。

一个夏天，吕冬阳和季海风在房后挠力河游泳，来来回回游了好半天，又站在水里泡了半天，想上岸却因为光着屁股没办法上岸。

高晓莹和孙宝珠、朱丽萍、娄美珠、胡凤娇几个人在岸边嘻嘻哈哈，折柳枝，摘野黄花，就是不急着走。喜欢打打闹闹，喜欢花花草草，这很自然，但让两个半大小子长时间泡在河水里，还时不时偷眼瞧瞧，再互相做鬼脸，就不正常了。

他俩分析不出任何理由，但怎么看她们都是故意的，女生竟然也合起伙来欺负老实厚道的男生。要不是树丛里突然惊飞出一对沙半鸡，沙半鸡咕喔咕喔的叫声吓着了她们，吓得她们惊慌失措，乱作一团，还不知要嬉闹到什么时候。害得吕冬阳和季海风出水时，手心脚心都泡得失去血色，皱皱巴巴，回家吃饭晚了，被老爸用指甲划手臂划出了白色痕迹，验出了下河洗澡的确凿证据，挨了巴掌。好在没打脸，巴掌落在后背和屁股上，外人看不到，疼是真疼，但不丢面子，否则还要被高晓莹她们笑话，倒霉的事儿往好处想吧。

前一个春节前，吕冬阳被爸妈逼着去给高场长家送礼，两瓶北大荒，二斤槽子糕，不记得是不是还有两瓶糖水水果罐头。高晓莹和她妈妈在家，硬是让高晓莹给推出来了。连平时一贯不正眼看这帮孩子的高妈妈都说话了，让把东西留下，也不好使。高晓莹嘴上说我家都有，不用这样，但真让人没面子。毕竟来送礼之前爸妈教的讨人欢心的话都说出口了。大门口还碰见了应该也是来送礼的娄一刀，娄一刀看他拎着东西离开，眼神怪怪的，这让吕冬阳心慌了好几天。

恍惚记得，高家进门也是做饭的外屋，锅台边立着一个大水缸，锅台和水缸对面是两口和水缸一般大的大缸，腌酸菜用的，靠北墙边，一张课桌模样的长条几案上，立着一个一米见方的赫红色碗架柜，碗架柜漆面刷得不算厚实，隐隐透露出水曲柳的细密纹理。

进到里屋，也是南北两铺火炕，估计是孙大扒搭建的。高晓莹应该是住北边火炕炕梢，炕尾的被橱柜双开门设计，门玻璃彩绘了花鸟图案。透过玻璃彩绘，能隐约看到鲜绿色的叠放整齐的缎面被子。里屋正面南北炕之间走烟的火墙上，摆着一对黄波罗树材质的对箱，花纹和油漆都属上乘，毫无疑问是胡木匠的杰作，比吕冬阳家的漂亮。右边箱子上摆放着一台黑白电视机，是和吕冬阳家十四英寸的青松牌差不多一般大小，吕冬阳家的是红色的，高家的是银灰色。左边箱子上方是一面枣红色木框镶嵌的镜子，镜子两边是相框，一打眼能看到好多相片，好像一家人在上面都能找到。相框前有一个装了二十多本书的小书架，大多是课本吧。小书架书位下面还有两个小抽屉，放的是吕冬阳不知道也不可能知道的东西。

能恍惚记住这些，是因为林场家家户户都差不多是这样的摆设。

高家里外屋都是夯实的地面，平坦整洁，不像季海风家，屋里地面凹凸不平，下雨天鞋子带进来的泥巴干了之后，还留下稀稀拉拉的疙瘩球，必须用水喷，用铁锹铲。高家棚上糊的，是从龙头人民公社供销社买回来的白底儿粉红和绿色相间的迷宫格棚纸，只有那里能买到，那里还卖一种吕冬阳家糊的粉红大花图案的棚纸。里屋墙面糊了至少两层旧报纸，旧报纸是说看过的报纸，不是说报纸有多旧。高场长家的旧报纸要多少可以有多少，可别人家就要一点一点积累，必须张嘴求人，求场部上班的人给划拉，好在一年到头一家也就糊一回墙纸，有时候还是补补破损或者被小孩子过度涂画的部位。

可恶的高晓莹，第二天还趁下课快步擦肩而过之际，重复了同样的吕冬阳以为假惺惺的话。吕冬阳不明白了，这到底是真的假的？吕冬阳还真是误解高晓莹了，她发自内心地希望吕冬阳把东西带回去，留给自己家人吃。大家对爸爸的尊重她感觉到了，这就足够了，情义无价，家家舍不得多吃的东西，不好意思全盘领受，收来收去，也有欠了好多人情的感觉，这种感觉让人心里不轻松。

上初中了，吕冬阳不喜欢高晓莹，是因为她掌握有独家证据，骂他臭流氓，还声称保留随时说出来的权利。明明是她看了不该看的嘛。就为了这个，他的那本《鲁滨逊漂流记》就死活没借给高晓莹和朱丽萍看。她俩关系好，所以朱丽萍也在限制范围内。吕冬阳不够意思了，毕竟通过朱丽萍向人家哥哥朱玉栋借过小说《龙泉谷》。这件事是不是也该算是误解呢？

这是学校统一组织的劳动课。到山里采落叶松塔，采了松塔回来晒干，用木棍敲打，落叶松种子就可以从原本绿色，晒过之后暗红枯干的硬壳里脱落出来。劳动课两个人一组，一个在树上，一个在树下。树上的男生用镰刀砍下结满松塔的树枝，树下的人把树枝捡成一堆，然后等树上的同学下来，两个人一起把松塔从树枝上撸下来，装到袋子里。

吕冬阳和高晓莹分在一个小组，刚开始两人还都比较拘谨，尤其吕冬阳，还是一副高晓莹反感的说话结结巴巴、欲言又止的样子。松枝树塔接过来递过去，不知不觉放松了下来，有说有笑了。

他俩说到了喜欢下雨天，淅淅沥沥的雨声中看书最舒心，偶尔听到汇聚在绿叶子上的雨水啪嗒啪嗒掉下来，落到地上，特别醒脑提神。

他说喜欢偶尔到雨中走走，雨丝雨滴，皆是诗情画意；她说静心淋雨的感觉温润细腻，令人心旷神怡。两人竟是几近相同的感觉。

说到阴雨连绵的几天，围着自己家转一圈，就能从柞木杖子上采回来不少肉嘟嘟的鲜木耳，炒鸡蛋那是无与伦比的美味。

吕冬阳有点不合时宜，他说头发淋雨容易长虱子。高晓莹忍不住笑出声来，"你是不是傻呀？回家洗洗头嘛。"

他俩说到了朱丽萍，说她想给妈妈露一手，趁着妈妈不在家，裁了娄妈妈拿去给娄美玲做裤子的布料，结果缝不出能穿的裤子了。没办法，朱妈妈只好悄悄地买了同样花色的新布料，重新给娄美玲做，耽误了好几天，娄妈妈问一回，朱丽萍就紧张一回。又说到了季海风，说他有一天陪爸爸喝酒，开始时他不爱喝可爸爸逼着他喝，到后来越不让喝越是要喝，喝多了睡觉尿炕画了地图。又觉得这个话题不妥，说到看书看到语文修辞手法当中的比喻，有明喻，还有暗喻，还有夸张、排比、设问、反问、借代，说知道了这些，对写好作文帮助很大。兴趣是最好的老师，没想到两人都对这类东西感兴趣，真能说到一处，说说笑笑一连采了三棵树。

没想到的是，在采第四棵树时有意外发生了。吕冬阳砍完树枝，从树上出溜下树的时候，半路挂住了，裤裆挂在一个贴近树干的断树杈根部，吕冬阳听见刺啦一声，一股凉风涌进了两腿之间，外裤破了个大口子，红色的裤衩也防线洞开，丝丝拉拉的疼痛感是有的，说不清是腿部还是那个部位。无法在从树上下到地面的瞬间躲过高晓莹惊恐的眼睛，她一直提醒吕冬阳要小心。她看到了，犹豫片刻，脱口而出的是"吕老蔫，臭流氓"，好在声音短促，没引起临近小组的注意。她想不出该怎么去安慰吕冬阳，也帮不上忙，反倒莫名其妙憋出一句"你老实点，要不我就说出去"。说不说出去那是以后的事儿了，吕冬阳现在顾不上，当务之急是眼前咋整，吕冬阳央求高晓莹："你就装作啥也没发生，替我告诉老师，就说我腿受伤了，出了不少血，就先回家了好吗？"

"嗯，你有背心，把上衣脱下来系在腰上吧。"

她也真的以为吕冬阳出了不少血，想让吕冬阳像穿厨房里的围裙那样，把露了馅的裤裆挡起来，只是没法说得那么直白，说话时，白皙的脸变得红红的，头都没好意思抬起来。吕冬阳照办了，采用游击战术，借着松树的遮挡，东挪西躲，避开其他小组同学，弯着腰，夹紧两腿，一溜小跑回到了林场，懊恼不已。

第二天到学校，高晓莹见到吕冬阳，仰起白皙的小脸想问什么，却张口无言，脸一瞬间飞上了红晕。吕冬阳心里咯噔一下，心有灵犀。从此，两人之间有了难以启齿、不可告人、并非爱情的秘密。

# 二十三　光荣家世

　　季副场长家是有光荣革命家世的。家里有一支据说是国家有关部门特批的半自动步枪，县人民武装部定期配发子弹。季海风的爷爷是老抗联干部，当年爬冰卧雪，白山黑水间抗日锄奸。季爷爷是抗联队伍里的一名高级别指挥员，他除了斜挎短枪，还总是肩扛一杆长枪，猎手出身的他胆大心细，临危不乱，弹无虚发，毙敌百余，号称一人消灭敌人一个连。传说日伪军的队伍在山中行进时，走着走着，就随着不知哪里传来的枪声倒下一个，过一会又倒下一个，子弹都打在脖颈以上部位。敌人掉头撤退，又接二连三倒下几个，出来一个连，连对方的影子都没见到，回去就少了一个班。方圆百里之内，季爷爷赫赫有名，日伪军闻风丧胆。他也因此成了敌人的眼中钉、肉中刺，必欲除之而后快。日伪军为了找到季爷爷，安插收买了多个密探。

　　在一次经过一个村子，做短暂停留时，季爷爷遭遇了一队搜山的日伪军，被包围在一个逃难老乡家空置的院落里。日伪军得到奸细密报，知道遇到了抗联高级别干部，又不断补充兵力。从出神入化、百发百中的枪法上，确信那就是他们又恨又怕的季爷爷。远处矮墙边、大树后、土坎下、石磨旁、柴垛上到处是穷凶极恶的日伪军，迎着枪林弹雨，季爷爷和警卫员拼死抵抗，警卫员守大门，季爷爷一杆长枪房前屋后转着圈打，把敌人压制在百米之外。

枪声突然停止，石磨旁边探出一个硬纸板圈成的喇叭，后边的人对着院子的方向用颤抖的声音喊话："季……季英雄，缴枪投降吧。一天到晚躲躲藏藏，提心吊胆，太不值当。皇军说了，你是条汉子，只要你走出来，和皇军一起干，保你当大……大官，发大财，一家老小平平安安啊……"

季爷爷用行动做了回答，他扣动扳机，一颗子弹不偏不倚，顺着喇叭筒，射进了喊话汉奸的口中，眼见着喇叭筒朝天，滑落消失。对面好半天再没有动静，随后是更猛烈的枪声，院墙爆出一片片泥屑。

在击毙了十几个日伪军之后，季爷爷打光了长枪子弹。日伪军缩小包围圈，靠近了几十米，向院子里密集投来数十枚手雷。手雷炸塌了院墙，炸毁了土房，季爷爷和警卫员壮烈牺牲，肠子挂在院子里的一棵大榆树上，随风飘动，长枪已经断为两截。季爷爷牺牲后，季奶奶把两个儿子都送到了抗联队伍，在不久后的一次战斗中，季家老二英勇牺牲，为抗日救国献出了宝贵的生命。季爸爸又经历了战争岁月刀与火的重重考验，承载了季家先烈留下来的光荣。

季福胜是林场副场长，从不炫耀战功，也不计较得失，因为家里有枪，外号季炮手。他心直口快，张口说话必先"妈了巴子"。季妈妈曾经问过他："这口头禅是打哪儿学来的？"季炮手说得明白："老前辈。"他主要负责管理林场五六个人三四条枪的狩猎队，狩猎队并不是以狩猎为主，而是保护在山里除杂草、割林带、刨坑植树或采伐的工人。他们在别人工作的时候，背着枪在高坡处巡视，或者怀里抱着枪蹲坐在高大结实的树杈上瞭望。狩猎队里只有他用的是半自动步枪，其他人都用的单筒或双筒猎枪。

季家的隔壁邻居是娄一刀，娄文明得此名，是因为有杀猪的本领，但他杀猪却没有过一刀毙命的时候。他杀猪总是两三刀能把猪杀到苟延残喘，三四刀才把猪弄到奄奄一息，四五刀才能把猪杀到老老实实。因为没人与他竞争，家家户户杀年猪，都是请娄一刀到场操作。娄一刀也不图别的，每次都是把从猪胸腔里取出来的灯笼挂，也就是心肝肺，拎回自己家。入冬后，尤其春节前后，他家饭桌上就经常有熘肝尖、猪肺炖菜、猪心蘸蒜酱这些硬菜。

季家和娄家做邻居，一刀一枪，龙头林场的人就把他们住的那栋房子说成炮楼，楼是取了姓娄的谐音。

娄一刀本名娄文明，户口本和林场工资册上是这个，娄美玲在学校填表格时父亲一栏填的也是这个，仅限于此了。娄文明哪都不像他的名字，林场晚上开会点名，明明写的是娄文明，场长嘴里点出来的还是娄一刀。久而久之，喊娄文明他自己也会觉得别扭了。

娄文明不可能懂得什么管理，但他自认为有高超的驾驭能力，杀猪刀用得好，反正大家都这么抬举他。马车赶得好，他是林场唯一一辆马车的车老板子。娄文明赶的两个橡胶轮的平板马车，套四匹清一色的枣红马，三匹在前，一匹驾辕，匹匹蹄大腿壮，胸肌强健，腰圆腚鼓。马头上挂着铜铃铛，跑起来响声一片，很悦耳，很威风，很夺目，与踢踢踏踏蹄声交相辉映，娄文明像是指挥着一个骑兵连。马吃的饲料好，草料混拌上豆饼碎、玉米粒都是日常，匹匹长得彪悍，枣红的皮毛泛着油光。拴在场部东边牛棚隔壁的马厩。遇到有人靠近，马嘶鸣着，直尥蹶子。才礼被踢过一次之后就没敢再去撩，他爸老才还骂他不该去好奇公马和母马交配，凑那么近去看公马探出好长的黑家伙。才礼挨骂着实有点冤枉，他原本是想趁着马不注意，偷薅几根马尾，做成小套子套家雀，可他没敢实话实说。

马在娄文明面前出奇地文明，任由他指挥调度。难不成它们也有认知，也有情感，也知道娄一刀为啥叫娄一刀？这辆马车承担了大量的公务：林场小卖店和仓库进货，冬天给山里地窝棚运送冰块和粮食蔬菜，福利性地给全林场四十多户人家每家免费拉一趟梢头木，去山里接回狩猎队打到的猎物，还有就是林场临时交办的任务，到国营农场军马场或人民公社搞个外事往来啥的，说白了，就是用非经济材换点豆油、细粮。林场木材运输不用它，林业局有专门山里山外运木材的大挂车队，一色的暗绿色大解放车头，没有车厢，只有摆放圆木的前后梁和两边封挡圆木的立柱。入冬路面结冰，大挂车车轮胎会缠绑上防滑铁链条，增加摩擦力。大挂车司机们工作艰苦，但个个都是乐天派，都喜欢哼唱"毛主席的战士最听党的话，哪里需要到哪里去，哪里艰苦哪安家，祖国要我守边卡，扛起枪杆我就走，打起背包就出发"。

有时车都侧滑翻到沟里了，爬出驾驶室，也照唱不误。娄一刀潜移默化地学会了，赶马车路上也唱，马车颠簸得浑身乱颤，调子东一下西一下跑老远老远了。

# 二十四　"南北战争"

　　南北两地知青摩擦不断，也不知道哪里生出的敌意，天天争吵，事事计较。范学俭，一个喜欢眨巴眼睛的本地知青，就在争吵当中，一时冲动，情绪失控，铸成大错。说起来是他和自称杜小诗仙的杭州知青两个人之间的矛盾，杜小诗仙吉他演奏《月亮代表我的心》不是一天两天了，调儿还挺正，婉转悠扬，范学俭偏偏在杜小诗仙弹吉他时拉二胡，拉的却是风格有些接近但又不完全相同的《梁祝》。都是爱情主题，一个是甜蜜爱情，另一个却是悲欢离合，一个表现的是期盼与渴望，即便有一丝忧伤，那也是甜蜜的忧伤，而另一个表现的则是凄婉与哀怨。两人同时演奏，范学俭是故意破坏，能从头拉到尾，但杜小诗仙弹着弹着就串调了，气得直摇头，小白脸上的稀疏头发都耷拉到脸上了。

　　是可忍孰不可忍，忍了多日今日绝不再忍，他把吉他放在枕头上，跳下南炕，直接冲到坐在北炕炕沿上，面对着南炕的范学俭，伸手夺下二胡，高高举起，嘴里嚷着："我摔了它你信不信？"范学俭吃了一惊，险些被二胡弦划破手指，回过神来应了一句："你摔它试试，我干死你。"顾尧池是冲过来劝架的人，听了范学俭的叫嚣，气愤不已，从杜小诗仙手里抢过二胡，一扬手摔在炕上。

谁也没有预料到会是这样，范学俭几步冲到宿舍门口，操起放在门边地上的板斧，这本是采伐时用于砍断树枝树杈的，月牙形的斧刃磨得飞快，发着寒光，斧子把手一米多长。他抡起来还没有觉得使了很大的劲儿，顾尧池的屁股上厚厚的棉裤就裂开了一个口子，白花花的棉花在刹那间浸成了无比鲜红的颜色。这一斧头下去，所有的吵闹都停止了。快送卫生所，快找朱大夫。

由于屁股不敢沾碰东西，顾尧池是被屁股朝上拎着四肢抬到卫生所那张窄窄的病床上的。朱大夫被人火急火燎地找来，他把众人赶到门外，不再管窗外的一簇簇脑袋和十几双眼睛。看了创口，他感到心惊肉跳，这可咋整？问谁也没用，送县医院时间不允许，第一要紧的就是消毒，然后缝合，他硬着头皮开始处置。点着酒精灯，先给剪子、镊子消毒，再从小盒子里取出类似大号鱼钩的弯针，细线。顺着斧子砍出的口子剪开棉裤，揭开成窗口。顾尧池的屁股还算白皙，触目惊心的是创口，酒精棉刚一碰到，顾尧池就痛得号叫不止，吓晕了的知觉又因为极致的疼痛清醒了过来，屁股扭晃着，无法准确清理。"麻药啊。"他叫得凄惨。

"只有酒精，忍住了啊。"朱大夫边回答边打开门，让门口的两个杭州知青进来按住顾尧池。顾尧池嘴里咬着朱大夫塞给他的白毛巾，哼哼唧唧。酒精棉擦拭过的伤口两边翻裂开，像一张喜剧小丑专属的大嘴，皮下的肉怎么白花花的，类似净血后的猪颈肉，疙疙瘩瘩的肥肉组织。两个负责按住顾尧池的知青改成一个，另一个按朱大夫的指点把屁股上两边翻着的口子往一起挤压，朱大夫穿针引线，果断迅速地进针、引线，反复了多次，一共缝了九针，针针都像是扎在窗外观望的人的肉里，朱大夫每缝一针，窗外的人就倒吸口凉气，咬牙挺过一次心理折磨。缝合结束，再次皮外消毒，再用白胶布在创口上面固定了一大块折叠了十多层的纱布。

从宿舍到卫生所是拎着四肢抬过来的，怎么往回抬成了难题，又不能把手脚背过来再拎回去。正踟蹰间，门外窗口有人议论，连床带人一起抬吧。大家循声看去，说话的竟是才礼和胡扁头两个小家伙。嗯，有道理，来人抬吧。又进来两位知青，竟都是本县知青，救人的时刻，大家心里已经没有了南北之分。

宿舍里顾尧池的铺位早已铺好，两边又都让出了一个空铺位，不知是谁又给顾尧池加了一个枕头，枕巾也是条新的。朱大夫和几个林场老工人指挥知青协同动作，把顾尧池弄上炕，手搭炕沿趴在铺位上，枕头垫在胸前，搭着下巴，这种姿势是不得已而为之，屁股碰不得，必须朝上趴着，十天半个月至少是需要的，要等伤口愈合。趴着吧，正好天天盯着范学俭，让他闹心、愧疚、失眠、不得安生。

南北方知青都说范学俭下手太狠，出人意料的是，这一斧头砍掉了南北方知青之间的隔阂，大家突然有了本来就是一家人的感觉，热爱古诗词的杭州知青小杜想到了"本是同根生，相煎何太急"这个诗句，小杜一向自诩杜小诗仙。

顾尧池接受处置这段时间，范学俭也在受着煎熬，他后悔得不行，前世无冤，今世无仇，说来说去都是鸡毛蒜皮的小事，甚至可以说根本就没什么事，怎么都不应该这么冲动。一失足成千古恨，虽说这是失手，不是失足，但不就等于失足嘛。范学俭煎熬在内心，他倒不在乎高场长的怒骂，不在乎季副场长上面一耳光下面踹一脚。骂吧，打吧，这是罪有应得！这反倒可以让他分散下注意力，心里还能好受一点。倒是谢副场长喋喋不休的说教让他心烦，恨不得照着他的屁股来一斧头。

特殊时期，特别需要，高场长组织召开了批判会。他首先领着大家学习了一段毛泽东语录，这是他用心选的一段："我们的同志在困难的时候，要看到成绩，要看到光明，要提高我们的勇气。"

这是要开批斗会吗？调子不像啊？但明眼人看得出，他了解知青们的苦闷和彷徨，不希望知青间的矛盾在林场这个大家庭里受到激化，不希望这个事件造成知青流失，在林业局带来大的负面影响。

范学俭接受严重警告处分并作出检讨，认错态度较好，顾尧池又表示一个巴掌拍不响，主动替他分担责任，事件被定性为人民内部矛盾。不过，场领导留了话，若有再次发生，将直接按阶级斗争性质处理。若还是发生在范学俭身上，二话不说就把他送进去。就是送进当初胡扁头害怕被送进去的那种有铁栏杆的地方。

朱大夫提心吊胆过了一周时间，这一周他茶饭不思，晚睡早起，满脑袋都是顾尧池的创口，创口长在顾尧池屁股上，也长在朱大夫心里，这是关乎他职业声望的一件大事，家里家外基本不做什么别的事情，每天早晚两次到知青宿舍，揭开纱布查验，看是否有化脓迹象，再用碘酒仔细擦拭消毒。直到看到新发出的肉芽，逐渐把创口长到一起，他才恢复常态。朱大夫是有头有脸的人，这次算得上一次较大的手术，当时处置因为情况紧急，职责所在，他无法闪躲，只能挺身而出，真没顾得上想东想西，也没顾得上害怕，也没顾得上考虑后果，总算没有失手，保住了名声。何止是保住了名声，简直是金牙发光，名声大振。

朱丽萍像吸铁石吸附铁一样成了几个同学的核心，天天向大家发布从爸爸那里得来的消息，每次总是先说给高晓莹听。头几天爸爸少言寡语，她发布得少，随后的日子话多了。不光她们几个人，顾尧池的屁股得到了全场老少的关心，唉，谁还说屁大点儿事儿就不是大事儿？

一有事儿，时间就过得快，帮着人们把一宗宗一件件事情收拢成完整的故事。板斧事件告一段落，刚要被大家淡忘之际，高场长得到一个让他心头一紧的消息，有人听小孩子说："知青当中有人在秘密制作酒瓶炸弹，把硝铵炸药灌进空酒瓶，插入雷管，连上导火索，据判断，威力相当于手榴弹。"啊？怎么跟挠力河里的波浪似的，一波未平，一波又起。这，意欲何为？

三位场长聚到一起，商量如何调查。谢副场长一句"那啥"接过话题，主动请缨，此事由他负责，他的举动出乎高场长和季副场长的意料，这种勇于担当的工作态度令人赞赏。老季表示，就事论事，谢副场长肯定比他强，谢副场长最年轻，替高场长多担待些，是好样的。高场长叮嘱，要快，但不要太声张，别搞得人心惶惶。

谢副场长立刻开始着手调查，他以征询工作意见的名义，分别找了十多个知青单独谈话，有男知青，也有女知青，个别女知青，他连续约谈了好几次。还以场领导身份，到知青宿舍嘘寒问暖，翻翻找找。只用两天时间，就向高场长和季副场长交差，十分肯定地说，此事纯属空穴来风，虚惊一场。

　　高场长提议，虽是这样，也要继续留意，宁可信其有，不可信其无，小心不为过。老季点头，谢副场长心里多少有点不快，觉得高场长是信不过他，但他脸上没有流露任何不满情绪。高场长和老季不知道，谢副场长因为这两天和知青频繁来往，有了新的发现，存心借此机会，多和知青接触接触。

# 二十五　季炮手斗熊

　　有意思吧！季海风和娄美玲老早就被父母确立了那种关系，他和她都懵懵懂懂，全是两家父母，准确地说，是两家男家长拿定的主意。他和她倒是浑然不觉，没有那么回事儿似的，以为家长们说笑而已，就从来没有因为这个关系羞红过脸。说他俩确立关系，还不如说是两家确立关系。家长是在酒桌上酒喝到一定程度定亲的，这在林场也算是惯例。

　　这件事让高晓莹瞠目结舌，多了一个疑问，难不成自己将来就是这个样子吗？和朱丽萍说起此事，朱丽萍没什么反应，一副事不关己的平淡表情，只说挺好玩的。

　　林场老一辈人都觉得合乎情理，心安理得，在大河边洗衣服的老婆子们，也把这件事编进了正常生活序列。

　　说来也是，龙头林场子女的婚姻是极少走出去的，臧家和吕家的女儿们虽然嫁出了龙头林场，也大多是嫁到了别的林场。近处的国营农场军马场员工，也不知道打哪里带来的近乎统一的北京口音，不大愿意和他们眼中的山里人交往，稍远处的人民公社是不挣工资、面朝黄土背朝天的农民，山里人和农场人是这样看他们，他们自己也觉得比林场和国营农场都低了一等，矮了一头。

林场是人家骑马我骑驴，比上不足，比下有余，毕竟是国家正式工人，有固定工资，固定口粮，还有补贴，号称"林大头"。无论国营农场还是人民公社的供销社，进货的贵重商品，大都被林场的人买走了。胡茂银手里比别人多几个余钱，就买了唯一一块瑞士英纳格手表，戴着光闪闪、结结实实的。不是说过吗，儿子胡扁头要也不给，说等死后传给他。

由于吕冬阳和季海风的关系好，季炮手每次收获猎物，就让季海风送些给吕家。吕冬阳就吃过他家送来的黑瞎子肉，据说热量高，吃过黑瞎子肉的人，夏天天热的时候，脖子上会渗出油，黏黏糊糊的感觉。当然，不用说，季炮手打猎有收获，是少不了高晓莹家的。他可没有溜须拍马的意思，用不着，他也不会，就是出于对搭档的敬佩。娄一刀家自然是闻到味就有份。

林场有狩猎队，是因为山里地域广大，山高林密，动物有丰富的食物，所以动物也呈多样性，种类繁多，不光有兔子、刺猬、狐狸、狍子、野鸡、野鸭、鹿，还有黑熊、狼、野猪等猛兽。娄一刀一直想跟着季炮手进山去打猎，开开眼界过过瘾，季炮手不想带他，没打猎经验的人容易惊扰猎物，帮不上忙，反倒是累赘。好说歹说，才答应了。

❦

周天休息日，娄一刀带上了用得最称手的尺把长的杀猪刀，事先磨得锃亮，说是吹根头发都能断。他把杀猪刀插进求胡木匠做的木质刀鞘，挂在腰间。季炮手像往常打猎时一样做了相应的准备，背着半自动步枪，两人隔着木杖子吆喝到一起就出发了。娄一刀内心充满期待，手时不时扶扶刀鞘，一路紧跟，走得雄赳赳，气昂昂，志在必得的神态。刚出林场时嘴里哼着小调，半路时被季炮手止住了。小路边刮刮碰碰撕撕扯扯的草叶树枝，平时觉得烦，此时却觉得戏谑，让人心里生出愉悦。

也不知道是运气好还是运气差，走进山不到十里，离开小路没多久，就在一处山洼听到了动静。季炮手把背着的枪端在了手里，枪柄夹在腋下，探出的枪筒闪着幽蓝色的光。两人凝神屏息，满心期待地静静观察了几分钟，左前方树后闪出一头黑熊，这可不是他俩想看到的猎物。黑熊看上去有三四百斤吧，四肢粗壮，大大的脑袋，这重量估计是有的，有点过于强大。黑熊好像气管不太好，也可能是心情急迫，喘气声呼哧呼哧，老远就听得到。它注意到了他俩，竟然没有跑开，难道是急于填饱肚子出来觅食的饿熊？它要是转身跑开，季炮手是肯定不会带着娄一刀去追的。

平时打猎，不管遇到狍子还是野猪，季炮手都是一种极度放松的心态，蹑手蹑脚，不怕离得近，生怕惊跑了猎物。面对弱于自己的对手，只有主动攻击，没有被动伤害，或多或少还有几分戏谑。可黑熊不同，不怕人，对人有侵略性，尤其对猎人，有极强的报复心理。挨了枪子，打穿了肚皮，肠子流淌出来，竟能塞回去，薅把草堵住创口，继续拼杀。即便是狩猎队几杆枪在一起，保险系数更高些，也不愿惹这种顽兽。

黑熊向他俩移动，速度好像在逐渐加快。三十步开外，它停了一下，又继续靠近，看来一场恶仗在所难免。突然，它扭摆着庞大的身躯，张牙舞爪冲了过来，攻击开始了。季炮手沉着冷静，大声叮嘱娄一刀躲在自己身后，别离得太近。他端起半自动步枪，瞄准黑熊摇摆晃动的前胸，在黑熊距离自己二十米左右的时候开了一枪，黑熊明显摇晃了一下，打中了。十米左右又是第二枪，黑熊又晃了晃，又打中了。但它还在继续冲击，第三枪来不及了，大大的黑乎乎的熊掌在季炮手眼前一闪，拍飞了季炮手的半自动步枪。步枪被三四米外的一棵小树挡了一下，掉落在灌木杂草中。

季炮手开第一枪的时候，娄一刀站在季炮手身后七八米远的地方，心一慌，松开了手里的刀柄，刀柄已经被汗浸得湿漉漉的，刀掉到了地上。他胆都吓破了，满嘴苦水，鬼哭狼嚎，鬼使神差，转过身撒腿就跑，真不愧是吃马肉的体格，小短腿一口气跑了十多里山路。进林场看到去孙大扒家接保险丝的电工老才，他直接倒地抽搐，口吐白沫，惊恐加上过度消耗体力，休克过去了。

哎，哎，哎，老才蒙了，这是什么情况？这是吃蘑菇中毒了吗？是那种伞柄上没有小环的蹬腿蘑吗？吃了多少啊？竟然这么要命。快来人啦！

连中两枪的大黑熊扑倒了季炮手，季炮手终究是闯过枪林弹雨、死人堆里爬出来的人，慌乱之中还有一丝镇定。在托挡推搡的同时，拔出了裤腿绑腿里别着的短刀，短刀没娄一刀的杀猪刀那么长，但也有十五六厘米，他左手撑着黑熊压下来的令他窒息的躯体，右手小空间挥舞短刀，连续刺进黑熊腰腹。

季炮手枪法可圈可点，两枪都打在了黑熊前胸部位，黑熊被伤及要害，气息不足，一会儿工夫就已力不从心，攻击力明显下降，拼杀之间，竟突然失去了支撑，头一耷拉，身子歪向一旁，倒下了，倒在了季炮手身旁。

季炮手浑身上下即刻软了下来，仿佛回到了当年的战场，刚刚经历了一场白刃格斗，不知道自己是不是受了很重的伤。战斗中受伤，由于高度紧张的情绪，往往感觉不到疼痛，仗打完了，才知道疼痛难忍。他差点顺口喊出"卫生员",让人来救治,是不是受伤了,自己也搞不清。

他和黑熊挨躺在一起,半天没动地方,开始后怕,也累垮了,打猎险些成了猎物。他凝神看着天上棉絮一样飘浮的白云,看着周围翠绿的树冠,伴着声声入耳的虫鸣,看着这充满生机和活力的世界,这一切都是平时根本不在意的,心中不免感叹,花花草草真好看。两只白色的蝴蝶打眼前飞过,借着微风,忽高忽低,灵巧地躲避着灌木枝叶,轻盈自在。被扑倒的灌木和青草散发出的清香和黑熊身上的血腥气混合在一起,说不上是好还是不好,他只管大口地贪婪呼吸。活过来真好!"妈了巴子",身边没有别人,就当是骂自己,真好听!他想起了季妈妈,老伴呀,你今天差一点儿就成了寡妇,等我到家,你整两个菜,咱俩好好喝一壶吧。他心里早就忘了娄一刀,等想起他时,也没有丝毫担心,毕竟只有这一头熊。

娄一刀被朱大夫掐了人中,脸上喷了凉水,几分钟后白眼珠变回了黑眼珠,气儿喘匀之后,把情况跟陆续赶来的孙大扒、吕德臣、胡撇油、老臧头他们说了个大概。几个人叮嘱路过的朱会计快去报告给高场长,又各寻了一根棍棒,此刻的老臧头一反常态,雄赳赳,精气神十足。几个人拖着腿软的娄一刀,匆匆赶往山里。一路上话少,只有吕德臣对老才叨咕了一句"季炮手凶多吉少啊"。

出乎所有人的意料,半路上他们遇到了黑红脸膛抹了鲜红血迹的家伙,还吓了一跳,这是人是鬼?

季炮手把黑熊杀死后,躺在地上养足了精神,才爬起来,摘了熊胆，割下熊掌，取了一部分熊肉，搭在肩上，才往家里走。看到他们几个来了，又一起返回黑熊身旁，把身躯庞大的差一点要他命的家伙大卸八块，统统带回。

娄一刀一直软手软脚，找回了自己最称手的兵器。大家返回林场的途中，又遇到一拨人，高场长带着王大下巴和几个知青迎出林场好几里地。从见到季炮手平安无事，老臧头像一路慢撒气的自行车车胎，到了林场，又萎靡起来。

你说奇怪不奇怪，这件事没让季炮手瞧不起娄一刀，反倒同意结为儿女亲家，两家女人为此事的斗嘴也没影响大事儿。娄一刀虽然是胆小鬼，却成就了他，让他成为远近闻名的斗熊大英雄。

娄一刀赔罪的酒原本是请不到季炮手的，但娄一刀和老伴儿一把鼻涕一把泪，娄妈妈拉着高妈妈的手碰到了她手腕上凉瓦瓦的岫玉镯子，触动了高妈妈的爱心，高妈妈由冷嘲热讽、漠不关心到满脸同情，又和他俩一起说动了高场长。

娄一刀自觉很没面子，但还是得硬着头皮表明心迹。

"老季，跟着你我真开了眼界。看你当时一点都不慌，只可惜着急回林场给你搬救兵，没看到后来你怎么把黑瞎子撂倒的。"

老季张了张嘴，没找到合适的话。心里说："妈了巴子，还觍着脸说，你早就脚底抹油，溜之乎也。要是在战场上，跑到天边也得把你逮回来，执行纪律。你个无耻的逃兵！"

"这事儿最好不提，说起来就没心情喝酒了。"老季终究是个心里不藏事的直性子。

高场长是林场最重量级的说和人，当然有足够的面子。他说：

"这种事情谁也想不到，好在有惊无险。大难不死，必有后福。不管怎么说，算是一起经历过大事儿。邻里邻居，知根知底，以和为贵。离得近，低头不见抬头见，邻居久了，比亲戚还亲。东西两院，关系处得好，走动也方便，大事帮不上，能互相帮忙的小事儿以后多了去了。"

喝酒说的话有些零碎，但道理都懂了。娄一刀一杯接一杯赔罪，加上高场长劝说的酒，把季炮手喝出了豪情："妈了巴子，咱都是一心一意过日子的本分人家，孩子也是本分孩子，咱就是亲家，有高场长作证，一百年不变，八百年也不变。"

老季和娄一刀喝酒，可比他和亲家朱大夫喝酒舒服多了。和朱大夫会亲家，是在朱家喝的酒，朱大夫的热情大都藏在心里，脸上看不出太多，张罗喝酒的本该是他，可每次都是老季先端起酒杯。老季每次都是一饮而尽，朱大夫是每次放下酒杯，杯子里的酒觉不出少，看不出到底是喝了还是没喝。酒少话多也行，可朱大夫说话慢条斯理，像唱京剧，哼唧半天也没个新情节，把个脾气火爆的季炮手喝得憋屈，窝火。回到自己家，拉着儿子季海风又喝了几杯，长吁口气，才把心气顺过来。

娄一刀兴奋地接过话题："本本分分最好了，咱两家都这样。"

谁不好好过日子了？谁家孩子不本分了？两个人说话不过脑子，没顾及高场长的感受。高场长想到了晓莹妈告诉他的，大家私底下对女儿的议论，说她书看得多，活干得少。她摩挲下头发，皱了皱眉头，还是陪上了笑脸。

# 二十六　以德报怨

　　连续多日的夏雨，挠力河水位暴涨。河水漫出了地势较低的北岸，北岸和国营农场军马场之间柳树丛地带的低洼草甸子里，出现了多条湍急的水流，水的深度都在一米左右。木刻楞大桥又成了钓大鲶鱼的场地。

　　吕德臣带着儿子吕冬阳，在傍晚时分，扛着袖网，带着六根削出了尖头的木桩，肩上斜挎一盘棕绳，过大桥北行，一会儿走泥泞的陆地，一会儿蹚水，走出了三里多远，找到一处宽约十米的水流。袖网是两边用木棍撑起，宽约一米、高约五六十厘米，网面上有两个阔口，越收越窄的网洞，像两只手腕处锁死的衣服袖口，鱼进到袖网，越进越窄，无法进退。吕德臣从抱着袖网的吕冬阳手里接过网，把袖网一片片并排插进水里，水底草甸子松软，插网棍很轻松。他用袖网把水流拦了三道。网的底边要紧贴草地，网上还有约半米高度是拦不到的，好在鱼翔浅底，尤其是鲶鱼，喜爱贴着水底游动，所以漏网之鱼不会太多。但有一种鱼例外，那是鲤鱼，鲤鱼在水里高低跃动，遇到网具之类的障碍会发力跳跃，往往一跃而过，鲤鱼跃龙门是不是就说它的这一习性？鲤鱼还是成双结对的，一般都会同时网住一公一母两条，即使有一条越过了第一道网，第二、第三道网里也会找到另一条。插好了三道袖网，在水岸边钉上木桩，把棕绳拴紧，然后挨个袖网插棍拴接成一串，三道袖网如法炮制，防止网被冲倒，被急流冲跑。一切妥当，收拾回家，只待第二天起早来溜网，用腿蹚蹚袖网，就能感觉到是不是有鱼，鱼有多少，个头有多大。

大水阻断了林场到国营农场军马场的近路，要去那里，只能向林场西行，过林业子弟中学，上县级公路再北拐，先到人民公社，再到国营农场军马场。回林场只能按去时的路原路返回。骑自行车围绕三种体制转圈是不行了，知青们的业余活动受到很大限制，三五成群到汹涌的大河去游泳就成了不能放弃的选项。平时在岸边相对高处，朝着河面斜长着的柳树丛，已经被大水覆盖，跳水的安全位置只能大致判断。

范学俭岸边玩跳水，以为是深水，眨巴眨巴眼睛，咕咚一声跳进水中，却不料不偏不倚挂在柳树丛里，河水打着急速的旋涡，像锅中滚开的水，翻腾不息，一束束柳树枝条打着弯，互相纠结着把他裹挟在水中，头在他拼命拍水的时候越来越往下沉，看着像是有巨大的怪兽在下面拖拽他双腿的样子，只一眨眼的工夫，河面上就只看到隐隐浮现的乱发，也像柳枝一样成集束地忽左忽右忽上忽下漂摆。怎么办啊？

也只有跳下水去救他一个办法，但跳下去是不是也会被纠缠在柳树丛里？这是最有可能的事情。如果那样，就会白白多搭上一条性命。可又不能见死不救啊。千钧一发之际，一个人影从柳树丛上游十多米的地方跃入水中，定睛看去，竟然是顾尧池！水中的顾尧池挥臂向柳树丛靠近，只两三秒的时间，手就拉住了一束柳枝，费力地腾挪到范学俭若隐若现的脑袋旁，一只手准确急速地抓向范学俭飘忽不定的头发。幸亏县林业局理发师一个多月没来林场给大家理发，范学俭头发早都荒了，有半根筷子长，揪住了。啥也顾不上去想，管你范学俭头皮疼不疼，顾尧池松开抓着柳树枝的手，借着河水强大的冲力，让自己向上向外漂浮，狠命地拔出了柳树丛中的范学俭。两人被冲向下游一百多米后，靠在了一处岸边，岸边狂奔过来的几个知青连环着一个拉着一个，河边的一个已经站在齐腰深的水里，伸手扣住了顾尧池空着一直在划水的手。

范学俭昏迷了，大家把顾尧池抛在一边，急急忙忙地把范学俭抬到旁边缓坡处，头低脚高，让他趴在地上往外吐水。摇来晃去，约莫有半分钟光景，这半分钟给人的感觉是漫长的半天，听到"嗷"的一声，范学俭头向上一拱，吐出了一股水柱，就像知青和林场老工人一起喝酒被灌醉时吐的一样畅快。范学俭随后的哼唧就没人当回事儿了，反正已经逃过一劫。转回身看到筋疲力尽，闭着眼睛瘫坐一团的顾尧池，这还是刚才那个劈波斩浪的"浪里白条"吗？大家忽然想起了范学俭的斧头和顾尧池咧着肥肉大嘴的屁股。以德报怨，对，太不可思议了。说给顾尧池听，顾尧池说："不救他就好了。"脱口而出的竟然是季炮手的口气，但这不是真心话。不管怎么说，他的出手相救，让范学俭没能成为第二个娄小宝。娄美玲的小弟弟娄小宝，就是十岁那年挠力河发大水时，失足掉进河里，被急流冲出去五六里远，呛水淹死，尸体被冲进柳树丛，大水消退后才被找到，泡得胀鼓鼓的，永远地把年龄定格在了十岁。林场的家长们不让孩子擅自到大河里游泳，就是这个缘故。

范学俭没事儿了，顾尧池却一连感冒发烧了七八天，清热解毒的药没少吃，还悄没声地吃了朱玉栋送的两盒山楂丸。范学俭真情实意地说通了几个杭州知青，只待顾尧池病好了，好好安排一顿饭，赔罪加上感恩。这件事拜托给了和顾尧池来往密切的朱玉栋两口子。

# 二十七　鱼跃人欢

　　吕德臣插网的次日早晨，天刚蒙蒙亮，就带着吕冬阳，穿着深蓝色大短裤和塑料凉鞋，过了大桥。时而穿过湿滑的草地，时而走过灌木丛中的泥泞小道，时而蹚着草甸子低洼处的水流，来到网阵。还没下水蹚网，就听见水中扑腾的声音。只蹚了水流上游第一排网的一半，就转身回到岸边，兴奋地告诉吕冬阳开始拔网。吕冬阳解开系住网杆的棕绳，第一片袖网里就有两条硕大的鲶鱼。袖网递给爸爸，吕德臣就在岸边扯着袖网尾部把鱼抖搂出来，抖落一条就揭开鱼鳃穿到带来的粗铁丝上，铁丝末端事先拴好了木棍，防止穿上的鱼滑掉。鱼多得出乎意料，竟然有三十多条，一顺水的半米长短，前半夜进网的鱼已经被缠得失去活力，呈半僵硬状态。抖落干净网里的树枝草束，爷俩又把袖网重新布置好，待明天再来溜鱼。用随身带来的小刀，连砍带折，弄了一根两米长的木杆，两人抬着渔获，走走歇歇，到家已经快上午十点了。

　　可把吕妈妈累坏了，先收拾出来七八条，去除内脏，热水烫掉黏液，切成段，加入两根大葱，大块生姜、醋，再把吕德臣平时喝的散装白酒倒进锅里一些，酒能去腥，手撕了一盆茄子，放进锅里一起炖上了。不是有那么一句老话嘛，"鲶鱼炖茄子，撑死老爷子"。好吃是一定的了，不一会儿工夫，大锅里就咕嘟咕嘟翻腾起来。俗话说，千滚豆腐万滚鱼，炖得越久越入味。前人关于吃的经验总结太多了。吕妈妈不停地往灶坑里添加柴火，锅盖周沿散出白气，香味弥漫，飘进了院子，随着丝丝缕缕的细风飘到了东院，孙大学和张大学闻到了。吕妈妈接着把剩下的鱼开膛去腮，撒上粗盐卤上十分钟，用铁丝一条条挂在院子里的晾衣线上。这样晾干了可以储藏较长时间，啥时候想吃，就提前几个小时用凉水泡软，味道和新鲜的相比，差不了多少。

吕妈妈隔着木杖子喊张大学，孙大学开门探出头。

"家里炖了鲶鱼茄子，是不是也吃点儿？"

"闻着味了，真香啊，您家里够吃吗？"孙大学有点抵不住诱惑。

"多得是，想吃多少都能管够。回屋里拿个小铝盆吧，给你们盛些在自己家吃。"

"嗯，嗯。"

孙大学看到锅里热气腾腾的炖鱼，脸上现出惊奇的神色："这么大的鱼，在北京菜市场看见过，没买过，也不会做。"

吕妈妈接过小铝盆，挑选四五块鲶鱼中段，两条鲶鱼鱼尾，加上一个鱼头，至少是一条半鲶鱼的分量，山里有个说法，鲫鱼头和鲶鱼尾是最鲜美的，又加了一些炖得满是鱼汁的手撕茄子，盛了满满一小盆。

"好吃再来拿。"

"好嘞。谢谢！太谢谢啦！"

孙大学回身进屋，张大学就循着鱼的香味，抱着大猫"葡萄"追到了桌子旁："怎么这么香？"

孙大学、张大学和葡萄真有口福，原来山里人家做的鲶鱼竟然如此美味。吃完鱼和茄子，鱼汤泡上高粱米饭，越嚼越香，真乃人间至臻之味！

这以后，吕家网回了活鱼，要送给他俩，坚决不要，就要吕妈妈大铁锅炖好了的。不是嫌麻烦，是有自知之明，自己家根本做不出这种闻到了就想吃，吃过就忘不了的美味。

夜幕降临，吕冬阳拗不过老爸，只好硬着头皮走出家门，手里端着烤瓷盆子，里面装了六条妈妈已经清理了内脏和鱼鳃的鲶鱼，眼睛像探照灯，盯着正前方、左前方、右前方，躲避可能出现的左邻右舍，谢天谢地，可算是到了高场长家。大门未关，他忐忑不安地伸手敲了敲房门，听到有人从里屋出来。

冤家路窄，出来的不是高晓松，偏偏是高晓莹。头发瀑布一样散披在肩背上，微风把发梢吹得丝丝缕缕飘扬，轻松又活泼，恍惚间，吕冬阳闻到了她秀发馥郁清幽的气息。天生丽质，怎么打扮都好看，这自然是吕冬阳的感觉。高晓莹抬手绾了绾飘到额前的头发，眼光落在盆子上，一脸惊讶。

"呀，这么大的鲶鱼！干吗这么客气，拿这么多，你家还有吗？"

"有，有，有！"吕冬阳心还是悬着的状态，生怕被拒绝。

"以后别这么客气，留着自己家吃吧。"

"鱼挺多的，真的都够吃。"吕冬阳气息平和了点儿，说得很真诚。

"这是有福同享，哈哈。等我一会儿，把盆子给你腾出来，要不要进屋和我爸妈说话？"

"就送鱼，不用说话。"吕冬阳躲闪着眼神，忙不迭地说道。

"听说吃鱼多的人脑袋更聪明，你信吗？"话可真多。吕冬阳点头表示赞同，心里琢磨着，自己鱼倒是没少吃，却没见聪明在哪里。

高晓莹转身找盆子把鱼放好，回转身把吕家的空盆子递给吕冬阳，歪着脑袋说："早点送来是不是晚饭就吃上炖鲶鱼了？哈哈，和你开玩笑，明天早上吃更好，晚上睡觉有惦记的了。回头我告诉爸妈，谢谢你爸妈啦！"

"不用客气。"

"哎，想问你，最新一期的《儿童文学》你要是买了，就借给我看看呗？"

"一会儿给你送来。"

"不用着急，上学带给我吧。买杂志费了不少零花钱吧？"

"零花钱用来干这个比买糖、买汽水强。"

"嗯，还有一件事儿，孙大学和张大学在家都干吗？"

"就是看书，两个人各看各的，有时候一个还给另一个讲自己看的书。"

"真好。大学生和咱们大老粗就是不一样，真让人羡慕。你们两家住隔壁，来往方便。你经常去他们家吗？"

"借书还书时过去，或者看书有不懂的地方，就过去问问。"

"这算是近水楼台先得月，向阳花木易为春吧？"

"人家厉害，可我不行。先得月是有的，易为春却不敢说。"

高晓莹语气当中明显流露出了羡慕的成分，可在吕冬阳听来却是有那么一点妒忌的味道。两相比较，吕冬阳反倒是小心眼儿了。

吕冬阳在高家大门口和高晓莹道了别，如释重负，单手拎着盆子，顺坡一溜烟跑回了家。高晓莹有些话他觉得还是该反着听，他还不知道这是对人家的成见。不过，他心里清楚的是，高晓莹是有求知欲的人，也只有她才会悄悄关注两个大学生的学习习惯，不似林场的其他孩子，整天麻木不仁。他同样清楚，这样的对话，也只会发生在他俩之间，也算是一份相知。

从前只当大学生是遥不可及，远在天边，根本不可能在山沟里见到，现如今近在眼前，活生生的两个人，就在眼皮底下，一个魁梧却又有点虚胖，一个清秀却又有些孱弱，风吹日晒一些时日，就是邻家大哥大姐的形象。劳动锻炼一个时期，手指关节粗大起来，就会变成手提肩扛的劳动者，只不过场领导没那么安排。如此看来，大学生是不平凡的平凡人，不普通的普通人。该怎样做才会不平凡、不普通呢？送走了吕冬阳，高晓莹立在门口，若有所思，抬眼望向星空，微风中秀发飘飘落落。

要说吃鱼，孙大扒家吃得悄悄的，美美的，这又是女儿宝珠的功劳，孙宝珠真是颗闪闪发光、熠熠生辉的宝珠。

孙宝珠嫌家里的尿罐子臊味太大，太刺鼻，太熏人，在某一天刷尿罐子时，有意把尿罐子留在房东头小河里泡了半天。晚饭前去取，想趁着天黑前风干一下。拎到岸上往河里倒水时，竟发现倒出去了两条十多厘米长的鱼。两条小鱼掉回溪流里，翻翻身，摆摆尾，醒过神来，拼命游走了，估计进入老孙家尿罐子时间不长，也可能尿罐子浸在水里，尿味被稀释了很多，还可以忍受，但从逃走的速度看，有惊吓，肯定也有臊味熏得受不了的原因。孙宝珠跟爸爸妈妈说了尿罐子进鱼的事儿，妹妹在一旁瞪大了眼睛，一开始都不相信，待宝珠描述了鱼的模样之后，孙大扒在炕沿下沿摁灭了手里的卷烟，很有把握地说："是狗鱼，还会有更大点儿的，有顺流下来的，也有逆流上来的。""可怎么会进尿罐子里呢？"宝珠疑惑不解。"你刷洗时肯定带进了零星的猪食，引来了鱼。"

第二天下午，孙大扒家房东头小溪被拦了一道"V"字形水坝，使用拇指粗的细木棍竖插，细木棍之间留了窄窄的缝隙，让溪水流不停，即便是这样，水坝上游水位还是略略高出了下游一点点，"V"字下端，留了个二十厘米宽的豁口，豁口上放了一个口阔脖细大肚子的捕鱼篓。只要有鱼，顺着水流钻进捕鱼篓，就很难逃出，几乎不可能再冲上细脖处，因为水势有了一定落差，改变流向而变得更湍急，小鱼只能束手就擒。如此一来，鱼饵都省了。这里几乎就是孙家的私人领地，所以没有外人知晓。水汩汩流淌到下游小桥处，依旧是波光粼粼，水面交错着网格状的细纹，和先前几无差异。孙大扒还是有点本事的，编筐编篓还真是编得够快够手巧的。上午从挠力河岸边割回了柳树条，去皮增加抗腐蚀时间，泡水增加编制时的柔韧度，只半天工夫，就做好了各项准备工作。

夜里十点多钟，心中有事难以入睡的孙大扒披上外衣，打着手电筒溜到房东头小溪水坝边，弯腰把捕鱼篓拎出水面，水哗哗地从篓子底部渗出去，手电筒照进去，竟然已经有了七八条身体扁平细长、头部尖尖、白肚皮、背部灰绿、鱼鳍上有暗色小斑点的小鱼，就是他判断的狗鱼，大的已经接近尺把长。哈哈哈，孙大扒的皱纹都在暗夜里笑开了。他把进了鱼的捕鱼篓又放回水坝中间，只待明天有新的收获时一起提回家。

生活增添了新的色彩，老孙家有了口福了，孙大扒进屋没吭声，想着明天早晨给老伴和女儿们一个惊喜。第二天天刚亮，孙大扒爬出被窝，匆忙穿好衣服，打破了每天早上起来后第一项活动卷烟抽烟的惯例，一溜小跑来到小溪水坝边，伸手去拎捕鱼篓，差点没拎起来。嗯，进了杂草堵住了水流？提起来看时，又是一脸阳光明媚，天啦，鱼这么多！这是"送鱼上门"吗？这是滚滚财源啊。鱼不能卖钱，但吃鱼不用买，省钱就是赚钱。咱不比老胡家富裕，人家骑马咱骑驴，比上不足比下有余。孙大扒屁颠屁颠跑回家，喊来老伴和两个女儿，当着三张脸上半信半疑的表情，把捕鱼篓对着洗脸盆呼啦啦一倒，倒出了大半盆流线身材、尖头尖嘴、活蹦乱跳的小狗鱼，一家四口兴奋不已，好半天才在孙大扒的嘘声里冷静下来。从此，孙家在小溪流淌的季节，每天都可以有一顿鱼吃，仿佛孙爷爷又活了回来。炖着吃，晒干了炸着吃，鸡蛋酱改成了鱼酱。

孙大扒不知是真懂还是假懂，讲究资源可持续利用，白天把捕鱼篓提出来，放到阳光下晾晒，说是给逆流而上的鱼儿打开通道，也可以让捕鱼篓延长使用寿命，晚上再布好捕鱼篓，睡着大觉就有送到嘴边的鱼。这些事情都是只在家里说，一家四口在外面是闭口不提的，偷着乐呵。又加上孙家房东头小河边绿草连片，柳树成荫，外人根本看不到他家的捕鱼器具。

实际上，鱼的多少也受天气、水量等因素影响，只是孙大扒根本用不着理会，他是天天夜里照单全收的，也实在是用不着费那个心思。

# 二十八　夜深人未静

顾尧池答应接受范学俭的邀请是有条件的，这么长的时间别别扭扭在一起，也该有个了断了。他的条件很霸气，既然范学俭要赔罪，要感恩——特别是感恩，那可是救命之恩，如父母再造，场面必须大，朱家地方小，装不下太多的人。他要范学俭出点血，就是多花点钱，把南北方所有知青都请到一起吃喝一顿，顾尧池心里有一个大融合的想法。

范学俭为难了，不是怕多花钱，钱总不如命重要，再说这样的事情不是花钱就可以轻易解决的，要给机会，要给面子才行。可没有这么大的地方啊？是不是顾尧池表面答应，实际以这种方式难为我，拒绝我？范学俭眨巴眨巴眼睛，硬着头皮答应了，时间定在周六晚上。可是，到哪里安排呢？

还是朱玉栋想出了办法，自带肉、鱼、菜，到林场大食堂做，知青当中不是有几个会做菜的吗，再让季海鹰帮忙，在那里做，在那里吃，林场不缺柴火，烧多少也不会有谁算计要钱。

问到高场长，还真答应了，只不过又加了一个条件，谢副场长带吕管理员和孙大扒参加，高场长自己身份不太适合，季副场长脾气太火爆。两位老师傅参加就可以了，场领导来了，酒宴就变味了，哪还有别人讲话的份儿？还是请领导该"那啥"就"那啥"

去吧，知青这样坚持。大家心照不宣，高场长是担心知青们滋生是非，知青们是心中自有一杆秤，爱憎分明。这就没问题了，顾尧池和范学俭都表示同意。

这是全林场关注下的一场聚会，小孩儿趴在窗口看热闹，小河两岸聚堆的家庭妇女在私语，等着听到有什么事情发生就跑回家向老爷们儿报告。

高场长没有像往常那样，吃完饭干点活受点责怪，然后躺下来歇歇。他坐在炕沿上，电视声音开得很低，害怕声音大了又多了高晓莹对他的约束。他希望有人来告诉他食堂的情况，又怕来人说出他担心出现的状况，也不知道电视里都播了些什么。最好是一直没有消息，等食堂活动结束，吕德臣和孙大扒再来向他通报情况。他时不时地摩挲下头发，在心里默念着，别出啥事儿，千万别出啥事儿。下午和季副场长说到这件事，老季就没当个事儿，还告诉他啥事儿不会有，真有啥事儿，到时再说不迟。时间一点一点过去，十点了，大门口没有动静，十一点了，还是没见人影。

高晓松先自睡着了，晓莹妈困得不行，嘴里咕哝着："该吵吵，该闹闹，该打打，该骂骂，脓包鼓起来，不破头就好不利索，你担心有个屁用，心操得稀碎稀碎的。再说了，吕德臣和孙大扒不是在场吗？闭眼睡你的觉得了。"越说声音越小，最后一句说完不到半分钟，就接上了均匀的呼噜声。

高晓莹从北炕轻声递过话来："爸，不用担心，宴会就是个形式，实际人家早都和好了。就像解绳扣，已经松动了，就差最后这一下，把一头从另一头扣子里抽出来。这些知青不但有文化，而且挺有觉悟的，您老人家把心放回肚子里，快睡觉吧。"

"好，我再稍等一会儿。"

高场长心事重重，却没法讲给女儿听，酒瓶炸弹的阴影挥之不去，他总觉得是个隐患，谢副场长的调查已经有了结论，但他心里却还是惶惶然。这件事情多日未敢声张，他只和季副场长私底下研究过，可能性还是有的，盖房子采石料时林场用过炸药，这就有了来源，但制作炸弹的动机是什么？是用于报复？还是某种宣泄？真让人不敢多想，但愿这只是杞人忧天。他也单独找了十几个男知青，借别的话题顺便了解，他们都矢口否认。透露消息的小孩子也说是耳闻，说不准，但愿这件事只是捕风捉影。高场长一会儿左腿搭在右腿上，一会儿右腿搭在左腿上，没过五分钟，一阵倦困袭上头，高场长穿着鞋子，头冲炕里，两脚搭在炕沿外，鼾声响起，睡过去了。

高场长的时间过得慢，可这边似乎只剩下空间，时间被淡化了。两张大圆桌子坐得还不算太挤吧，吕德臣和孙大扒被邀请坐在和范学俭、顾尧池同一桌，这一桌南北方知青各一半，年龄最小的李菲红像小孙女似的坐在吕德臣身旁，吕德臣和孙大扒分开，坐在范学俭和顾尧池一左一右，这是他们的场面，范学俭和顾尧池不能分开坐。朱玉栋也来了，毕竟之前是求他安排的，又是他给出的好主意，他坐在另一桌。两张桌子上各摆了十瓶北大荒白酒。

开局没有喧闹，大家的目光齐刷刷地聚焦在范学俭和顾尧池这一桌，都知道今晚聚餐的主题。他们是不是能借此机会消除隔阂，融洽起来呢？会不会一言不合，又生出新的事端？大家都希望是预期的效果，可毕竟是青年人，谁敢说就一定是预期的那样呢？有人两手放在桌面上，有人两手五指交叉放在膝上，有人一个手掌攥着另一个手掌，没有人动桌上的筷子，酒都没有倒上，所有的眼神都充满了期待。

和两位老同志客气了一番，范学俭使劲眨眨眼睛，做了开场白，抢板斧的豪杰几句话就哽咽了，扭身想跪下，被左右两边的顾尧池和吕德臣拦住，矮胖的他一下子抱住了比他纤瘦高挑的顾尧池，泣不成声，零零落落的话语里听得出悔恨和感激。

孙大扒见状，放下刚卷好的纸烟卷，给其他人使了个眼色，站起来，和吕德臣一道劝了劝范学俭和同样满眼泪水的顾尧池："就是这样好，就是这样好，是不是该为这样干一杯，你俩带头，干一杯。"话说得正是时候，大家手忙脚乱开瓶倒酒，多一口少一口无所谓，端起了面前的酒碗，酒碗就是酒杯，喝酒，喝，喝酒，喝，端着酒碗喝之前喊喝，喝完之后又对着身边和面前的人再吆喝，喝，喝，好不热闹。

吃喝继续进行，平静下来之后，顾尧池站了起来，大家放下了筷子。

"范学俭有错，伤害过我，我恨过他。这都是过去了，我们已经同甘共苦在一起一年多了，也都在老工人的教育帮助下成长了很多，成熟了很多。我们是一家人，地球这么大，我们能到一起是缘分，感谢党的上山下乡政策，能让我们有缘千里来相会。我要和范学俭喝杯交杯酒，过去的恩怨一笔勾销，我们今后就是互助互爱的好朋友。"

范学俭伸出右手，和顾尧池伸出的右手紧紧握在一起，举杯的时候，听到了李菲红难以抑制的哽咽声。又有几个女知青受到顾尧池和范学俭言行的感动，受到李菲红嘤嘤低哭声的感染，跟着哭出了声。吕德臣眼睛湿润了，孙大扒假装抽烟呛着了眼睛，扭扭捏捏地擦了擦皱纹密布的眼角，季海鹰端菜走到桌前，又转身端了回去，半天才又红着眼圈把菜重新送出厨房。

菜吃了不少，酒喝得没有预期的多，两桌二十瓶北大荒剩了六七瓶。但话说得就太多了，都有说不完的话，喝一口酒，要说十几分钟的话。这边两个人搭着肩膀，那边两个人手拉着手，还有几个人端着酒碗说得热闹忘了喝酒的。孙大扒和吕德臣看到大家相互间的真情流露，抑制不住兴奋的心情，两人倒是喝了个痛快，喝到最后，被几个知青扶回了家，把向高场长汇报的事儿忘了个一干二净。

趴窗户的，看到场面热烈，谁在说啥又分辨不清，看人家吃喝时间长了，自己心里干着急，索性不看了。小河两岸聚堆的老婆子们，等不来想等到又怕等到的新消息，慢慢觉得无趣，散了，各自回家和自己老头儿报一下平安无事。

大食堂里还在热闹，夜已深，人未静。

# 二十九　闲情逸致

　　范学俭和顾尧池一起找到高场长，提了个小要求，能不能弄个篮球场，平时锻炼，林场也可以搞搞比赛，甚至可以邀请龙头国营农场军马场和龙头人民公社来比赛。高场长在部队学会了打篮球，听了他俩的提议也觉得好，毕竟林场职工，尤其一大帮知青和一帮半大不小的林场子弟也该有点像模像样的活动。"哪有地方？"他之前没想过这个事情。

　　"场部南面和大食堂之间的楞场，把楞场挪到林场西头，找个空地方就行。"楞场就是木材堆放场，挨着场部也确实闹腾得慌。

　　"篮球场咋个修法？花钱多不？"

　　"我们知青义务劳动，篮球架子就请场长安排木匠胡师傅帮忙做，球筐和球网就得公家花钱了。"范学俭回答了高场长的问题。顾尧池补充了一句："还得买几个篮球。"

　　"这些花不了几个钱，就是你们整理场地要吃点辛苦，还不能耽误正常上班劳动。"

　　"放心吧，场长。我们乐意干这个事儿。"

　　"好吧，我再让孙大扒赶牛车给你们拉几车沙子垫场地，你们可以用柞木、水曲柳啥的做个滚子，中间钻眼穿个轴，两头拴绳拉着压实场地，要不然场地不硬实，球拍不起来。"

"行家呀！高！实在是高！"范学俭眨巴着眼睛，有点油腔滑调。

"等弄好了我也和你们一起打球。"高场长抬手摩挲着头发，有点懊悔自己竟没有早点想到这个事儿。

只半个月工夫，林场有了篮球场，小学校的半场篮球场地又重新还给了孩子们。修篮球场的时候，龙头林场热闹了好一阵子，不需要组织，凡是在家的人，有知青、林场青年子弟、老工人、学生，都主动参与，手推车十多辆，都排成了排，连孙妈妈都送来了六七个土篮子，都是孙大扒新编的。

胡木匠做的篮球架子有点头重脚轻，后探的底座上压了几块大石头才稳定住。一天傍晚，等打球的和围观的人散尽，球场归于寂静之后，才礼和胡扁头溜到了球场，他俩从底座开始，手攀脚蹬，爬上了球篮板位置，篮球架子头部增加了重量，忽悠一下子倒在了场地上，小哥两个顾不上伤痛，顾不上查看伤处，顾不上互相打招呼，爬起来各自一溜烟跑回了家。

胡扁头伤在手上、腿上，还好隐藏，才礼伤在额头和酒糟鼻子处，不打自招。

不管中学生还是小学生，终究是学生，场领导委派王万岭出面，教育一下。两个调皮鬼被王万岭校长叫到了小学办公室，问胡扁头为什么爬篮球架子，胡扁头只说是为了玩。问才礼为什么，才礼还气哼哼的："篮球场总是他们占着，总也不让给我们玩，修场地的时候我们还出力了呢。"

说完了吗？管你说了啥，我就是道理。王万岭骂得难听，说才礼脑袋跟榆木疙瘩似的不开窍，脸皮厚得赛过椴树皮。手迅疾一挥，才礼脸被打得脆生生带响。胡学兵吓得脸煞白，腿直哆嗦，连一旁备课的李菲红都心惊肉跳，低下头，不敢阻拦。

才礼挨打了，同学们倒是没怎么笑话他，高晓莹说他记吃不记打，以后长点心吧，这实际也是变着法儿表示同情，表达关心。

一段时间之后，范学俭和顾尧池又找到高场长，问是否可以在球场边立几个灯杆，把球场变成灯光球场，说是下班打球不等过瘾就天黑看不清了。高场长没有直接表态，没有直接说行或者不行，他笑着问，需要十多个灯泡吧？需要一百瓦以上的灯泡吧？每次亮灯都要以小时计算吧？整个林场从东到西就两个路灯，拧的还是六十瓦灯泡。

两个人听了，脑海中立刻浮现出被蚊虫团团包围的两团黄光，灯罩下两盏灯发出的光线相距遥远，毫无瓜葛。无须多言，这是钱的问题。来找场长之前，顾尧池就劝过范学俭说恐怕不行，犹豫再三，还是陪着来了，现在果然如此，又失望又无奈，又怪不着人家高场长，笑着一起摇头，从此不再提起。

# 三十 文化暖风拂柳绿

男知青宿舍比以前热闹了。每天晚饭后半个小时，先是零零散散溜达散步，小河东西，大河南北，随处可见。之后的一小时，是杜小诗仙和范学俭的自由音乐时间，范学俭不再搅局，他和杜小诗仙一起互相切磋，共同给大家演奏，演奏的曲目不限于《月亮代表我的心》和《梁祝》，两人演奏最多的是大家都爱听的简短明快的曲子，最有代表性的就是杜小诗仙推荐的《北京的金山上》。

还别说，这两个人真的有些水准，无论是婉转悠扬的，还是激扬高亢的，都很合拍，都很到位。吉他的温柔、宁静配上二胡近人声、重情味的音色，越发好听了。知青们饭后半小时散步后回到宿舍，有的仰躺在炕上，有的像林场老工人一样盘腿坐在炕边，有的坐在炕沿上，腿在炕沿前悠来荡去，都在听范学俭和杜小诗仙的乐曲，还有人在惬意地跟着哼唱。

顾尧池摔二胡的时候，并没有使太大劲儿，主要是虚张声势，又是摔在炕上铺开的被褥上，所以二胡毫发无损，顾尧池做事还是有分寸的。看到完好无损的二胡，更让范学俭无地自容，好在一切都过去了，每每想起这件事，范学俭都会忍不住眨巴眼睛，揪自己的头发。自己揪头发是惩罚自己的恶行，人家顾尧池在涨大水的挠力河里揪头发，可是大善之举。

顾尧池和范学俭带季海风和吕冬阳到大宿舍去玩，季海风是纯玩，好多东西左耳朵进，右耳朵出，根本没往心里去。吕冬阳却在和杭州哥哥们的相处中，知道了很多杭州的故事，知道了灵隐寺，那里有一副被称为"最健全的生活理想"的对联：人生哪能多如意，万事只求半称心。大哥哥们都说这副对联语言朴实却富含哲理，但吕冬阳还不大明白哲理是什么。

知道了西湖，没有西湖就没有杭州，半城半湖才是完整的杭州。他还知道了抗金英雄岳飞和大奸臣秦桧，据说西湖岸边有秦桧跪在岳飞墓前的铜像。

他还学了好多首和西湖有关的唐宋诗词，受益匪浅。唐朝大诗人白居易做过杭州刺史，修筑了著名的"白堤"。宋代的苏轼也曾在杭州为官，瘟疫暴发时拿出独门药方"圣散子"，救黎民于水火。

他知道了位列八大名茶之首的西湖龙井，这个绿树叶子没啥意思，是大人们爱端着水杯泡着喝的东西。他知道了楼外楼，那里可以吃到东坡肉、西湖醋鱼、龙井虾仁、宋嫂鱼羹，还有荷叶包着的香喷喷的叫花鸡，令他啧啧称奇。听得季海风心里直嘀咕，连发糕、馒头都吃不上几顿，还"珍馐美味"呢，惦记这些也是白惦记。

吕冬阳不计较杭州知青杜小诗仙的自豪感。上有天堂，下有苏杭。不到苏杭，活得冤枉。再说人家还有邀请他和季海风去逛杭州城，泛舟西湖的意思。但内心里却抵触他们那种杭州啊、西湖啊什么的，像是漫不经心、实际是故意流露出来的优越感。不就是历史悠久，文化渊源深厚吗？古诗词是在杭州写的，写的是杭州，写的是西湖，那又怎么样？难不成只有你们才能诵读，才能欣赏？杭州有今天这样的名气，算你们幸运，白居易这样的大文豪功不可没，人家是栽树的前人，你们只不过是乘凉的后人而已。

"水光潋滟晴方好，山色空蒙雨亦奇。欲把西湖比西子，淡妆浓抹总相宜。"看人家苏轼的《饮湖上初晴后雨》，谁都在看的寻常景色，怎么竟然被他给描绘得这般梦幻，这般意境深远？你欣赏，我也可以欣赏。他从大哥哥们诵读的诗词里，感受到了平仄韵律和字句意境的奇妙，有了向往，有了学习的急迫。好在孙大学和张大学家小书架上有一本《唐诗宋词三百首》，三百首啊，唐宋大文豪的诗词作品，在这里可以找到很多。可惜没有注解，就一首一首向知青大哥哥请教。好多诗词，大哥哥们也说不清楚，还引起宿舍里的讨论和争辩。这倒好，吕冬阳听来听去，倒是感悟了不少。

一来二去，可以和大哥哥们比试比试了，到后来，他可以仰起头来，偶尔胜出，自我感觉有点青出于蓝而胜于蓝的意思了。他最喜欢的是那些赞美景物环境的诗词，那些借景抒发情怀的，尤其忧国忧民的、怀才不遇的、清冷落魄的，他还是受限于历史知识，兴趣稍微差些。这方面他远不如大哥哥们知道得多，零零碎碎，说不出个完整故事。

背诵更多的古诗词并不代表懂更多的东西，他就是喜欢，喜欢得莫名其妙，反正只要在《唐诗宋词三百首》当中的，喜欢的就看，就背下来，向知青大哥哥当中号称会的最多的杜小诗仙发起挑战，听他叨咕过的，就一定背下来，没听他叨咕过的，也多多益善。

这才哪儿到哪儿，要超过又有基础、又要面子的知青大哥哥，必须有更多的储备。一旦他背出"月落乌啼霜满天，江枫渔火对愁眠。姑苏城外寒山寺，夜半钟声到客船"，自己要是不知道这是唐代张继的《枫桥夜泊》怎么能行。要是他提出张志和的《渔歌子》，自己就得脱口而出"西塞山前白鹭飞，桃花流水鳜鱼肥。青箬笠，绿蓑衣，斜风细雨不须归"。要是用韩翃的《寒食》考不住他的话，就用韦应物的《滁州西涧》，再准备好温庭筠的《商山早行》，真的连"槲叶落山路，枳花明驿墙"都会，那就真的服气。哈哈哈，古诗词竟然还可以当武器用，既可以防守，还可以进攻。吕冬阳有点沾沾自喜，他真的还不知道唐诗宋词多得浩如烟海，彼时某位多产的诗人就写诗千首。《唐诗宋词三百首》当中他会背的也不过半数而已。

周末下午在男知青大宿舍的挑战赛，是邀请李菲红和另一位女知青做的裁判，南北炕炕沿上坐满了观众。

人群中却没有一个老工人，娄文明当着吕德臣、孙大扒和胡茂银的面说过，这帮年轻人，纯粹是闲的，整些没用的，有那工夫还不如搞个锯木头、劈柈子劳动竞赛。孙妈妈在河边大桥下洗衣服时也说："听说了吧？要搞赛诗会，比谁会的古诗多，这不咸不淡的活动，也亏他们想得出来，下次该比谁做啥好梦了吧？吃馒头，炖肉，娶媳妇，想美事儿。"引得胡妈妈、季妈妈和朱妈妈嬉笑一片。

宿舍窗口的光线中，灰尘明显多过平日，人多带动室内空气频繁流动，本已经飘落的浮尘又飘浮起来，在空气中翻飞。不知谁传话这么快，王大下巴和叶老师两口子也在北炕沿靠门比较近的位置坐着，他俩身边还有朱丽萍、高晓莹几个女同学，吕冬阳的几个小哥们儿坐在离他比较近的位置，季海风手里攥着那本《唐诗宋词三百首》。

南北炕之间，两张课桌并在一起，知青选手杜小诗仙和吕冬阳各坐东西，裁判靠南坐在两人中间，裁判的主要职责是对照书本判断正误，再画"正"字计分。杜小诗仙着灰色中山装，软塌塌的头发一看就是刚用蘸水的梳子拢过，梳理成三七比例的分头，一副自以为是、稳操胜券的学者风范。而吕冬阳还是平日里不舍得离身的两兜军绿色上衣，专为比赛洗过，没经过熨烫，衣领处稍微有点皱巴，倒显得自然、放松。比赛一开始，先是比赛同一诗人名下的诗，看谁会背诵的多，然后是你上句我下句的方式。开头还谦让谦让，不慌不忙，随后就你提名我诵答，我开头你接续，加快了节奏。

看他俩就像两只斗架的公鸡，一刻不到，脸都憋得通红。一会儿口齿伶俐，顺畅如水，一会儿又好像掉入了当年的"十万大坑"，吭吭哧哧，一会儿扬眉吐气，一会儿冥思苦想，把两旁炕沿上坐着的观众弄得一会儿高声喝彩，一会儿屏住呼吸，眼睛一眨不眨。大家一开始还分成两帮，一帮为杭州知青杜小诗仙加油，一帮为吕冬阳助威，到了后来，两帮变成了一帮，不管轮到谁出手，都希望能轻松答出，遇到"卡壳"现象，一起焦虑，一起揪心、鼓掌，胡扁头和才礼啪啪啪猛拍炕沿。比赛的两个人你来我往，牵动着大家进入了诗词天地。你一段我一段，不知不觉两个人就当众背诵了四五十首诗，真让大家佩服。

吕冬阳在小伙伴们的期待当中，用光了提前准备好的全部"子弹"，关键时刻，没能接续上魏晋诗人陶渊明的《饮酒其五》，当杜小诗仙说完"采菊东篱下，悠然见南山"，他突然大脑空白，抓耳挠腮，心里说："我最熟悉这两句，可怎么就想不起前句和后句了呢？"时间一点点流逝，大家脑海中似乎响起了时钟秒针震耳的滴答声，才礼的手使劲抠着炕沿，李菲红想要提示却猛然意识到自己是裁判，食指在脸蛋上按出了坑，杜小诗仙薄薄的嘴唇越张越大，细脖子上暴起青筋，小白脸泛起了红色，仿佛忘了吕冬阳是自己的对手，满眼急切。一分钟过去了，吕冬阳还是没想起来后几句。虽然心有不甘，也只好认输，姜还是老的辣，乖乖地、也是心甘情愿地伸过头，被弹了十个脑瓜嘣，意外的收获是杜小诗仙送给他的一瓶糖水沙果罐头和知青哥哥姐姐们的夸赞。

在夹道欢迎一般的热烈掌声中，叶老师款款走过来，笑着摸了摸吕冬阳的脑袋问："疼不疼？"

"哥哥没使劲儿，就是意思意思。"吕冬阳这时才想起来害羞。

"好样的，有出息。继续努力，要百尺竿头更进一步。"她又慈爱地拍了拍他的脑袋。

嘻嘻哈哈拍手鼓掌的观众群中，高晓莹一脸惊奇，手抬着，忘了拍到一起。旁边的朱丽萍，笑得直不起腰来，"你是不是傻了？"朱丽萍不知道的是，高晓莹被今天的一幕幕惊呆了，只知道吕冬阳喜欢诗词，却没想到进步得出乎意料，这可真是只要功夫深，铁杵磨成针。她内心当中又默默树立起了新的学习目标。

走出知青宿舍时，季海风手上空空如也，问他《唐诗宋词三百首》去了哪里，他说被叶老师给借走了，不能不借，不敢不借。

到底要不要赢，之前杜小诗仙心里很矛盾，思来想去，观战的人多，有面子问题，也想让吕冬阳看到差距，认识到学无止境，保护他越学越爱学，越学越觉得欠缺的进取心态，所以他也做了到位的准备。为了调动积极性，前两次比赛故意输过。有吕冬阳这个小伙伴陪伴，小杜自己也有了很大程度的进步，日子也过得充实了好多。他俩的交流不限于古诗词，像《叶公好龙》《刻舟求剑》《捕蛇者说》《黔之驴》《疑人偷斧》《愚公移山》《木兰辞》这些古文典故，小杜都教给了吕冬阳。讲着讲着，自己原来模糊的，模棱两可的，也都搞明白了。好为人师不一定是坏事儿，小杜就属于赠人玫瑰，手留余香。

# 三十一　朱家的婚事

　　季海风高中一年级时，朱玉栋就已经给他当了一年姐夫了。一年前的婚礼早上，季海风还在吕冬阳的陪伴下在朱家北炕棚上给新房挂幔子。这本是小弟弟季海波该干的事情，头一天说得好好的，婚礼早上，却和高晓松、才信疯闹，跑没影儿了。所谓新房，其实就是北炕，幔子就是鲜艳的布帘，有浅色的薄帘，还有一层深色的厚帘。

　　新人结婚，一家人都紧张，新婚之夜，都是大气不敢多喘一口。结婚之前，两个人除了自行车上搂搂腰外，难有肌肤之亲的机会，这一晚上，小两口又陌生，又急迫，又怕弄出声响，又忍无可忍。到十点半了吧，终于听不到南面炕上的声音了，小两口吭吭哧哧撕扭在一起。

　　早些时候，林场小孩子还有趴在新房窗子外听声的习俗，听到了什么新奇话或是怪声再传到老婆子耳朵里，被当成嘻哈话题。后来家家围起了院子，就没得机会了，这习俗也就自然销声匿迹。

　　山里的夜好寂静，好像连风声都消失了，树枝保持难得的安宁，不摇不摆，树叶儿也不再你拥我挤，相互间变得温和轻柔起来。林场各家的狗，平日里会呼应着叫一阵子，此起彼伏的，今天却一片静默。群山在夜幕笼罩下沉睡了，享受一整天的阳光雨露，此刻安稳极了。小河沉睡了，温柔的流淌声是平和的呼吸。挠力河沉睡了，不息的水声静夜里特别催眠，是大河酣睡时打的呼噜吧？

朱大夫一家四口人变成五口，其实只有被从北炕炕头挤到南炕炕梢的朱丽萍，多少有些放不下被挤出北炕的不满，心里对新来的嫂子依然有莫名的不快。白天一直陪伴她的高晓莹劝解过，已经是一家人了，鼓励她慢慢地像亲姐妹一样和嫂子相处，也没能完全解开她心里的疙瘩，想想季海鹰在北炕上和哥哥住在一起，心里隐隐地有说不清的不快，看来还真需要慢慢融洽。她拉了拉被角，用薄被子把自己捂到脖子，早早睡了。

朱妈妈把手伸进朱爸爸被窝，捏了捏朱爸爸的胳膊，朱爸爸悄悄抬起手，握了握朱妈妈伸过来的手腕，两人会心地笑了笑，看不见对方，也不必扭头去看，老夫老妻了，感觉得准确无误、分毫不差。办完了大事一桩，紧张了好多天，光是自己发自内心的笑和给亲朋好友、街坊邻居赔笑脸也把脸上的五官折腾僵化了，真的累了，腰腿酸麻。完成了人生当中的一件大事，身子累但心里有如释重负的感觉，儿子娶了媳妇，一切当属顺利，再就是女儿出嫁的事儿了，这辈子没什么别的追求，新瓜上市，老瓜也就该罢园了。一切顺利的话，明年此时，老两口就自然而然辈分升级，当上爷爷奶奶了。几乎是同时，各自转过身，背对着，睡了。

季副场长家里是另一番景象，家里剩下的四个人突然间有空荡荡的感觉，好像离开的不是一个人，而是四个人。季爸爸心里有点发紧，酸酸的。这感觉在朱家院子里举行婚礼时就有了，是从小学校长王万岭作为婚礼主持人，踢了一脚和胡扁头一起满地乱窜的才礼后，扬起大下巴，宣布婚礼开始的时候。男大当婚，女大当嫁，大女儿在家时，天天看着不顺眼，闺女大了，又不好管，打不得骂不得。现在她嫁到了老朱家，虽然离得很近，却怎么是离得很远的感觉呢？季妈妈眼泪一直在流，抽抽噎噎的，季爸爸要在平时早就发火喊出"妈了巴子"了，但现在他却一声不吭。

季海风在姐姐腾出来的北炕炕头和他自己平时住的炕梢中做着选择，只犹豫了片刻，就回到自己习惯了的老地方躺下了。看哥哥季海风没有挪动，没过几天，季海波就从炕中间挪到了炕头，嘴上什么也没说，心里却美滋滋的。季爸爸鼾声很快响了起来，季妈妈熬到凌晨两三点钟，才稀里糊涂地睡着。早晨醒来，眼角还有泪痕，想想家中吃饭少了一个人，不由得叹了一口气。

三天后，小两口回娘家吃了顿饭，算是"回门子"。季炮手和姑爷朱玉栋喝酒的当儿，娘儿两个在外屋厨房唠了会儿嗑。季海鹰听妈妈说收了三百多块钱的份子钱，偷偷告诉妈妈，老朱家办完婚宴，份子钱也还剩二百多。男女双方家都在林场，各家各户随礼也变成了双份。从前送出去的现在又收回来，多收的将来谁家办事情还要再送出去，礼单上记得清楚着呢，真正的有"礼"有据。人情往份，礼尚往来，重在情意，也就赚了个热闹。

# 三十二　觉醒

　　高考恢复了。这是粉碎"四人帮"之后，国家拨乱反正，做出的大快人心、顺应民意、符合发展需要的决定。刚开始，这个消息并没有给高晓莹和同学们带来太大的冲击，大学校门不管冲东西南北哪个方向开，都不会和自己有关系。但当第一年高等学校招生考试过后，看到了考题，她内心起了波澜，她有个直觉，这也是她今生今世的机会，思来想去，要为之奋斗，不怕不成功，就怕留遗憾。

　　她和朱丽萍一起怀着崇敬的心情，紧绷着小脸，浏览了充满神秘色彩的高考数学和语文试卷。不看不要紧，一看却惊奇地发现其中有一小部分她是会做的，像数学当中有一道问 $|a|=$？的考题，明明就是初中一年级学过的内容，碰巧她会，张口就能说出答案，当 $a$ 是正数时，$|a|=a$；当 $a=0$ 时，$|a|=0$；当 $a$ 是负数时，$|a|=-a$。甚至还有应该在更早时期学过的四则混合运算，考大学竟然会有这样的考题，真是太不可思议了。

　　语文考题当中，有解释词语，像"诽谤""居心叵测"，有文言文翻译，这她都或多或少能得些分数的。还有作文题《难忘的一天》，这么宽泛的命题，只要用心写，不大容易跑题，写出高分也许很难，但一定有分数，只是得分多少的问题。

还有些考题，看着似懂非懂，用心学学，也能得到分数的。她内心不由得一阵激动，面色红润，紧绷的笑脸舒展了，如绽放的花朵，掩饰不住满脸的笑意。

要让自己现在就考，绝对不会得零分，把会做的做好，加上模棱两可连蒙带做的，还真能得一些分数，关键自己还有一年学习准备的时间，真到了正式考试那一天，会的会比现在多，成绩一定会比现在好，不敢说好很多，但至少会好一些。

当然，也会有考题难度逐年增加，减少得分的可能，而且可能性很大。不管了，天无绝人之路，人说有一分希望就要尽百分之百努力，这不就是让自己尽百分之百努力的百分之一希望嘛。

随后的消息又给她注射了一针强心剂，最后确定的高等学校最低录取分数线并不高，没有高到让人心灰意冷，望尘莫及。这是不是说明，考生整体基础知识并不是特别好，起跑线都不高？天啦！考题不算难，加上录取线并不高，希望就由百分之一变成了至少百分之二。

一线曙光划破夜空从天而降，高晓莹看到了，朱丽萍和其他同学却没有看到。高晓莹内心无比欢悦，等到高中毕业那一天，不管能不能考上大学，至少可以考，考试不收钱，考不好又不罚款，考得好坏，考得上考不上都不重要，考上了是啥样说不清楚，考不上我不还是我嘛，先尽人力，再听天命。

高晓莹说是将来要考大学，半表态半动员地和几个同学说了说，话被学给家长听，这本来是漫不经心的话题，却打破了林场的宁静，在人们心中的水潭扔进了一块石头，引起了层层涟漪，激荡起了连片波澜。

林场是个小社会，没什么惊天动地的大事，要说三两年有哪家孩子走出去，到部队参军入伍，很容易得到认可，一人参军，全家光荣。就有人说过，老吕家小子要是当兵到了部队，身板、脸盘都不错，凭着勤快劲儿，加上有点歪才，准能当上团长的警卫员，早早晚晚能提干，穿上四个兜的军装。可要是说谁家孩子凭真才实学考进城里的大学，真有点惊世骇俗。大学校园，那是攻不破的铜墙铁壁。大学教授听说过的人都不多，更别说见过，不是寻常人类，是神兽。考大学，纯粹是电线杆子上吹喇叭——调子太高了点儿。

还有更难听的，真想登天啦？以为竖起一个梯子就能爬上去？林场木材多，要多少有多少，做多高的梯子都够用，可这也太没谱了，是不是？嗯。是不是？可不是嘛。等太阳打西边出来，挠力河水从东往西倒流吧。谁又能说这不是实情呢？

也就是这件事，改变了人们对高晓莹的一贯评价。"凤凰命"少有人再提了，"生来富贵""旺夫旺家"这些美言也被老婆子们咽回了肚子里。高晓莹从小到大，都是中规中矩的好孩子，怎么就撞了邪，离谱了呢？九天揽月的事都敢想，这不是山里长人参的真事儿，这是山里孩子要成神，要得道成仙的幻想。也就是高场长的女儿，让人不便破口骂人罢了。高晓莹举止一如往常，周围上年纪的人，对高晓莹的眼神由直视变成了斜视，甚至背后长了眼睛，用这双眼睛看她。

也就是这个时期，吕冬阳对出落得野百合般纯洁、冰凌花般娇艳、格桑花般傲然的高晓莹有了莫名其妙的紧张感觉。虽说是心理因素，与生理无关，可他开始知道自己长大成人，还是和高晓莹有点关系。那次学校组织山里割柴劳动，上学校集合之前，吕冬阳在家里喝了半瓢水，开始割柴不到一个小时，就觉得内急憋得慌，和季海风说了一声，把镰刀挂在身旁的树杈上，转到附近的树丛里，看看四下无人，倚靠一棵大杨树，急霍霍解开裤带，掏出来就对着面前的一丛榛子树开始浇灌，上上下下，哗哗哗，左左右右，哗哗哗，好不畅快。正惬意间，侧前方传来一串银铃般的笑声，透过树林缝隙，看到了越走越近的高晓莹和朱丽萍。水线戛然而止，手指夹着的"细烟卷儿"瞬间变成了"粗雪茄"，就是抗美援朝电影里美国佬抽的那种。他慌忙收场，转到树后，朝着来人相反的方向轻手轻脚却又快速地走开，绕了一个大圈子，待"病症"消退，才回到劳动现场。加上那次到县里参加招飞体检，让吕冬阳彻底明白，自己不再是小孩子了。

从那时起，他开始有选择、有目的、有计划地看书，不再是随意浏览，不再是逮着什么看什么。暗地里，也把高晓莹和朱丽萍当成了学习伙伴，虽然并不怎么在一起谈论将来高考的事情。周末和胡家兄妹在一起的时间明显减少，和季海风一起玩的时间也少了很多，内心里有点时不我待的紧迫感了。

也是从那时起，他到孙大学和张大学家串门更频繁了，提问的问题也更多了。孙大学和张大学两口子私下议论，这小子基础薄弱，但有韧劲儿，还特别专注，你看他看书时目不斜视，耳朵里好像听不到别的声音，实在难得，咱多给些鼓励吧。遇到吕冬阳羞于启齿，闪烁其词，就主动给他讲解，问一个问题，讲给他的不只是问题本身，而是扩展开了讲给他更多的相关知识。

吕冬阳哪曾有过这般经历，哪里禁得住这般夸奖，一时学习劲头比以往更足了。士别三日当刮目相待，这句话放在自己身上，都让他有了深切的体会，日复一日，进步似乎是看得见摸得着的。从前没听懂的，没学会的，现在看来并不那么难懂、难学，老师整堂课讲的东西，原本听得稀里糊涂，有的只在孙大学或张大学三言五语之间就恍然大悟，这可真是世上无难事，只怕有心人。

吕冬阳心里没有一丝对老师的抱怨，老师一直都是苦口婆心、循循善诱的，怪只怪自己不用心。

眼睛是心灵的窗户，吕冬阳的眼神有了变化，少了呆滞和迷茫，多了和高晓莹一样的灵气和闪亮。

房后大松树下的阴凉处，被他当成了书房，小板凳就是他的书桌，他一会儿盘腿，一会儿侧身把腿伸直，屁股下是一张裁掉一半的旧炕席。树上时不时落几只麻雀，好奇他在这里做些什么，叽叽喳喳问他几句，他沉浸在自己的世界，没有一点反应。偶尔有风把旧松针吹落到书页上，他却不动手，只轻轻地吹一口气，让它飘落到旧炕席上。这里听得到挠力河清亮的流水声，可涤荡一切私心杂念。

有几次他看书不知不觉睡着了，醒来发现头脑更清醒，记忆效果更牢固，再觉得慵懒时，就顺其自然，睡上一会儿。有一次，他在睡梦中回到了童年时光，先是在一旁看妈妈用糖精和白面，然后把擀出的大面饼放到油很少的铁锅里，烙到面饼膨起，两面泛黄，出锅放到面板上，用菜刀切割成饼干一般大小的长方形小块，晾凉后拿出几块，递给直流口水的小吕冬阳。吕冬阳一不小心，掉地上一块，心疼得"嗷"地喊了一声，醒过来了。这是他小时候真正经历过的事，如今在梦中重现，心里又是苦又是甜又是酸。

小板凳下的炕席上，吕冬阳给自己事先准备好的防困小辣椒，换成了新摘下来的水灵灵顶花带刺的嫩黄瓜。这是他幸福的田园时光，有点像唐宋大诗人享受的野趣，只不过这需要两个前提条件，一个是把老爸吕德臣安排的活干完，再就是在老爸下班之前必须清理现场，不留痕迹。如果不是这样，那老同志就会脸不是脸，鼻子不是鼻子，弄不好还动手动脚。好在有老妈给自己供应汽水，通风报信，提醒时间。

　　吕冬阳把学习安排得悄无声息，没引起别人的注意，也就没有了别人对他的评头品足，冷嘲热讽。说实在的，林场也真没几个人觉得他会成个什么人物。要是也像高晓莹那样天真无邪，我行我素，他就会很惨，会被老婆子们的唾沫星子淹个半死。有高场长在，大家不会明目张胆对高晓莹太过分。对吕冬阳就另当别论了，他们会毫不客气，不留余地，怎么嚼舌头过瘾就怎么来。

　　所有这一切，在这些淳朴的人心里，并非出于恶意，反倒是出于好心，就好像怕树长歪了多培土，看树枝杈过度繁茂，影响到了主干生长，修剪枝杈。不让人家唠叨又不行，那是老婆子们的天职，是她们离不开的空气和水分，是这些好心人生活的一项重要内容，幸福快乐的组成部分。

　　别人的口舌就像山林晨雾，消散了再起；就像山林中摇晃枝叶的风，刮过去还会刮过来，停不下来。经常沐浴、吹拂，会让树长得更快、更壮。流言蜚语都是暗地里生出来的，高晓莹难得听到，她滋生出了上进心这个自己心里有数，别人无从知晓，无法理解，也不愿轻易接受。不就是为了高考多做努力嘛，不是非要考上不可，又不是不成功便成仁。准备高考会激活更多的脑细胞，这是吃多少鱼也补不来的。考不上什么损失都没有，不会掉块肉，不会缺条筋，一根汗毛都不会少。天底下有这样让人感恩戴德的好事儿，请你上车，还送你一程，何乐而不为呢？

　　有了理想、信念，就有了让人愉快的压力，从前是随波逐流，一切顺其自然，任由生活摆布。现在要操起船桨，向着自己的目标奋力划。高晓莹觉得每天精力更旺盛了，漆黑的眼珠滴溜溜转，在路上走着走着就会跳几下，小跑起来，马尾辫飘在脑后，像气象台标示风向的气球。这条挠力河里温顺的柳根儿，突然成了逆流的小狗鱼，跳跃翻腾的小鲶鱼。她越是这样，别人越觉得她不正常，特别是那些闲不住嘴的老婆子们。

　　高妈妈对外面评价自己孩子的言语是有一点风闻的，她反倒觉得这样好，本来就该与众不同，省得划界限了，无法表达的东西，大家替她做了。高爸爸看出高晓莹是真心投入，学生嘛，正是学习的年纪，学生用心学习功课就和工人认真参加生产劳动一样，这是正事儿，不学习干啥？退一万步讲，不为考大学也得学习。两口子虽然出发点不尽相同，都没什么过高的期望值，但起码都不反对高晓莹看书学习。两人当然不知道高晓莹心理上的变化，尝试考大学是第一位的，其次是离现在这个妈妈控制下的、一天从早到晚看妈妈脸色的家远点儿。

# 三十三　回杭探亲的"东北人"

时光荏苒，一转眼离开故乡几个年头了，杭州知青陆陆续续回城探亲。

家乡久违了，却也陌生了。

习惯了山沟沟里的寂静，感觉车水马龙这么吵闹；习惯了走在土路上，踩在雪地上，感觉水泥地面这么生硬；看惯了低矮平房，感觉高楼大厦这么突兀；习惯了山里人大声嚷嚷，感觉这里的人怎么说话谨小慎微；习惯了山里有立体感的白云，感觉这里的云彩怎么这么平淡；习惯了山林上空和挠力河一样宽阔、繁星密布、洒满银辉的银河，感觉城市的夜空星星若隐若现，银河的轮廓也是若隐若现，像林业局赵电影没调到最佳焦距的影像；杭州城外的重重远山，哪里比得上长白山北延完达山脉，这里哪重山后都有人烟，而那里才是超视界的辽阔无际。西湖很大，但挠力河水流入半天都没装下，流入一天就能轻而易举地淹掉整个杭州城。原来城里有城里的小，山里有山里的大。竟不知道自己骨子里已经属于北方山里人。

父母看到了他们自己看不到的变化，李菲红的妈妈就有总结，听来听去，你们北方一年到头就一个菜，肉炒一切，什么土豆、萝卜、胡萝卜、毛葱、大葱、白菜、酸菜、芹菜、菠菜、豆角、韭菜、西葫芦，还有啥？都算上好像不少，反正说到底就是一个炒肉。主食围着玉米转，不是大饼子就是大碴子，听你说话都一口大碴子味了。

❧

顾爸爸听了顾尧池描述的东北深山大雪，脑海里无法形成那种令人难以置信的壮观景象，"雪真的能没了车轮，有半米厚？"

"那是一次下雪的积雪深度，地面雪超过一米那是寻常事儿。连续下十天半个月，雪花漫天，一片混沌，暗无天日。树枝披上了厚厚实实的雪衣，树冠上扣着团团簇簇的雪帽，世界是灰白色的，好像人类只能等着被雪一点点埋葬，毫不夸张，世界末日到来的感觉，那些日子心里特别压抑。"

"可是——"

"狍子都跑不动了，只能慢慢在雪地里挪，人蹚开雪速度稍微快点儿就能逮着它。棒打狍子瓢舀鱼，野鸡飞进饭锅里可不是神话传说。"

"我的天啦！"

顾尧池在爸妈眼里已经非同寻常，说是传说中喜马拉雅山一带出现的雪人吧，他又不是。他们哪里想象得到，顾尧池住过地窝棚，经历过风雪弥漫，无法辨别方向，劲风夹裹着颗粒状坚硬的雪粒，那是山里人说的"烟炮"，打在脸上，刀割一般刺痛。挨冻的感觉真是身心凉得透透的，戴着厚厚的大拇指和其他四个手指分开的棉手闷子，那也不管用，手背就像被粗砂纸无情地打磨，手指就像被猫咬，十个手指，一个落不下，一个顾不上一个。也不知道自己当时怎么想的，他没有告诉爸妈脚趾曾被冻成冰棍的悲惨故事。

那是到林场第二年一个严寒的冬日。从地窝棚下山的顾尧池不听老工人的劝告——多下车走动走动，一路上两条腿搭在马车车板外延，两个小时后到了林场，已经挪不动地方，下不来车了。被人扶着下车，两条腿同时落地，没了知觉，一屁股摔落在雪地上，脑子顿时一片空白，我的脚，我的脚呢？他的腿和脚，尤其是双脚，因为血液流通缓慢，已经严重冻伤。

抬到宿舍炕边，慢慢脱掉翻毛大头鞋，粘在袜子上的是线缝苞米皮鞋垫，脚丫子平时的臭味都冻没影儿了。高场长在一旁一个劲儿叮嘱，慢点慢点，冻脚趾容易掰坏。季炮手、吕德臣、娄一刀、胡撇油围成一团，让年轻知青靠后，吕德臣蹲在炕沿边，一手攥着一只脚，吩咐着快拿脸盆去装新鲜没被踩踏过的雪回来。李菲红和几个女知青跟着急匆匆端雪的范学俭涌进男宿舍。

"来，和我一起用雪搓他的脚，千万要轻轻地搓。"这是对季炮手说的话。两个人从盆子里抓出雪来，从大拇趾搓到小脚趾头，再重复搓，手里的雪搓化了，就再从盆子里抓一把。约莫过了二十分钟，顾尧池的脚趾有点柔软了，有点由白色变到粉白色了，有点不像刚才那样冰手了。

"你们两个赶紧搓自己的手，搓热乎了替换我和季场长。"娄一刀和胡撇油忙不迭地搓起手来。待两人做出替换，吕德臣把手伸进自己棉衣和内衣夹层焐了两分钟，就抓起雪开始交替轻搓顾尧池的两条小腿，又过了好一会儿，顾尧池腿和脚有知觉了，顿时陷入无边的疼痛，他叫得好凄惨，这可是让他终生难忘的钻心的疼痛，疼痛真的可以死人的，疼痛持续了一个多小时。

高场长长吁了一口气，季副场长骂了句"妈了巴子"，庆幸顾尧池没落个残疾。李菲红和几个女知青抱成一团，抽抽噎噎，满眼泪水。吕德臣、娄一刀和胡撇油累得直不起腰，坐在炕沿上喘息，脸上汗津津的。顾尧池额头上也是一片虚汗，他是因为疼痛加上害怕失去双脚的恐惧，他是死过两次的人了，可不想再有第三次。

脚是保住了，可遭罪是躲不过去的，持续了一周的疼痛后，顾尧池的脚开始爆皮，没完没了，像剥不完的洋葱，层层叠叠地脱落，看着心里就酥痒得难以忍受，持续了差不多一个月时间，冻伤的脚趾最后换成了婴儿般粉红的薄皮儿。

❧

关于林场工人的形象，杜小诗仙用"豪爽"一词最终说服了同学们，取代了同学们想用的"粗野"。那是要命的豪爽啊，入冬进山，所有第一次住进地窝棚的人，都要大喝一次，这是惯例。聚餐时，当着在场老工人的面，主动、真心地把自己喝好，喝好的唯一参考标准就是喝倒，让大家对新人喝酒的能力知根知底。只此一次，再不约束，从此进入"过来人"行列，想喝多少不会再有人管你，从老工人算起，都有过一次丢盔卸甲的经历，谁也不笑话谁。有人酒量小，喝不到二两就承受不住。也有人喝过半斤，还头脑清醒，口齿清晰，不需要废话，接着喝。每每回忆起第一次喝大酒，小杜总是心有余悸，他那次吐得一塌糊涂，最羞于启齿的是棉裤尿得直滴答水，老工人贴近炉子，用树枝挑着帮他烤干，一晚上地窝棚里面都臊哄哄的。

❧

李菲红的姐姐还是觉得妹妹抢走了她上山下乡的好机会。李菲红给她讲，冬天里，大雪纷飞的时候，穿着臃肿的棉衣棉裤，像大胖熊一样，却不笨拙，跑到室外，两脚跟并拢，脚尖外张成倒八字，两脚交替向前，两个人并排踩，就是像模像样的轮式拖拉机履带印，一转身的工夫，纷飞的大雪又盖住了刚刚踩出来的印子。

春天里房顶上的积雪慢慢融化，她们住的低矮宿舍，房檐下挂着一排排一串串晶莹剔透的冰溜子。她们几个南方女知青敲下冰溜子就当冰棍吸溜，被当地林场的小孩子拦住了，冰溜子里面富含多种"营养元素"，有房顶的积灰、杂草末、烟筒里冒出的烟灰，听得她们赶紧吐掉嘴里还没嚼烂、还没融化的冰溜子。呸呸呸，互相取笑，当自己是傻狍子，东北人都这样形容缺心眼儿的人。

冬末春初，冰雪还未完全消融，树木和杂草还没有泛出明显的绿意，已经有娇艳欲滴的淡黄色冰凌花，在向阳的山坡上开放，俏傲春寒，是不是让人想到"俏也不争春，只把春来报"这样的诗句？冰凌花有"林海雪莲"的美称，到山坡上转一圈，就能采回一大束。

进入夏天，蘑菇漫山遍野，城里看到的是晒干的，完全没有那种原生态的鲜嫩和美味，实在是难以用语言描述，不可言传。山里也吃晒干的，是季节的缘故，和城里比，自然就多出了一季，多出了令人垂涎欲滴的口味。入秋后，要是在一棵柞树上看到猴头菇，不出三十米，对面的哪棵柞树上就能找到另一个，就像挠力河里的鲤鱼，出双入对的。这都不是吹牛，是不是好玩得不得了？

探亲假离结束还有一周时间，知青们就不约而同地开始收拾提包，把准备要带的物品翻腾来翻腾去。家长们的主打节目就是买菜烧菜，天天都是小型家宴。

李菲红和姐姐李芳红逛街，发现新华书店好多人排队，竟然排到了书店大门外，凑前打听，是为买一套新出版的高中各学科高考自学丛书。她让姐姐到前面的百货店等她，自己站到了长长队列的后面。她认为这些对高晓莹最有用，当成礼物是最合适的，干脆直接买两套，自己也备上一套。于是站到队尾，不一会儿工夫，队尾变成了队中，后面又排上了不少人。真是时代不同了，社会上又兴起了学习的风气。

足足候了一个半小时，终于挪到了柜台，李菲红却被告知书少人多，一个人只能买一套。一套就一套吧，七八本书，单独拿起一本不觉得怎么样，放到一起也挺重的。这可不是礼轻情意重，这是实实在在的礼重情更重，南北方有不可否认的差距，这套书在南方如此抢手，在北方县城即便是最大的新华书店也肯定是买不到的，李菲红手捧新书，脑海中浮现出了高晓莹欣喜的笑脸。

待她走出书店，进了百货店，转了几层楼，也没找到姐姐。无奈，只好单独回家。到家看到了前脚刚刚进门的姐姐，听了几句望眼欲穿、踏破铁鞋之类的抱怨。看到她手里的自学丛书，也没多问，姐姐脸上很快浮出了笑容。

顾尧池给朱玉栋和季海鹰的小儿子买了一大盒子木块积木，五颜六色，圆的、方的、长的、短的、扁的、三角形的、梯形的、弯月形的，各种形状。这是作为对朱玉栋夫妇送他父母纯天然木耳和蘑菇的回报。

# 三十四　人要活出境界

　　见到自学丛书，高晓莹喜出望外，这些书是山里孩子见不到的，对系统复习、准备高考，帮助是显而易见的。晚上睡觉前，她美滋滋地一本本翻看了一遍，整齐摆放在书架上特意腾出来的空格处。

　　弟弟高晓松讥笑她："姐，几本书，至于这样吗？"

　　"花钱都买不到的，能不稀罕吗？"

　　"还当宝贝了，像老孙家那样摆个案子供起来吧。姐，听别人说你是凤凰命，锦衣玉食，不用这么用功。"

　　"那种话只能当笑话听，幸福不是毛毛雨，天上不会掉馅饼。这些书等我看完留给你，这可是知识宝库。"高晓莹对弟弟努了努嘴，话说得很真诚。

　　"姐，你说我的前世是风筝吧？我讨厌看书，更讨厌考试，喜欢自由自在，我也不想一辈子留在山沟里。"

　　高晓莹扑哧笑出了声："你可真逗！还懂什么前世。听没听说有这样一句话：走不出去，眼前就是你的世界；走出去，世界就在你的眼前。要我说，你的前世最好是个土篮子，能够装点有用的东西，武装头脑，打拼出一片新天地。"

"你怎么有点像咱妈？"

"我可不愿意像她。这些书回头姐给你留着，多往脑袋里装知识。"

"拉倒吧，还不如送我一袋上海大白兔奶糖呢，那玩意儿又香又甜，还有嚼劲儿。"

"傻弟弟，你可真有出息。你要好好学习，大白兔奶糖姐姐管你吃个够。"

"信你我就是傻狍子，还是做我的黄粱美梦吧。"高晓松侧翻身，后背对着高晓莹，没了声音，没过两分钟，发出了轻微的鼾声。

对高晓莹来说，就像要上战场打仗的士兵，手头有了称手的武器，关键还是增强信心、真正有威力的武器。这么多书，也一瞬间让她心里有了新的压力，看是必须看的，原来看的书本还要按原计划接着看完。这套新书又不能等看完原来的再开始看，只能双管齐下了。要看全，要看懂，要记牢，谈何容易，时间也好像不够用了。只能先保证进度和数量，把书看完，再考虑质量了。最差的结果应该就是书都没看完，就到考试时间了。想到这些，她以为自己已经知道该怎么做了。天啦，我到底能不能行？

朱玉栋的小儿子接过积木盒，就急切地撕扯着打开了，炕上花花绿绿，奇形怪状铺了一大片。看到孩子真的喜欢，顾尧池心里也很高兴。顾尧池笑着问孩子要搭个什么建筑，他期待着高楼、机车、轮船、飞机、大炮这样的答案，孩子先是顾不上理他，问得多了，头也不抬回了一句："我要搭个猪圈。"

顾尧池脸上的笑容瞬间凝固，当场吃惊到翻倒。朱玉栋没想

185

到儿子会这样说，一时不知所措。季海鹰大声呵斥道："臭儿子，真没出息！搭个什么不好，倒要搭个猪圈。"

顾尧池冷静下来，手把手教朱玉栋的儿子搭个楼房，搭个高塔，再搭座桥梁，还说这就是龙头山下的挠力河大桥。搭个高塔像他麻秆似的身材，又细又高，一不小心倒了个稀里哗啦，两人哈哈大笑。又教他组合出他见过的汽车和他没见过的火车，围出个有几栋建筑的花园，摆出个有车的街道。他可不想再听到孩子说搭个火炕什么的。

离开朱家回宿舍的路上，酸甜苦辣咸一起涌上心头，顾尧池眼泪止不住流了下来。与此同时，他脑海中生出一个念头，山里的孩子应该知道和学会更多的东西，他要和知青同事们一起，多为林场的未来做些事情。李菲红当老师可以去做，我们虽然不当老师，也可以有所作为。

季海风穿上了一件深灰色涤卡中山装，是顾尧池从杭州给他带回来的。他本就上身长下身短，外星人一般的身材，穿上之后更显得头重脚轻，但涤卡料子就是挺括、有型，让季海风觉得立刻与小伙伴们拉开了档次，挺胸走路，牛哄哄的，说话调子也高了几度。

他避开胡学兵和才礼，找到吕冬阳，从涤卡衣服兜里掏出一盒凤凰牌香烟，淡黄色的烟盒，上面是飞舞的金色凤凰图案。他抽出两支，一人点上一支，立刻闻到了随青烟飘出的奇异香味，味道很浓，不刺鼻，非常乐意接受。吐着烟圈，晃着脑袋，小哥俩享受极了。这么高级，山里人信奉的神仙老把头都抽不到啊！

季海风把烟盒递给吕冬阳："这些给你，我回家偷我爸的，他还有七八盒，藏在柜子下面的被子里，藏的时候被我趴窗侦查到了，他喝酒好忘事儿，过几天就不一定能记住还剩几盒了。"吕冬阳点头称好，叮嘱季海风注意安全，别被抓现行，一旦失手，肯定挨揍，又该让娄美玲她们几个笑话。

外面的世界很精彩，外面世界的风又有一缕吹进了偏僻的山沟。

杭州是个什么鬼地方，好东西这么多？"妈了巴子，东西多了不费钱咋地。"季炮手心里实际有一点点失衡。最近一个时期，杭州知青的影响加上孙大学和张大学林业科技知识的普及，让他觉得不像以前那么自信了，啥都懂变成了啥都不咋懂。

知青刚来不久，他还和老工人一起教这些看啥都新奇、干啥都累得要死的生瓜蛋子们林业生产技术。就说采伐吧，伐木是先在树根一侧较低位置锯出一个锯口，再在相反的另一侧高出五六厘米的位置开大锯，锯到两个锯口上下交会处，再从后锯的一侧用力推树干，同时要喊出"顺山倒"，让附近的人躲避，免受大树倒伏时造成的伤害。知青一开始不懂这些基本常识，只在树的一侧一锯到底，造成了两个不良后果：一个是没等树干锯透，树就倒了，树干劈裂，损伤木材；另一个是树干劈裂的同时，树根急速探向伐木工人所在的位置，极易伤人。没多久的事儿，就不值得再提起了。

知青有文化，对封建迷信的东西刚开始时不屑一顾，尤其是杭州知青，觉得老工人的一些说法荒唐可笑。采伐时，累了就一屁股坐到身旁的树墩子上，树墩子平整洁净，又有合适的超出地面的高度，坐着不用屈腿。这一看似寻常的举动，招来老工人的斥骂，有些知青甚至被踢开。听了"老把头"的传说，他们慢慢竟也有了敬畏之心，不再坐"老把头的专座"或是"老把头的饭桌"了，在什么山唱什么歌，对地方文化的尊重体现出了知青的修养。

"老把头"是山里人敬奉的山神爷。传说清朝初期，山东莱阳有一户姓孙的人家，老两口就一个儿子，名叫孙良。家境贫寒，又遇大旱，众乡亲背井离乡。孙良听人说长白山里能挖到人参，且能卖上好价钱，就毅然告别父母，去闯关东。在长白山他遇到了一个名叫张禄的老乡。两人都是苦出身，经历相仿，特别投缘，于是一拍即合，搂土为炉，插草为香，结拜为兄弟。孙良年岁比张禄大，自然为头。

有一天，两人离开共同搭起的窝棚，分头钻山去找人参。在一处背阴坡上，孙良意外发现了一小片四品叶棒槌，惊喜之时，没忘了挖参的老规矩，放开嗓门大声喊"棒槌"！再用红头绳拴上了几株参苗。离开时在树上刻了记号，就满心欢喜、小心翼翼地怀揣着人参，回窝棚去向结拜兄弟张禄报喜。张禄外出寻找人参没回来。一连三天过去了，还是音讯皆无。孙良担心把兄弟遭遇猛兽或者迷路，就去寻找。他在万顷林海中连续找了三十六天，踪影不见，他倚靠在一块卧牛石旁，饿昏了。又累又饿的孙良寸步难行，死在卧牛石旁。孙良人虽然死了，尸首却直挺挺地靠着石头不倒。他惦记着结拜兄弟张禄，死不瞑目，他哪里知道，张禄由于在茫茫林海中迷失方向，已经命丧深山老林。

放山的、打猎的人都敬佩孙良的为人，传颂他的故事。康熙皇帝闻听此事，夸赞说，此人勇敢忠义，朕封他为"老把头"。不要让他的尸骨总那般辛苦站在那里，朕赐给他树墩子当板凳。

打这时候开始，孙良就成了皇封的"老把头"，山民心目中的山神爷。人们感怀其孝、义、勇的崇高品质，将每年的农历三月十六日，定为"老把头节"，即山神节。山里人也再不坐树墩子，因为那是山神爷的板凳，只有老把头可以坐。

老把头节在长白山林区成了一个重要的节日，吉林抚松县还将此作为地方年度民俗活动。老把头墓真实存在于吉林通化，经考古专家认定，至少有三百年历史。过老把头节的，既有与野山参打交道的人，也有与大山打交道的伐木人、持枪的或下套子的猎人、开矿人、采山货人等。

虽说这是民俗故事，却体现了山里人有祖有尊，歌颂了劳动与探索，记录了先辈的艰辛开创。了解了这些地域文化，知青们理解了老工人的心情，在山里的举止就不让老工人犯难了。至于"老把头的饭桌"这一说法，无从考究，是吕德臣喝酒后对儿子吕冬阳说的，好像也有道理。

林场开会比以往有了一些变化，读报从粉碎"四人帮"开始，改由杭州知青来读，为的是锻炼他们的普通话，说实在的，锻炼得来的并不是标准普通话，而是李菲红妈妈说的大碴子味东北方言。南方面孔，本该吴侬软语，说出来却是硬硬实实的东北腔，任你是谁，都会有违和感。

最受欢迎的变化，当数张大学或孙大学给大家做林业科技知识普及。

就说山里救火吧，大家就知道扑灭山火。谁知道山火还分成几个类别，地面火，地下火，还有树冠火。想想这些年遇到过的，还真是那么回事儿。地面火谁都懂，树木本身、灌木杂草和地面多年堆积的腐殖物质都是可燃物。地下火可是以地下燃烧和扩散为主，那次朱玉栋一不小心就踩进了表面只有缕缕细烟，而下面火炭熊熊的大蚂蚁穴，裤脚烧出了好几个洞。扑灭地下火要挖沟阻断。树冠火传播扩散最快，树冠上原以为很难达到燃烧点的青枝绿叶竟然都可以烧得噼啪作响，风助火势，火助风威，势不可当。抢在下风口足够远的距离清理出可燃物空白地带可能是最好的灭火方法。

从前上山灭火时是严禁自带火种的，火柴不行，汽油打火机当然也不行。但科学的做法却是，救火人员要自带火种，遇到风向转变，大火烧向自己，必须迅速点火，提前烧出空白地带，毫不迟疑地躲进刚刚点火烧出的空白地带，避免被席卷而来的火头包围，窒息而死，大火燃烧是耗尽着火地带几乎所有氧气的。山里灭火，设备原始，也没法叫作设备，就是用扫帚一样的一束束枝叶茂盛的树枝去抽打火苗，扑火的人炙烤难忍，头发烧焦，眉毛烧秃一点都不奇怪，树枝抽打得秃了，再折一束新的。

山火无情，林场人谈火色变。远处山林发生火灾，携带扑火工具和干粮、水壶，出发去寻找火场，经常要走很远很远的山路，看着好像没有多远，却需要翻过一座又一座山岭，这也就是传说中的"望山跑死马"吧。

发生山火，组织扑救是不惜一切代价的，小卖店里的所有食品，饼干、月饼、光头、槽子糕，好像就是这些吃的东西，一律免费发放给救火人员。一场中等规模的山火，往往需要三五天，一个星期，有时是半个月，才能最终扑灭。那些日子，越是盼着下场雨，越是只有风却没有雨。

山火过处，硝烟散尽，空中有鹰群盘旋的地方，时不时能看到烧光了毛、烧焦了皮的狍子、野猪、野兔、刺猬、狐狸。

每年春季，都是护林防火最重要的季节，县林业局就有这样的宣传口号，"春风大，草木干，护林防火要当先""森林火灾重防范，严控火源是关键""悠悠森林情，寸寸防火心"。这些口号，都做成木牌立在出入山林的路边，林场可以说是家喻户晓，"护林防火，人人有责"嘛。

就说周边山里人工造林的松树吧，林场人都能根据松塔大小针叶长短区分出落叶松、樟子松和红松，这些都是适合北方生长的耐寒树种，根据年轮和树的生长节点可以判断出树龄，这些大家知道，但也刚知道根据树的生长节点，能判断出对应年份的年景，风大会影响树的挺拔度，造成树干倾斜，雨量太小营养不充分会影响节点在当年的长度。红松苗长十年也不到一米高，十年过后生长速度加快。松树是一年四季常青树，它们是在每年春天新的针叶出来后，旧的针叶才脱落。

山里同树种的树林，为什么会生长的高度都差不多？因为追不上树群的生长速度，就会被其他树的树冠遮挡阳光，失去光合作用的机会，就会比周围的树长得更慢，竞争力丧失，越来越弱小，最后失去长大的机会，最终枯死，成为周围大树的肥料。这和人类社会当中遵循的是一样的生存法则，不努力就会失去获得的权利，像落后就会挨打一样，就会痛苦不堪，最终一无所有。

就说山里蓄积量最大的杨树，它们是分雄株和雌株的，北京东城区大街两旁的大杨树，在每年春天，都会大量释放棉花球一样的杨花，飞飞扬扬，落地后，风吹得一堆堆，遇到随地乱丢烟头的，就可能引发火情。行人吸到肺里，会直接造成伤害，咳嗽不止，已经成了公害。孙大学和张大学在北京时，就是林业科学院里研究治理杨花柳絮的，说是在搞什么中性树种的培育，新树可以种植中性的，可那些参天的古树呢？

就说一直被山里人砍伐当烧柴的白桦树、枫桦树、柞树、水曲柳、核桃楸、椴树，有的因为密度高，像柞桦木，耐腐能力强，是难得的优质材种，可以卖给国营农场或人民公社，用来制作犁铧上的木构件，或者马、牛车甚至机动车的车身。有的因为密度低，偏软，像椴木，容易做精细加工，可以卖给县冰棍厂生产冰棍杆。这些都应该是可以派上用场的经济树种。山里有用不完的梢头木和灌木，足够当烧柴用，烧火做饭消耗经济木材是一种巨大的浪费。十年育树，育树何止需要十年。我们在林场，能看到漫山遍野的林木，可放眼全国，我们的森林覆盖率只有区区百分之十二点几，而欧洲国家的森林覆盖率在百分之三十。毛泽东说过，"贪污和浪费是极大的犯罪"。话讲到这个份上，大家不住地点头，心服口服，对孙大学和张大学佩服得五体投地。龙头林场的老少爷们儿，学的可是北京林学院的大学知识。

一到高场长宣布开始讲课，会场立马安静，范学俭眨巴眼睛、捅捅咕咕的动作没了，顾尧池叽叽喳喳的声音没了，李菲红、季海鹰一帮女青年不再互相编辫子玩，也不再窃窃私语了，朱大夫合上了露着金牙的嘴巴，胡撇油放下了抱在胸前露出"英纳格"的手腕。有几次听孙大学和张大学讲课，孙大扒掏出的烟口袋一直攥在手里，驼着的背挺直了不少，眼睛直勾勾盯着，耳朵竖起老高，竟然忘了卷烟卷。高场长自己则是重新戴上花镜，翻开笔记本，笔不离手，时而写上几笔，还不住地点着头。

关于树木承受的病虫害袭扰，季副场长知道的还没有儿子季海风的同学多。

# 三十五　纷繁的世界

　　林业子弟中学按县林业局和教育局要求，组织学生走"五·七道路"，以学为主，兼学别样，不但学文，也要学工、学农、学军。学校成立了几个学习项目分组，有编织组，聘请林场老工人孙英俊作为辅导员；有电工组，聘请林场电工才师傅作为辅导员；有缝纫组，聘请朱丽萍的妈妈被拒绝，她拒绝原因是家庭妇女当不了辅导员，随后由毛遂自荐的语文叶老师担任辅导员，叶老师指着自己身上针脚密实的衣服给学校领导看，说是自己做的，保证能够教好兼学的学生；有野生中草药组，聘请林场胡茂银作为辅导员，胡师傅担心熟悉中草药的人太多，影响他的外快，留了几手，这是后话；有木工组，还是聘请林场胡茂银师傅；有森林病虫害防治组，聘请孙大学和张大学作为辅导员，这是最有科技含量的一个组。每个组人数都不少，吕冬阳是在编了一天土篮子后，被辅导员张大学从编织组要到森林病虫害防治组的，他们这个组有十六个人，高晓莹在这个组里。季海风分在野生中草药组，朱丽萍、胡凤娇、娄美玲和孙宝珠都分在缝纫组，胡扁头按照老爸的意思报名木工组，他本来想去编织组。才礼对电工组最倾心，有没有他爸当辅导员都会报名。

能到森林病虫害防治组，吕冬阳内心感激张大学和孙大学，这可不是为了能和高晓莹凑到一块，避之唯恐不及呢。为的是跟在孙大学和张大学身旁，学习他真正感兴趣的东西，有两位名副其实的大学生当辅导员，这不跟上大学一样嘛。高晓莹到这个组，却不是一开始就有兴趣，她是比较之后，觉得也就这个组能学到她认为有用的东西，学习方向不同于其他小组，辅导员也完全不可相提并论，她动员朱丽萍一并过来，朱丽萍不肯。

学习森林病虫害防治，首先要认识对森林造成伤害的病虫。孙大学和张大学先领着大家到野外，柳树丛附近蹚着没膝深的长草窠子，让大家找草叶上的虫子。大家平常根本没有留意到，竟然有这么多长相怪异的虫子，多到可以形成一个与人类共存的昆虫世界。谁还敢像从前那样无所顾忌地在草地中穿行，多吓人啊。孙大学和张大学指导大家捉拿各种昆虫的办法，带头捉了好多，放进随身带来的瓶瓶罐罐里，说是回去给学校制作标本。他俩一个讲解，另一个举起说到的昆虫种类，给大家看个仔细。这个是榆毒蛾，这个是蝽象，这个是午毒蛾，这个是金针虫，这个是金龟子，林林总总，太刺激了。

世界之大，无奇不有，只是我们知道的太少。那个在草叶或树叶上一步一弓腰，像是在给草叶或树叶测量尺寸的绿虫子，有一个很贴切的名字，叫尺蠖。

高晓莹身边一位男生捉起一条尺蠖，放在自己胳膊上，尺蠖慢条斯理地给他丈量起胳膊，吓得她三步并作两步，跳到吕冬阳身后。孙大学和张大学告诉大家，在我们北方温带季风气候带，有种类繁多的针阔叶林带，赖以生存的昆虫也呈多样性，其中很大一部分是害虫。

不学不知道，学了昆虫知识，突然发现山林草地到处都是千奇百怪的虫子，草叶上、树叶上、地面上、泥土中、树干上，无处不在，有一种铺天盖地而来的感觉。虫子如此之多，有爬的，有飞的，有游的，有长毛的，有长盔甲的，有光溜溜的，有嘤嘤叫的，有一声不吭的，有看着吓人的，有模样可爱的，有剧毒的，有无毒的，怎么以前没有注意到？有这么多生灵和我们一起忙碌，原来我们一直处于昆虫的包围之中，这到底是人类的世界还是这一百多万种昆虫主宰的世界？不敢多想，想多了真让人不寒而栗。

从来没注意到落叶松树上有什么虫子，孙大学的一个举动震撼了全组同学，他让同学们围着山坡上的一棵十多米高的松树站好，要集中注意力听，集中注意力看。只听"当"的一声，他用板斧的背部用力砸在树干上，同学们瞪大了眼睛，可是没看清什么，耳朵里却真切地听到了有东西落到树下多年堆积的落叶上，扑扑啦啦，好像有好多。"我操！掉下来的一准都是虫子！"哪个同学情不自禁吐出一句脏话。

张大学用手中的镊子，从地上干枯的针叶上捡起了一条条五六厘米长的毛毛虫，看着属于同一科属、头部带有一撮紫红色的长毛，它们被镊子夹住时，试图扭曲身体，用长毛攻击。张大学告诉大家，紫红色长毛有毒，必须小心，被蜇到的话，会肿痛发痒，好几天才会消下去，手抓的话，要捏靠近红毛的部位，离得远它反倒能卷曲过来用毒毛蜇人。这种虫子是松树上最多的害虫，学名松毛虫。每棵树上都不难找到几十上百条，遇到虫害暴发的年景，一棵松树上最多有几千条。它们以极快的速度啃食光松叶，使松树失去光合作用的能力，从树枝到树干慢慢干枯，成了我们称为"站干"的样子，满山光秃秃的干树桩子。所以，松毛虫的破坏力极强，必须高度重视，认真应对。

"一棵树上有几千条虫子，会不会造成错觉，以为树种变了，把虫子都当成树叶子？"吕冬阳不由得惊叹起来。

"铺天盖地，惊心动魄，犹如蝗灾，所以必须高度重视。"孙大学的话让大家听得更认真了。

孙大学说，我们下一步就要学习治理松毛虫的方法。方法有很多，比方说熏蒸，把杀虫药物以烟雾形式散发在松林中，但有很多副作用，最大的问题就是容易带来森林火险，而且毒素会滞留在水土中，伤及人畜。还有一种方法是紫光灯灭杀，这是在松毛虫的蛹蛾期，利用它们的趋光性，在树林中挂上紫光灯，紫光灯中间是日光灯管，周围是带有高压电的金属网，虫蛾飞向光源，触碰电网，电击毙命，就是飞蛾扑火的原理，这种方法投入过大，灭杀数量有限。

大家正听得入迷，就听得高晓莹突然往旁边一跳，失声惊叫，"妈呀！"这是吕冬阳的恶作剧，他按照张大学指点的办法，捏住了一条松毛虫紧靠红毛的部位，假装弄头发，抬手在高晓莹眼前晃了一下，手晃到她面前时，故意停顿一下，让她看得清楚。在高晓莹受到惊吓那一刻，表现得若无其事。高晓莹满脸粉红，嘴里嘟囔着："讨厌！"擂了吕冬阳一拳，打在他伸开来挡的胳膊上，吕冬阳感觉到的是柔软。眼睛盯着吕冬阳手里的松毛虫，高晓莹小心地挪开了一点距离，惹不起，躲得起。

一阵哄笑过后，孙大学接着讲道："当前，国际上应用最多的是人工培育赤眼蜂，赤眼蜂是一种肉眼很难看清的微小生灵，我们一般是在显微镜下观察它们，它们把卵产在松毛虫卵内，松毛虫卵内就会滋生出一种叫作白僵菌的虫生真菌，这种物质可以打乱松毛虫卵的新陈代谢，造成虫卵大量死亡，有效减少松毛虫的繁衍数量。我们下节课将学习这方面的内容，并且要动手培育赤眼蜂。"

同学们听得入了迷，热切期盼起动手培育赤眼蜂的操作课，

不期而遇

这可比学编筐编篓，比学木匠啥的有意思多了。

高晓莹找到吕冬阳，眨着睫毛长长、水汪汪的眼睛，告诉他别再吓唬她，她看到毛毛虫毛茸茸、蛄蛄蛹蛹的样子就受不了，又恶心又害怕。她这时的眼神是乞怜的，一副揪心的样子，楚楚动人，完全没有大姐范儿。这让蔫淘的吕冬阳于心不忍，开始怜香惜玉，还替她处置虫子，一起完成老师安排的实践。

❧

胡凤娇、娄美玲、孙宝珠和朱丽萍这边，叶老师第一天就把练习用的廉价布料裁错了，为了防止浪费，换成用报纸做裁剪练习。众目睽睽之下，不同于自己一个人在家，边琢磨边做，越是慌乱越是找不出章法，仅仅是纸上谈兵说不过去，额头布满了细密的汗珠。

好在朱丽萍挤到身边，做起了助手，好多环节貌似按叶老师指点，实际是在提示叶老师，叶老师心里明白，也不说破。第二天起，就明确安排朱丽萍给辅导员打下手，提问的时候，朱丽萍回答的问题比谁都多，自己比同学们听得更仔细，现学现卖总是会的。朱丽萍这些天也格外用心，回家就向朱妈妈请教，回头又把跟妈妈学的东西传到缝纫组。好在最基本的东西要人人做，重复做，做得一次比一次好，所以，连续多日的辅导，叶老师自己真的是进步最大的。也因为她能设身处地，所以辅导的效果还真的不错，胡凤娇、孙宝珠和娄美玲都马马虎虎学会了基本的剪裁缝纫技术。估计今后做个内衣内裤啥的不用再求人了。缝纫组学习气氛和组织纪律性都很好，最后还被评为"兼学先进集体"。叶老师的工作能力得到展示，在林业子弟中学地位提高了，兼学活动结束后不久，升为教导主任。

胡扁头跟老爸胡木匠一组，回家可以动平时老爸不让动的木匠工具，特别是刨平板面的长短刨子，他一直想研究研究一卷卷刨花的厚薄是怎么调节出来的，就把老爸已经调整好，打好了塞子的刨子卸掉刀片，重新组合，却不是太厚推不动，就是太薄根本刨不起刨花。被老爸看到了，没夸也没训，倒是手把手指点了他几次。艺不压身，老胡是这样想的，儿子能如此用心学点有用的东西也实在是难得，将来在林场接了自己的班，当个专职木匠，又有技术，又有面子，又不用挨蚊虫叮咬，又不用爬冰卧雪。自己这辈子吃尽了各种苦头，能给儿子创造出这样的机会，也就是有福了，也就心满意足了。

季海风在的野生中草药组跟着胡茂银进了几次山，十几个人采集了几大堆山药材，主要是苦溜溜的根状黄芪和暴马子树皮，回来清洗晾晒占用了好几天时间。季海风私底下告诉吕冬阳，多少不说，还是长了点见识，就说黄芪，以前就知道是药材，却不知道能利水消肿，益气固表，托毒排脓。说的啥呀？几天不见，把你能的，还成老中医了？

季海风坚持显摆，暴马子树皮泡水，能杀菌消炎，润肺化痰，护肝养胃，调脂降糖，缓解疲劳，树龄越长功效越好。看来负责任的胡茂银是查了医书了。看到吕冬阳听不懂也不爱听，他又抱怨，胡撒油让我们晾晒药材，自己又去辅导木工组，为了应付我们，连影儿都见不着的野山参都讲给我们听，这不是糊弄人吗？

季海风他们小组采集的药材，都卖给了龙头人民公社的收购站，钱交给了学校，说是用来补贴食堂伙食费了。

不同的是才礼这边，落在老爸手里，不敢乱说乱动，又不能乱跑，什么线头连接方法，什么火线零线，什么串联并联，什么电瓷的绝缘作用、保险丝的安全功能，什么触电急救常识，什么私自拉线的危害，以及各种电工工具、测电笔、测电表的应用，老爸的三脚猫功夫他不用学也会个大概。兼学劳动，没有结业考试，本来以为能放松放松，却一天到晚被看得死死的。老才也有和胡撇油近乎一样的想法，就是让儿子子承父业，在林场接过他的班，当个电工。所以才礼上学是不是好好学习，考试成绩是不是及格，他根本就不去过问。就这样多好，再等年龄到了，娶妻生子，在林场就是个好工作，好人家，就一切都圆满了。老胡可不希望林场有什么大的变化，影响了他的想法，耽误了他的计划。

编织组这边，孙大扒先讲"编筐编篓，重在开头"，后又说"编筐编篓，重在收口"。说来说去，没有不重要的环节。好在编土篮子，编筐算不上精细活，大家好歹学了门居家过日子用得着的实用技术。过日子是根本，孙大扒讲了好多自以为是的生活哲学，虽然他不知道哲学是啥，但坚决相信，从孙爷爷那里传下来的东西错不了。编土篮子出成果快，手把利落的，半天就能成型，成就感强，学生们倒也学得热情高涨。孙大扒是个心里有数的人，他从来不教学生编鱼篓。

森林病虫害防治组培育赤眼蜂，是从培育和观察柞蚕开始的，这也是个很短的过程。柞蚕从肥嘟嘟、绿莹莹的虫宝宝，蜕变成用蚕茧包裹自己的蚕蛹，再破茧而出变成蚕蛾，蚕蛾产出的卵是培育赤眼蜂的营养源。

把蚕卵放进容纳赤眼蜂的玻璃箱中，让赤眼蜂把卵产在蚕卵里，新的一批更大量的赤眼蜂就培育出来了。把新培育出来的赤眼蜂放进提前放进了松毛虫卵的玻璃箱里，通过显微镜仔细观察，同学们看到了进一步的成果，被赤眼蜂注入蜂卵的松毛虫卵滋生出了白僵菌，松毛虫卵失去了孵化能力，灭害的目的达到了。

这可真是神奇，这是什么人，用了多少时间，费了多少周折，研究出来的让松毛虫断子绝孙的方法？同学们在好奇与期盼中度过了近半个月的时间，始终兴致盎然。

吕冬阳据此认定，林业科技工作大有可为，他在兼学活动结束总结时说出来的话是："真好玩，啊，是真值得学习。"而高晓莹的总结语却认真得多："害虫太多了，太恶心，森林病虫害防治是门大学问，我们必须好好学习，加倍努力消灭病虫害。"

# 三十六　胡茂银落难

　　平静的生活又不平静，胡茂银出事儿了。

　　也是因为他心眼多，接受林业子弟中学邀请当辅导员，带学生进山识别采挖中药材时，他们发现了一处长满野葡萄藤的小山包，小山包有三四亩地大小，几乎都被葡萄藤覆盖了。他注意到了藤上一串串的野葡萄，盘算着过个十天半个月，葡萄成熟变成黑黝黝的颜色，自己不声不响地来几次，把葡萄收回家，卖给龙头人民公社收购站。大伙儿都知道收购站收购山葡萄，是转给县里的山葡萄酒厂酿酒。胡茂银盘算着卖了山葡萄拿到钱，再把钱交给人民公社信用社的储蓄员，记到自己家的储蓄单子上。少留点葡萄酿一坛子山葡萄酒，入冬后每天晚饭喝上一杯，舒筋活血助睡眠，再送一些给高场长家，也算是比较稀罕的玩意儿。去年酿了一些，可惜瓶子封闭过于严实，葡萄发酵生出了膨胀力很强的气体，胀裂了好几个瓶子，可惜了功夫，今年可得吃一堑长一智，控制好发酵度，不能再白白损失了好东西。

　　周六早上天刚亮，胡茂银套上一身土黄色帆布劳动服，匆匆喝了一碗白菜豆腐汤，吃了一块发糕，这都是头天晚上叮嘱胡妈妈早早给准备好的。找出一条面袋子，夹在腋下，脚步轻快，走出院门，从小河东过小桥到小河西，再一路向西，过了林业子弟中学，约半小时后，找到一处外人不容易找到的隐秘小道，向南折进山里。

公路到胡茂银的秘密葡萄园不算远，近处四百米都不到，可偏偏只有胡撇油知道，这是不是有点像孙大扒家房东头流金淌银的小溪？胡茂银可没有孙大扒幸运了，等待他的，有他想要的好多好多可以换成钞票，可以变成美酒的葡萄，还有他根本不想要、也根本想不到的东西。

拨开伸展在眼前的榛子树和苔条等灌木，紧走几步，就来到了他惦记了半个月的葡萄藤边。没有别人知道，早晚都是他自己的，只要在葡萄完全成熟脱落之前采摘就行，胡撇油很开心，一只手扯着面袋子口边，另一只手不断伸出去再缩回来，再伸出去再缩回来，他把一串串晶莹剔透、黑黝黝的葡萄摘下来，放进口袋，一粒都没顾得上尝尝。一大清早，有这么好的收获，心情舒爽极了，就是不爱唱歌，否则他一定会像娄一刀那样哼几句，他感觉是在自己种植的葡萄园里收获着，好像全世界都是他的了。没挪动几步距离，不一会儿工夫，面袋子就装到了小半袋，明显感觉到有点坠手了，他放下口袋，想喘口气，歇一会儿，却听到前方不远处有稀里哗啦的声音。

难道还有人知道这里？不大可能啊，胡撇油曾经在这一带转过，小山包周围就根本没有人迹，他就纳了闷了，看来独享是不可能了。

"谁呀？"他吆喝了一声。

没有人答应，却安静了下来。这人什么毛病，又不是偷谁家的葡萄，干吗还羞于见人。"那边是谁？"他更大声地又喊了一遍。

还是没有动静，嗯，胡撇油有些恼怒，明明听到了摘葡萄的声音，又没有听到离开的脚步和拨拉灌木枝叶的声音，人肯定就在那里，怎么就不吭声。肯定是熟悉的人，听出了我的声音，故意不出声的，和我开玩笑。胡撇油心里又好气又好笑，有点可惜葡萄不能一个人独享了，行啊，毕竟漫山遍野好大一片，摘不了倒也是浪费。好奇心驱使，他放下口袋，拨开灌木枝叶，抬脚躲过爬伏在地面的粗壮葡萄藤，朝传来声音的方位走了过去。

不到七八米的距离，才看清声音的出处，我的妈呀！一头壮实的大黑熊正疑惑地看着他，遮挡视线的树枝、灌木、葡萄藤好像一下子都消失了，全世界只剩下眼前这个庞然大物。胡茂银脊背生出一股凉气，继而浑身冰冷，绝望立刻弥漫了全身，浑身骨架好像呼啦一下散落一空。刚才的吆喝声和主动接近的声音也惊动了黑熊，黑熊正在犹豫要不要逃离。看来不只是胡撇油自己惦记这个爬满葡萄藤、挂满葡萄串的小山包，眼前这头大黑熊有着同样的想法。胡撇油觉得葡萄山是他的，可黑熊认为葡萄山是它的。到底是谁的，凭实力说话吧。

看到满脸惊恐、失声尖叫的胡撇油，黑熊改变了注意，不逃了。它是想吃掉胡撇油，先尝荤的，还是要把胡撇油赶出自己的领地，把葡萄山据为己有，都无从考证了。

大黑熊扑了过来，胡撇油掉头就跑，但身前身旁的灌木枝叶和密布的葡萄粗藤和细蔓让他挪动困难，那也得跑，好在黑熊也面对同样的困难。

胡茂银和季副场长喝酒时，听他讲过对付黑熊的办法，要顺着风向跑，风会把黑熊前额上的长毛吹到眼前，遮住黑熊的视线，黑瞎子的叫法就是这么来的，可风在哪里？大清早没风，就是有风，也吹不到林子里，更吹不到密集的灌木丛和葡萄山，就是有风吹进来，自己也根本没有办法选择跑的方向。

　　胡撒油看见了自己放下的口袋，也就是看见了那么一眼，天知道还能不能再看到。这是要告别"春雷"收音机，告别瑞士"英纳格"，告别在人民公社信用社的存款吧？怎么此时此刻好像是在逃离这一切，他在前面开路，挤过树枝、灌木和葡萄藤，黑熊在后面再重新挤开又摇摆回来的枝叶、灌木和葡萄藤，竟也保持着七八米距离。胡撒油吓得六神无主，忘了跑向四百米外的公路，领着大黑熊围着葡萄山转起了圈子。

　　五十多岁的人了，哪里比得过黑熊，惊吓也是耗费体力的。胡撒油脚步已经有些拖沓，身后的黑熊依旧紧追不舍，黑熊也觉得累，但比胡撒油少了恐惧多了兴奋。胡撒油拼尽全力，向前，向前，扑通，脚下绊在已经看到但没能迈过去的粗葡萄藤上，鬼使神差地，旋了半圈，仰面倒在地上，这回算是彻彻底底完犊子了。

　　胡撒油仰望天空，从树叶缝隙中看到了无数的光束，直直地投射到了他的脸上，好像是多种颜色汇成的光束，五彩缤纷，扑面而来，带给他温暖，一时竟忘记了恐惧。他想到了孙大扒，脸上的皱纹真的可爱，孙大扒就是这样才最可爱。他想到了电工老才，大虾一样的身材真顺眼，酒糟鼻子就该是他的，不这样还叫老才嘛，给别人起个外号啥的，还挺有意思。娄一刀啊娄一刀，一刀到位太简单了，可那样怎么能过瘾？就知道你是故意多捅几刀，你在家肯定受老婆气，借着杀猪发泄。吕德臣啊吕德臣，你儿子还是娶我闺女吧，那是你儿子的福分，咱家孩子过日子踏实，不像高场长家闺女想一出是一出，整天惦记摘星揽月。可你，可你们现在在哪里？我不想见不到你们啊。大黑狗啊大黑狗，以前进山都在腚后跟着，今天早上该不是又找娄一刀家的狗荒唐去了？一瞬间想了许多，胡撒油的大脑从来就没有这样高速运转过。

　　黑熊终于追逐到了猎物，冲上来，面对面一屁股坐在胡撒油身上。胡撇油立刻感受到了黑熊的体重，两扇肋骨要齐根断掉，失去了呼吸能力，脖子暴出青筋，脸色乌绿。黑熊冲着胡撇油脸上张开嘴巴，胡撇油闻到了呛人的腐臭气息，简直要被熏死，口涎滴到了脸上，黏糊糊。没容他多想，黑熊锋利的牙齿切进了面皮，只一口，胡撇油的半边脸就血肉模糊。

传说黑熊用舌头舔肉，说是舌头上带刺儿，舔一口就是一块肉。胡撇油算是领教了，哪里是用舌头舔，就是在用尖利的牙齿啃嘛。

传说如果被黑熊按倒，要想方设法摸到黑熊的睾丸，反复轻轻搔挠，黑熊感觉酥痒，就会暂时放弃攻击行为。听娄文明说，曾经有人被黑熊扑倒后，搔着黑熊的蛋子，用细绳贴着根部拴紧，把绳子的另一端拴在一旁的小树或灌木上，一边继续搔着熊蛋子，一边向旁边挪移，突然发力脱离黑熊，滚到一边。黑熊扑过来追时，拴着细绳的睾丸被扯紧，黑熊"嗷"的一声痛晕过去。可拼命的时刻，上哪儿去找黑熊的睾丸？哪里还弄得清黑熊的公母？哪里有细绳子？哪里还顾得上？谁知道传说的事情是真是假？一旦适得其反，黑熊更疯狂了怎么办？娄一刀，这个世界上信谁说什么，也不能信你说黑熊！胡撇油懊悔，活着得了个占小便宜的名声，死了还被黑熊啃得没脸没皮的，闹不好要赚个死不要脸的说法。唉，这一辈子，划拉来划拉去，到最后连毛都不剩。

胡撇油本能地双腿乱蹬，两脚乱踢。黑熊对囊中猎物的垂死挣扎并不在乎，它嫌胡撇油的双腿双脚太折腾太烦，就一屁股调转身体，屁股对着胡撇油血迹斑斑的脸。熊屁股上的毛扫在胡守银脸上的创口上，说不出的疼痛，垂死挣扎的胡撇油惨叫着，双腿踢蹬得更厉害，黑熊低下头，一口咬住胡撇油的右腿，连皮带肉撕扯下来一块。胡撇油两腿一蹬，放挺了。黑熊嘴里嚼着胡撇油腿上咬下来的皮肉，算计着下一口该咬哪一个部位。胡撇油已经没有了惧怕，没有了疼痛，眼中的树枝、灌木、葡萄藤都不见了，天空在他眼中已经是一张白布，进入濒死的状态了。

就和讲古人常挂在嘴边的话一样，天下之大，无奇不有。说起来实在是不可思议，龙头农场军马场的一辆轮式拖拉机，到龙头林场东五十里的一家养鹿场接亲，返回的路上，早不熄火，晚不熄火，刚过林业子弟中学不远，在胡撇油进山的地方就熄了火。油箱里不缺油，火花塞还嗤嗤冒火花，可就是打不着火。司机据说平时是个温吞火、不急不慢的一个人，可今天他却一反常态，脾气火爆得不行，啪啪啪，挥手连续拍打拖拉机方向盘上的喇叭按钮，好一顿发泄，弄得车上的一帮人直捂耳朵。可就是这一连串刺耳的喇叭声，救了黑熊身下必死无疑的胡撇油。

黑熊正嚼得起劲儿，听到了一连串不同寻常的喇叭声，吓得它抖着棕黑的长毛，慌慌张张抬起头，丢掉身下的猎物，扭摆着庞大的身躯钻进树林深处，一转眼就没了踪迹。

半边脸被啃掉一块肉，右腿上少了一块肉的胡撇油因为黑熊起身又透过气来，发出了撕心裂肺的尖利呼救声，"救命！救命！救命，啊！"

恼羞成怒的拖拉机驾驶员和车斗里的人都听到了，一帮人急匆匆钻进树林，循着惨叫声来到了胡撇油身前，众人惊呆了。抬起来，抬出树林，抬到车上。车坏了，动不了，又人命关天，怎么办？

接亲的车队变成了救护队，安排两个人跑步去林业子弟中学和龙头林场找卫生所大夫，其他人陪着司机修车，眼巴巴地看着伤口向外渗血的胡茂银，无从下手，不知所措。

胡撇油的生命力是顽强的，他一直等到朱大夫和范学俭，还有自己一家人坐着娄一刀的大马车赶过来，才放心地昏死过去。

朱大夫打开医药箱，能做的就是止血、消炎，把胡撒油的脸部、腿部缠裹起来，胡撒油生生被他缠成了裹着棉被的粗木头。胡扁头和胡凤娇在一旁号啕大哭，好在拖拉机驾驶员修好了车，打着了火，这一帮人才揪着心赶往县城医院，只留下胡凤娇跟着随后赶来的一群人回家看家。

范学俭是自己坚持要跟着去县医院的，他家在县城，找个人寻个东西都比别人方便些。朱大夫是不能不去的，他现在是胡家人的精神支柱。车过军马场，该下车的下了车，司机和用车的人家二话没说，异口同声支持继续上路，直奔县城。这种前轮小后轮大的轮式拖拉机本来是农田作业用的，自打到了司机手上，就从来没有跑过这个速度，起码跑到了四五十迈，颠簸起来，有了风驰电掣的感觉。纱布包裹里听不清气息，胡茂银生死两茫茫，就像悬在天空含水的乌云，可能下不来雨，更大的可能是顷刻间如瓢泼倾泻下来，看造化了。路上经过几个村屯，胡扁头时而发出的嘶哑号哭，让人误以为这是灵车，也有人猜测，一定是急症，死半道上了。

胡凤娇到家，身后跟着朱丽萍和高晓莹，不一会儿，又来了娄美玲和孙宝珠。四个人有坐有站，围在嘴里咬着两个辫梢、流着眼泪的胡凤娇身边，劝说，安慰，就讲肯定能治好，心里也都在嘀咕，被咬得这么厉害，性命危在旦夕，希望渺茫，真的能治好吗？好像基本没有这个可能了。

胡凤娇久久平静不下来，心乱如麻，认定爸爸必死无疑，一颗心悬着，就等噩耗传来，失去爸爸的恐惧像沉重的乌云，始终笼罩在她的头顶，擎不住又拨不开。见此情景，高晓莹心情沉重，脸上不露声色，怕加重胡凤娇的心理压力，轻声细语和小姐妹一番商量，拿定主意，自己和三姐妹轮流回家，和家里大人们打了招呼，就住在胡凤娇家了。她还特意叮嘱爸爸，一有胡爸爸的消息，马上让她们知道。如果是坏消息，千万策略点儿，如果是好消息，怎么通知都行。几个小姐妹按着高晓莹的排布，换着班和胡凤娇说话，其他人开始收拾屋子、洗菜、淘米、点火做饭，心提到嗓子眼，做得却是有条不紊。

胡木匠被熊啃了，胡木匠被熊咬死了，等消息进到才礼耳朵里，已经变成了这个样子。才礼慌慌张张找到季海风，又和季海风到了吕冬阳家，三人一起往胡扁头家跑。进了院子和往日一样清静，忐忑不安地敲敲门，出来开门的是孙宝珠，心生疑惑却又一时不知道该怎么张口。孙宝珠挥挥手，示意他们进屋别嚷嚷，胡凤娇愁容满面地看着他们一个个走进里屋，当看到最后进来的吕冬阳时，竟"哇"的一声哭了起来，这一看胡叔叔是真的完了，三个半大小伙子一顿紧张后才了解了事情真相。虽说是松了一口气，却也开始为胡叔叔的安危担忧。

东西屋邻居都来过了，都在想着尽可能帮忙做点什么，替胡家解除后顾之忧。孙大学和张大学来问了情况，问胡凤娇要不要到他们家住，免得一个人在家害怕。

胡家大黑狗今天出奇地安静，默默地趴在院子边，眼睛湿乎乎的，不知是不是眼泪，可能是羞愧自己没能尽到狗的职责，悔恨自己没能跟在主人身旁，和主人一起同黑熊搏斗吧。它盯着来来往往的人，时而有低声呜呜哀鸣，没有大声的吠叫。

半夜里胡凤娇一声凄厉的尖叫惊醒了睡梦中的四个姐妹，她梦里看到爸爸失血过多，面容枯槁，身体干瘪，腿一蹬，死了。拉亮电灯，只见胡凤娇泪流满面，已经坐在那里，再无法入睡了，姐妹五个挤坐在南炕上，反复说着在县医院肯定能抢救过来，到现在没有消息就说明没有生命危险这些宽心话。这种时刻，求求谁能让胡爸爸转危为安呢？老把头？天老爷？胡凤娇心碎了，她越是害怕，越是有没有爸爸了该怎么办的念头。姐妹们小心翼翼地劝慰着，生怕哪句话不得体，刺激到胡凤娇，让她无法承受。

时间太难熬了，几个女孩子从来没有过这般经历，夜里传回消息的可能性看来不大，明天会是什么样子？盼天明，怕天亮，时间是停下来好，还是快点过去？想看胡家对箱上放着的座钟，又不敢看，座钟扁平的时针像锋利的刀片，每动一下，就割得人心痛。漫漫长夜，让人迷惑，痛苦，不堪忍受。

胡撒油的命保住了。命是保住了，可脸上缺的那块皮却是医生从胡撒油屁股上取下来的一块皮植上去的。这可让人没法跟胡撒油开玩笑了，"你还要不要脸？你这是脸还是屁股？"谁开这样的玩笑，胡撒油非跟他拼命不可。朱大夫成了贴身陪护，用心关注每一个细节，陪护的两三天的工夫，和大夫、护士也熟悉了，认真观察，加上用心聆听，他又多学了不少医护知识。胡撒油住院一个月，回家又养了一个月。

刚从县医院回到林场时，脸上贴皮处依旧结着痂，胡撒油羞于见人，觉得所有人的眼睛都是明亮的镜子，里面映出的都是他变形的丑脸，绕不过，躲不开。心里难为情，脸上也有反应，丑之外又加上了怪，胡妈妈避开儿女，喊他"丑八怪"，头几次还急赤白脸，慢慢倒也接受了，好在没有任何外人知道。

常言道，有其父必有其子，这话在胡家颠倒过来了。胡撒油怎么像他儿子？没过多久，还是外甥打灯笼——照旧。该存钱还存，该显摆"英纳格"还显摆，该护着"春雷"收音机还护着。

高场长和两位副场长很重视这次野兽伤害事件，派出狩猎队反复搜寻，提防那头尝到了人肉滋味的黑熊再次伤人。但事情就是这样，你带枪进山，就看不到野兽，你空手进山，野兽就会撞见你。朱玉栋干完活骑自行车从山里回家，路旁五米之外就碰见过野猪，野猪惊慌逃窜，他吓得魂飞魄散。不过这一回，好长一段时间过去了，没有人再遭遇过黑熊。那片只有胡撇油去过的葡萄山，虽然距离并不远，却再没有人光顾。

老才婆子和老才叨叨咕咕："我跑丢那次，离家足有三四十里，也没被熊啃。这老胡头怎么点儿这么背，家门口就赶上了呢？"

"没变成白骨精，是你命好，福大命大造化大，偷着乐吧。一直想问你，怎么跑那么老远？"

"我也说不清楚，原来就想在附近山上转转，可能是被鬼缠上了，稀里糊涂跑进深山老林了。"

林场好多人都把这两件事拿在一起做过比较，说到最后都是无奈地摇摇头，要是喊上几个同伴，别那么自私是不是就不会那么悲剧了。近山结伴，远山必须有狩猎队保驾护航，这是龙头林场的惯例。破坏规则没受惩罚，图的是侥幸，老才婆子侥幸一回，胡撇油就难逃厄运了。人要是心胸狭小，世界就变得狭小，狭小到在一片林子里转圈圈，连黑瞎子都躲不开。

# 三十七　杀年猪（一）

元旦后春节前，家家户户轮流杀年猪，这就是山里人总说的"小孩小孩你别哭，过了腊八就杀猪"嘛。坐地户里只有高场长家不养猪，是个例外。高妈妈是最爱干净的人，养猪的话，家里总要用大锅炉猪食，弄得里外到处都是，更不用说吃喝拉撒在一处的猪圈了。

杀猪是左邻右舍帮忙，然后左邻右舍前屋后院连吃带送。送肉是不能忘了高场长家的，剩菜就不能给他家了，剩菜说的是烩菜，要是别人家，不给还不高兴呢。朱妈妈曾经在不经意间，看见高妈妈把孙大扒家送的杀猪烩菜悄悄地倒掉，朱妈妈没忍住告诉了娄妈妈，娄妈妈通过胡妈妈非正式地通知到了全林场的老婆子们，一个挨着一个提示着别告诉别人。

吃杀猪菜，除了左邻右舍、前屋后院，还要喊上这几天未在山上采伐住地窝棚的留守知青，谁家杀个猪，总要安排三到四桌。

这是元月初的一天，老胡家第一个杀年猪。先是孙大扒显身手，在胡家院子里垒砌白天烧开水熛猪毛、晚上刷干净后炖酸菜猪肉的大灶台。灶台是必须在院子里垒的，烟筒直立，直接向上排烟。要是用平时做饭的锅，烧柴火太多，倒不是怕浪费木桦子，怕的是炕太热、太烫，吃饭摆不了桌子坐不住人，晚上更没法睡觉。

接着是电工老才支架子、拉电线、接灯头、拧上瓦的灯泡，等晚上点亮。他手背上被孙大扒用赶牛车的短鞭子抽破的痕迹还没有完全消掉。那是个不光彩的记录，是他偷着遛人家在山里下的套子，偷走了孙大扒套住的狍子惹的祸。想不劳而获，夺取别人家的胜利果实，着实该打。孙大扒鞭子功夫了得，打得迅雷不及掩耳。傍晚到家，老才婆子非要揭开朱大夫给包扎的纱布，看他的伤重程度，不看不要紧，一看火冒三丈。也没来得及听全老才版的真实故事，怒气冲冲，拔脚就走，几乎是一路小跑从小河西边跑到小桥，拐头直奔道南小河边孙家。进了孙家院子，她扬起长脖子，扯着嘶哑的嗓子，右手挥舞着像在空中抓挠着什么，估计心里是在想着抓挠孙大扒沟壑纵横的脸，嘴里像机关枪打出了一转盘子弹似的，把孙家八辈祖宗统统收拾了一遍，所有脑袋里肚子里储备的骂人有分量的词句倾囊而出。

孙妈妈迎出门，老才婆子骂人的话一个字没浪费，都听到了。如此凶恶，还有没有天理，有没有王法？火气"腾"的一下就出来了。她一把扯住老才婆子的头发，嘴里呜哩哇啦也是一顿加强火力。老才追来得还算及时，他和紧跟在孙妈妈身后从屋子里出来的孙大扒各自拉住自己家的女人，他本不想追出来的，有点惧怕见到孙大扒。孙妈妈被拉进屋子，老才婆子被拉出院子，两个人都头发蓬乱，像大水中摇摆漂浮的草筏子上的草束，水退去后，东一绺西一绺混乱的样子。孙妈妈反击到位，心里稍稍平衡。

老才婆子听全了老才的故事，顿时悔青了肠子，想打老才耳光，把挥舞到一半的手收了回来，她哪里敢打老才呀？真把老才打急眼了，这头牲口能把她打得生活不能自理。老才觉得自己理亏、丢人，这次回到家就没有对老婆子动手，只说是反正狍子肉吃到肚子里了，怎么说也不算完全吃亏。在林场丢人这又不是第一次了，有错就改，改了再犯，犯了大不了再改嘛，爱咋咋地。狍子是山里野生的，又不是老孙家养的。两口子唠嗑唠叨到好处，心态平和了，心里竟然也平衡了。

娄一刀出场了，一帮人帮他按住猪，白刀子进红刀子出，一个刀口，往里捅了三四次，大开杀戒，过足了刀瘾。他让范学俭、顾尧池和朱玉栋帮着，几个人把猪周身在大锅热水中烫了个遍，按胡撇油要求拔下猪脊背上的一排鬃毛，这东西到人民公社收购站能卖个好价钱。刮完猪毛，紧接着一刀划开猪腹，热烘烘的腥膻味扑面而来，让他十分兴奋，手舞足蹈，掏心掏肺，把猪大卸八块。一边操作，一边哼起歌曲，"毛主席的战士最听党的话，哪里需要到哪里去，哪里艰苦哪安家……"，别说，还唱得不错，没怎么跑调，只是伴随着他手上的劲头，一个接着一个起爆音。

季海风、吕冬阳、才礼、朱丽萍、高晓莹、娄美玲、孙宝珠几个人和胡家兄妹凑了一桌，他们这桌安排在胡家西边邻居吕德臣家的南炕上。两张大约三十到四十厘米高的长方形小饭桌，拼成的临时大桌，其中一张桌子，是吕家和胡家之间的孙大学和张大学家的。张大学两口子，不喝酒，太油腻的菜也吃不了几口，就由胡妈妈特别地选了点偏瘦的肉，又单独盛了一碗肉汤酸菜，两口子留在自己家中，安静地吃。

依旧穿着胭脂红色带黄灰暗格衣服的高晓莹，戴着毛线编织的高粱米色帽头，打扮得有点俏皮。高晓莹就是这样，类似的活动都不落下，还不耽误看书学习。朱丽萍和孙宝珠都戴着紫红色脖套，娄美玲围着一条灰色大围脖，肯定是季海鹰送给她的。高晓莹和穿着草绿色仿军上衣的吕冬阳，先是不经意地挨着坐，两人又不约而同地和左右商量换了位置。高晓莹想，小老样，明显是心里有鬼，臭流氓还假正经。骂臭流氓虽然只是在心里，也觉得挺过瘾、挺给力的，骂归骂，不烦。吕冬阳想，她怎么知道我膈应她，看来她也是不喜欢我的，谁在意。换座之后，倒看清了，她的衣服原来是小圆领。胡凤娇今天穿得很别致，小棉袄外面套了件枣红底圆白点的袄罩，看来是把过年要穿的新衣服提前穿出来了。

桌子上摆了四个菜，每个菜盛两盘两头分开放，所以是八个盘子。深盘子盛的是肉汤酸菜，浅盘子装的是血肠、偏酸口有解腻效果的凉拌大白菜丝、粉丝、干豆腐丝，还有切成厚片要蘸着蒜末酱油吃的五花肉，这是最硬的一道菜。一般人吃两三片就会上头，就会有喝了酒后晕乎乎的感觉，但实在是太香太过瘾了！硬菜归硬菜，却不能算是主打，肉汤酸菜是当之无愧的主角。酸菜谁家好，吕家第一号。

吕家酸菜不是吕德臣夫妇的功劳，而是吕冬阳同学的杰作。想不到吧？从选菜、晾晒、焯水，到入缸、加盐、压石，再到发酵到理想状态，缸面浮起一层高密度白沫，吕冬阳的技术是全套的。这是他和老爸学来的技术，在焯水和加盐两个环节上讲究度和量，就超过了老爸的水平，青出于蓝而胜于蓝。吕冬阳说是知识的力量，吕德臣嗤之以鼻，说多了就是犟嘴，就要揍他。吕冬阳连年做到一个水平，吕德臣先说瞎猫碰死耗子，后说一个破酸菜，好不好没多大差别，你腌的酸菜好，还能当水果吃咋地？高晓莹挑剔得很，却真可以把吕冬阳家的酸菜心当水果吃，同学聚在他家的时候，她亲口尝过，按胡凤娇的主意，酸菜心蘸白糖吃，感觉好着呢，酸甜清爽。自己家的生吃是难以下咽的，高妈妈腌的两大缸酸菜里，挑不出一颗菜心可以直接生吃，味道不对，在喉咙里打着转，有种向上顶的力量，根本咽不下去。瘦高的吕冬阳系上围裙，里里外外一把手，当得起家的样子。

孙宝珠现在也是很抢眼球的，大胸离桌子最近，伸筷子夹菜时，就能覆盖至少两盘菜，真是两球在手，吃喝不愁，只是晃得几个男生眼晕，心神不宁。

大家在酒桌上的话题，从将来干什么说起，娄美玲要当检尺员，山里往山外运木材的时候，要计算木材材积，量出木材大小两头直径，再和长度一起计算，得出材积，也就是立方米数量。实际操作中，可以查表，不必现场计算，这个工作岗位还是相对轻松的，仅次于坐林场办公室。季海风的姐姐季海鹰每年入冬，到了木材运输出山的时节就是检尺员，她要是想让哪个大挂车司机捎个人到县城，司机都会爽快地答应，坐大挂车驾驶楼去县城，可比挤红黄两样色的大客车舒服多了，一车木材多算点少算点就是她手宽手紧的事儿。再说了，先给谁检尺，先给谁开票，先给谁放行，那都是检尺员说了算的。

孙宝珠想当技术员，在苗圃里负责选种子育苗，跟着孙大学和张大学能学不少技术，这短短几年，孙大学两口子把龙头林场的苗圃搞成了闻名全县林业系统的规模化、规范化的种苗基地，让另外七个林场仰慕，对七个林场都有苗木输出。

胡凤娇有当小学老师的理想，光凭那两条可以到人民公社收购站卖钱的大辫子是不行的，季海风和吕冬阳知道收购站收购长辫子，大家让她加把劲儿好好学习学习，别误人子弟。

朱丽萍呢，想接爸爸的班当医生，反正哥哥朱玉栋不想子承父业。到了高晓莹，她不说，别人也不问，问不问一回事儿，不就是到时候考大学嘛。考不上的，大家琢磨着，不必担心后路，爸爸是场长，工作到啥时候都会有的。

几个男生，好像之前统一过口径似的，都说将来留在林场出大力，当地球修理工，胡扁头和才礼心里藏着鬼，不提要当木匠

215

和电工的事儿。

没等吕冬阳说自己的理想，胡扁头抢先告诉大家他要当诗人。才礼没头没脑来了一句，当诗人怎么过日子？吭哧瘪肚整不出多少字眼儿，喝西北风啊？季海风反驳他："屁也不懂，诗人写几行字，就值不少钱的。"

"照你这么说，唐代的诗人都是大富翁，对吗？"才礼问得实在。

"才礼呀才礼，知道二三得六就够意思了，和你说诗，就是擀面杖吹火，一窍不通，就是对牛弹琴。"季海风不给才礼面子。

才礼不悦，正经话干吗不正经听？转而调侃季海风，说看见季海风和娄美玲隔着两家院子中间的木杖子，吃一个西红柿。娄美玲吃了一半递给季海风，这不就是嘴对嘴变着法子亲嘴嘛。娄美玲满脸通红，季海风也不客气，也不能客气，因为在林场，男女确立婚姻关系是有明确步骤的，在举行婚礼前，男女是没有过度亲密举动的，过度亲密就好像意味着负责任，人家就生是你的人，死是你的鬼了。再说了，哪里有亲密的机会？哪里有亲密的场合？坐自行车后货架子搂搂腰那是太难得的了，这也是为什么骑自行车绕着龙头林场、龙头人民公社和龙头国营农场军马场转大圈，成了处对象必选项的原因。

娄美玲发育得好，脸长得周正，有点日晒过度的偏暗色，看着健康，身材也还匀称，嘴角微微上翘，看着喜兴，确实越来越好看。爱说爱笑的样子，越来越让季海风上心。

季海风和吕冬阳单独在一起时，偶尔说起她，说她变得和胡凤娇差不多一样好看了，有时候还觉得比胡凤娇更好看。毫无疑问，季海风也像个少女似的情窦初开，注意力曾因为胡凤娇分散过，被父母给扳道岔，改到娄美玲这里，时间长了，越来越觉着顺眼。在吕冬阳看来，这不过是情人眼里出西施罢了。季海风也说到过高晓莹，说她是最好的红果子，就像熟透的山丁子，圆润多汁，偏偏长在高枝上，看得见在那里摇来摆去，心里没法不惦记，却怎么都够不着。既然不属于同一个山头，有奢望也是白扯。

娄美玲和季海风一样，两人心里自然而然地都有了归属感，就等着慢慢长大后的日子，估计也快开始骑自行车围着林场、国营农场和人民公社绕大圈了。他俩给同学们一种感觉，过日子和小孩子过家家差不多少，亦真亦幻，怪好玩的。

季海风抬起手，扬起脸，咕咚咚一碗啤酒下肚，坏笑一声，冒出一句"有这碗酒垫底儿，什么样的坏蛋都能对付"。又抹抹嘴，提起在1976年毛主席逝世时，才礼在教室哭哭啼啼的往事。

谁也没想到，娄美玲眉毛一挑，把话接了过去，一本正经指责才礼："你呀，就是对伟大领袖不够忠诚，你一天到晚大鼻涕淌二尺半长，你当特务，当王连举还差不多。那时你还说你语文考试不及格，你说说，你哪一科考试轻易及格过？"

王连举是电影《红灯记》里面的反面角色，是可耻的叛徒，对日本鬼子点头哈腰没有脊梁骨，还出卖英雄人物李玉和，龙头林场吃奶的孩子都嫌弃。

才礼尴尬极了，低下头嘟囔："妈了巴子，打人不打脸，骂人不揭短。谁没有不懂事的时候，季海风小时候还尿炕呢。"

大家嘻嘻哈哈拦住了他俩。

才礼也还是才礼，琢磨着转移视线，对着胡扁头来了一句："脸红什么？"

"精神焕发。"胡扁头随口接上。

"怎么又黄了？"

"防冷涂的蜡。"这该是京剧《智取威虎山》里面的套路。

"碱大了。"这是哪儿跟哪儿呀。

一阵哄闹，才礼给自己解了围。

# 三十八　杀年猪（二）

　　胡家屋子里摆了两桌，顾尧池和范学俭他们几个在胡家北炕上，或盘腿或坐在十多厘米高的小木板凳上，用酒在互相毒害。酒桌上也有朱丽萍的哥哥朱玉栋，吆五喝六，脏话连篇。林场土生土长的年轻后生，只要结了婚，就像得到了什么神秘授权似的，开始讲脏话，污言秽语也不觉得难为情了，狗交驴配的，口无遮拦。杭州知青明显是被山里人同化了，青年依旧，但话里话外一时间听不出有知识的感觉。

　　王大下巴能教育乖孩子，也能打坏孩子，是林场知识阶层，在知青人数偏多的座位作陪，一口气吃了五片蘸酱五花肉，撑得腮帮子一忽儿左一忽儿右鼓来鼓去的，那样子就是一只长脸大山羊，满嘴草料，错着牙咀嚼。半天才消停下来，抹抹嘴边的油渍，两手搓了搓，说是胃里垫好了底儿，开始呼应喝酒。

　　电工老才、孙大扒、娄一刀、老臧头、吕德臣和胡茂银一起陪三位场长在胡家南炕上吃喝。炕烧得热乎，酒烫得热乎，菜炖得热乎，人也唠嗑唠得热乎。顾尧池从北炕下来，到南炕找孙大扒，要了一张孙大扒用写过字的作业本裁成的卷烟纸，从孙大扒的小烟口袋里掏出一小撮烟丝，蘸着唾沫卷好，夹在左耳朵上，又卷了一支，夹在右耳朵上，这是给范学俭卷的。端起桌子上胡茂银的二大碗，平行比画了一圈，说道："晚生这厢有礼了，敬各位领导和前辈。"不待众人接话，一口喝下，放下碗退回北炕。高场长诧异，顾尧池怎么越来越像范学俭？

谢副场长说是出去撒泡尿，一走半个多小时才回来。老季不高兴，拿话怼他："妈了巴子，喝个酒也不消停，躲躲闪闪，鬼鬼祟祟，看你就不正常，说不准干啥见不得人的事儿去了，当心嗝瑟大了掉毛。"高场长附和，也算是给了谢副场长一个台阶："肉分五花三层，人不分三六九等。可也真别干啥坏事儿，吃凉饭，睡凉炕，喝凉酒，都是一个道理，早晚是病。"谢副场长眼睛挨个扫视一遍，怯怯地收回目光，没接茬。孙大扒给了谢副场长一个台阶，他端起酒碗，对谢副场长说："谢场长，俺老孙敬你一杯。"为啥？谢副场长和一桌子人都有疑问。

孙大扒长话短说，就为那次拦截偷木头车的事嘛。谢副场长心中暗骂，"哪壶不开提哪壶"，脸上堆满笑容，"喝，喝，都是为咱林场好。"

刚过去没几天的事儿，孙大扒在路上拦住一辆拉柴火的大解放，驾驶楼副驾驶位置下来一个中年人，说是县里来的，和场领导提前打过招呼。一开始，孙大扒态度和蔼，嘘寒问暖，问人家进的哪片山，在山里拢没拢过火，如果拢过，离开之前是否用雪覆盖，确认完全熄灭。当他蹲在汽车尾部，从敞开的车厢后挡板上，看到了四根径级超过三十厘米的圆杨木，脸色骤变。

孙大扒从衣兜里掏出皱皱巴巴的护林员红色袖标，用别针别在衣袖上，对着和他说话的中年男人大声说："拉柴火没问题，偷木材可不行。这几根粗杨木是什么情况？"中年男子有些慌乱，急忙解释："这是在山里捡到的，看着好像是不要了的。"孙大扒更来气了，"山里的木材都是国家财产，这是随便捡的东西吗？"中年男人不敢硬顶戴着红袖标、一副公事公办神态的孙大扒，赔着笑脸说："来之前县林业局给你们林场打过电话，林场有个姓谢的场长吧？对，就是和他说好了的。"孙大扒不是不相信他的话，但他有几乎所有林场人的耿直，说出的话还是原来的腔调，"我们这里是有谢副场长，他有权让你们来拉柴火，可他没有权力让你们偷木材。"

孙大扒拍拍衣服袖子上的红袖标，充耳不闻中年男人的软磨硬泡，坚决要求车子开到林场，把木头卸下来再走。一直坐在驾驶楼里的司机见此情景，冲下车来，要动手揍这个梗着脖子、顽固不化、毫不通融、满脸沧桑的老家伙，可手握短鞭子的孙大扒没有一丝惧色。

看大解放司机凶神恶煞的表现，孙大扒转身把短鞭子扔到牛车上，从牛车上换一把刨沙土用的镐头，镐头被沙子反反复复摩擦，锃亮反光。他指着大解放车轮胎，义正词严地告诉司机："偷盗林木属于违法犯罪，别说我没提醒你，再说土匪黑话，我刨烂你的车轮胎，制止你的犯罪行为。"

大解放被老牛车堵截回了林场，车上的中年男子心中抱有一丝希望，下车去找谢副场长。谢副场长找了高场长，高场长笑一笑说，你看着办吧。

半小时后，等回了坐牛车的防火护林员，说良心话，孙大扒是快牛加鞭赶回来的，替别人着想，这是起码的善良。谢副场长情知不合规矩，怕老孙当着外人直接和自己翻脸，想借高场长的势头压压孙大扒，也好有点回旋余地，硬着头皮对孙大扒说："那啥，老孙，我刚和高场长打过招呼，就几根木头，放行吧。"

真的假的？孙大扒一脸错愕，"咱们喊来高场长，一起当面锣对面鼓说个明白？"谢副场长语气和缓，"我看就是几根杨木，就当'站干'，不在管制范围内。"谢副场长说的"站干"，是遭受雷击，或病虫害侵袭，或根部遭受破坏，枯死的大树。

孙大扒一抖手里的短鞭子，"谢场长，要么说，我下午就进山往自己家里拉一车这样的'站干'，你管不管？"

谢副场长杀人的心都有了，他清楚地知道，再坚持，只能自取其辱。他把县里来的中年男子叫到一旁，低声说："这事儿知道的人有点多，要防止惹出不必要的麻烦。先把木头卸下来，柴火照常拉走，回头我来安排送车板皮。"

谢副场长开会时没少讲原则，讲得冠冕堂皇，却带头假公济私。他怕得罪人，想笼络关系，不该牺牲国家利益。原则是大家都要坚持的，有坚持的有不坚持的，就是出卖能被出卖的东西，那还叫个原则吗？坚持原则是要得罪人的，好在得罪的是没有原则的人，孙大扒坚持原则，谢副场长就无法撼动。

电工老才端起碗，"来来来，咱都喝。"胡茂银也随声附和，"喝酒，喝酒。"老才这样一张罗，既给了自家邻居谢副场长台阶，也把气氛拉回到大口喝酒、大口吃肉的氛围中。老臧头脸上挂着笑，不讲话，不搭腔，吃得沉稳。

高晓莹因为热炕烤加上啤酒有劲儿，脸上布满红霞，想盛碗大碴子粥吃，却不好意思支使吕妈妈。看胡凤娇正和娄美玲、孙宝珠聊得热乎，几个男生云山雾罩吹得起劲儿，就自己费劲儿地站起身，从炕上挪到地上，接过吕妈妈递给她的瓷碗，按吕妈妈指点朝饭盆那里挪动。咦，腿脚不听指挥，怎么走不出直线了，

221

散装啤酒有这么大的劲儿？她心里说不好，要丢人，喊朱丽萍悄声问："我怎么头晕，你咋样？"

"我头不晕，就是腿有点软，站不大稳。"

两人相互搀扶着端回了大碴子粥，坐下后再没敢动地方。

窗外院子里，是胡妈妈、吕妈妈、娄妈妈、季妈妈、孙妈妈在一百瓦的灯光里以大锅为中心，屋里屋外忙碌的身影。灶台下，木柈子支架叠摆，火苗腾腾，烧得噼啪作响。铁锅每每揭开的瞬间，裹着肉香的白色水雾猛然冲出，扩散开来。

天空纯净，繁星在遥远的天际不均匀排布，闪着火苗一样金黄色的光。天是一口扣在我们头上的灰黑色大锅，我们该是在锅外边，不是在锅里吧？或者我们就是在大锅里，能不能走到锅外面更广阔的空间呢？

老胡家的大黑和老吕家的大黄，各自趴在自家院子的角落里，嘴向下拱，愉快地啃着主人们丢给它们的猪骨头，一会儿又抬头，眼睛朝上翻着白眼，嘴里时不时发出呜呜的闷叫，以为旁边走过的人都会变成抢骨头的狗，防备着随时可能出现的掠夺者。

胡撒油家第一个杀年猪是有原因的。一个是胡撒油采葡萄遇熊大难不死，有要好好庆贺庆贺的想法，啥也不如命重要，何况一头猪。另一个是山里住地窝棚的工人和知青春节前会陆续下山，越往后，回来的人越多，不请的人不高兴，总会有人嘀咕，咋不请我呢？人请多了，嘴多肚子多，当然费肉了。还有个原因也是算账的问题，昨天林场大马车进山给胡撒油家拉柴火，不管马车给谁家拉柴火，车老板娄一刀都是要在人家吃顿饭的。跟车进山装车的是胡扁头找的同学，吕冬阳、才礼和季海风，这些人也得招待呀，昨天都说好了，今天一起安排，一勺烩了，多切两棵酸菜的事儿，算大账是一顿当两三顿，合适。

# 三十九　不打不相识

　　轮到林场大马车给老才家拉梢头木已经快要立春了。安排早晚先后顺序的权力在娄一刀手里，场部不管不过问，但最后还是没给拉成，你说寸不寸，马车车轴断了。这个东西林场自己修不了，木匠胡撇油也白扯，只能求到孙大扒，请他用牛车把断轴拉到挠力河对岸七八里外的龙头国营农场军马场，找人家修理农机具的小厂子给跑跑电焊。小厂子还没到农忙季节，活少，电焊师傅说是有事去了团部，团部比县城还远很多。只能先放下断轴，回去等几天。

　　山上的冰雪已经开始慢慢消融，地面会慢慢变得松软。再晚些日子，山道上走的马车就无法荷重，剩下人家的柴火又不得不拉，娄一刀再次求到孙大扒。

　　不过这次，他是通过高场长说的话，他可不想为了公事儿欠孙大扒太多的人情，有人情早早晚晚是要还的，你用人家一次，人家就可以理直气壮地用你一次，你用人家两次，人家就用你两次，你要是用人家好几次，弄到最后，马车就得听了孙大扒调遣。娄一刀熟悉猪肚子里的回回道道、牵牵挂挂，这点并不复杂的事儿用脚丫子都想得明白。

　　孙大扒按高场长的要求，一天一户开始进山拉柴火，先是从他最腼腆的老才家开始。孙大扒所有的心思都显露在饱经风霜的脸上，皱纹就像夏天低空的乌云。小小的龙头林场，小河东小河西，低头不见抬头见，躲不过去，拉就拉吧。老才心里也是打鼓，暗暗叫苦，谁对谁错不说，小仇恨还是有的。终究老才犯着过人家，老才婆子又干了火上浇油的糗事。老才和老婆一商量，不如借这个机会，好好招待孙大扒，孙大扒给面子，就坡下驴的话，过去的事情就过去了。要不然，真是怪别扭的。仓房箱子里的冻肉缓一块，毛葱、土豆、酸菜啥的炒几个菜，外加两瓶国营农场酿制的"边疆"牌白酒，再拿好话溜着。

　　牛车进出山来回三十五六里，上午九点半了才晃荡出林场，路上孙大扒又停下两次站到路边撒尿，抖擞起来没完。到老才家事先堆放梢头木的地方已经十二点半了。路上三个小时，老才和老孙无话可聊，憋得难受，才礼和弟弟才信开始还东一句西一句贫嘴，到后来也受到两个人的感染，无话可说了。

　　装车时，孙大扒在几头牛前面的雪地上撒了一堆草料，然后跑出去老远，掏出旱烟口袋，站在雪地里，不紧不慢地卷了一支烟，吞云吐雾，好不惬意。烟抽完又走出去几步，从一棵采伐砍下的杨树头枝杈上一下一下揪着冬青果，只吃得嘴唇舌尖发麻。转了一圈拣了一小包干柴，又在地上薅了一把干草，用火柴点起一堆火，从衣兜里掏出一个已经冻得发硬的馒头，看起来他进山干活带的伙食还是不错的。掰断一根树棍，把树棍断茬锋利处插在馒头上，探到火上，慢悠悠烤着。馒头皮颜色随着火烤的滋滋声由白变成暗黄色，他抽回来，揭掉一层，吃到嘴里，很香，但干巴巴的，进到胃里都还是热乎乎的。等这边装车装得差不多了，孙大扒抬脚踢雪熄灭了火堆。

才家父子已经累得瘪犊子样了，老才的平顶土黄色长毛狗皮帽子往外透着热气。孙大扒用绳子拴上车上的木材，木头缝里垂直竖立一根木棒，再找一根同样的木棒，把绳子绞紧，这样满车的木材就不会散落了。做完这一切，孙大扒又围着牛车慢腾腾地转了一圈，好像是看看有没有什么不妥，或是丢没丢什么东西。这才挥动皮鞭，鞭梢发出一声脆响，驾！驾！老才打了一个激灵，这是打过老才的鞭子，手上的疤痕还在呢。

夕阳西下，远山雪地和树木披上了淡淡的金色光芒。孙大扒盘算着，到地方，卸完车，估计晚上七点半八点了，八点比七点半强，反正越晚越好，就说太累太困了，不，就说太困了，着急回家对付一口早点睡觉，不吃老才家的饭，别扭，不好吃，话不投机半句多。牛车走得吱吱嘎嘎，一步三摇，不紧不慢，正合了他的心思。老才想的正相反，这顿饭就是到天亮也得把孙大扒留下，要是没把他留住，就白瞎了机会，说破大天也要和他喝上一壶，牛车扭扭晃晃，把他的心都弄得稀碎。

酒喝上了，是老才婆子的功劳，孙大扒的胳膊被死死抱住，如何走得了。才礼和才信在锅台边吃的饭，他们辈分低没让上桌，太累了，吃完饭就倒在北炕上睡觉了。南炕饭桌上，两瓶白酒冲垮了所有人的所有防线，恩恩怨怨一笔勾销，好像根本就没有过什么恩怨。老才掰着手指头说出了孙大扒的百般勤劳，孙大扒一边掏烟丝卷烟卷一边道出了老才的千般善良，这些话放在平时就是忽悠，今天听起来特别入耳，特别动人。老才和老孙共同干了一杯酒后，竟然同时发现，他们是全龙头林场最好的朋友，怎么回事？怎么才知道？古语说的"见面三分亲"真有道理。现在知道了为时不晚，咱结成亲家吧，古时候皇亲国戚不也时兴联姻嘛，一拍即合，好像没有酣睡的才礼什么事儿似的。

225

　　人世间恩恩怨怨真是说不清道不明，不打不成交，不是冤家不聚头，不随缘又能怎么办呢？老哥俩做成了一件符合林场惯例的事情。孙大扒喝瘫了，就和老才睡在撤掉饭桌的炕上。老才婆子没了平常睡觉的地方，看看还没过十点，不算太晚，就去孙家和孙妈妈说了一声，也算是重新搭上了话，孙妈妈客客气气，也是愿意和好的样子。回来后，她还从柜子里找出一套被褥，铺在北炕才礼和才信中间。

# 四十　植树造林

　　春季植树时，林业子弟中学停课一周参加劳动，对学生进行劳动锻炼，也支援林场生产活动,活动冠名"春季植树造林大会战"。

　　才礼、胡扁头、季海风和吕冬阳都愿意放下书本到广阔天地，好好撒撒野。高晓莹、孙宝珠、娄美玲和胡凤娇包括朱丽萍也都立刻感到身心放松了许多。

　　植树任务不重，学生不像林场工人有定额。林场采伐后的山地，灌木少了大树的遮挡，光合作用更充分，抢抓时机，疯狂生长，好多人家就是用这种山地割回来的丈八长的细高灌木做豆角架和黄瓜架的。割林带就是清理这些在内的林地，腾出一条条百米长三米宽的空间，再刨断树根，揭掉草皮，挖出直径五十厘米，深度五十厘米的土穴，每条林带二百个左右。春季植树就是在这些土穴里栽种林场苗圃培育出来的红松、樟子松和落叶松树苗。

　　孙大学先给老师们做示范，讲到脚用力下蹬铁锹，讲到放入苗木扶正，讲到要领是"三培、两踩、一提苗"，讲到浇水保证成活率。三培就是培土三遍；两踩就是双脚把前两遍培的土踩实；一提苗是等培土和踩实的动作完成后，把树苗轻轻向上拉一拉，给它的根须留一点伸展空间。这可真是处处留心皆学问。老师们学会了，又把植树技术教给各个小组的学生组长，组长学会了，就领着大家开始植树劳动，老师们当质量监督员。

山风习习，已经没有了凉意，没有了教室墙壁的隔阻，没有了校园操场的边缘界限，满眼的荒山野岭，此刻让人心旷神怡，给人释放和没有了束缚的轻松感觉。

漫山遍野是执锹拎苗的师生，漫山遍野是迎风招展、猎猎作响的彩旗，漫山遍野是班级和班级、小组和小组之间搞劳动竞赛的口号声，漫山遍野飘荡着这里或那里传来的歌声。山野里，远山泛出些许绿意，近处灌木野草依旧枯黄，仔细看，向阳避风的地方，树上绽出了稻米粒大的新芽。一条条林带，却在翠绿的松苗和稀稀拉拉黄莹莹的冰凌花的点缀下，俨然一派生机和活力，用不上十天半个月，只需一场春雨，就会满眼草木葳蕤。

歌声停歇的当儿，传来学校体育老师的喊声，休息开饭啦。不远处有谁呼应了两句，开饭啦，开饭啦。山野里笑声一片，肯定是龙头林场那两个叫才礼和胡扁头的家伙。

孙宝珠被草爬子叮了，这种学名叫蜱虫的小家伙钻到胳膊上的皮肉里死活揪不下来，如果就凭力气捏着灰不溜秋的身子拽下来，它的口须部分就会断在皮肉里，逢阴雨天就会奇痒难耐，严重的，还有致人丢了性命的。孙宝珠的妈妈就有被草爬子叮咬的经历，因为处理不当，拽断了口须，每逢阴雨天，被叮咬过的部位就奇痒难忍，不挠不行，越挠越痒，越痒越挠，手挠后又红肿发炎，流血结痂，又难看又痛苦不堪。娄美珠、胡凤娇、高晓莹和朱丽萍都围到孙宝珠身边，却无计可施。

有人提议用烟头烫，说是能让草爬子缩回来，但春季是绝对禁止在山里用火的。那就等回家了再烫呗，有人又这样建议，可也不能一天到晚总这样带在身上，一直带到家里，不把大胸女吓死才怪。就是带到回家的时候，也不敢用烟头烫啊，不烫到自己的皮肉，怎么会让紧紧叮咬着的草爬子有放手的痛苦感觉。高晓莹安慰孙宝珠，别怕，咱又不是第一个被叮咬的，经历过的人多，会有好办法。

紧要关头，倒是才礼听到了几个女生的嚷嚷声，凑了过来。他收起平时嬉皮笑脸的神态，示意孙宝珠伸出带着草爬子的右手手臂，嘴上说没事没事，手上却突然动作，极其迅速地在草爬子叮咬处拍了一掌。神奇的一幕出现了，草爬子全身收缩，一眨眼工夫，自己从皮肉里退了出来。臭小子，厉害呀！赶过来的体育老师发出赞叹，再有哪个同学被草爬子叮了，就找才礼。问才礼哪里学来的办法，才礼也不回避，说是以前去马厩玩，看娄文明拍马身上叮咬的草爬子，可多了，一次拍下来十五六只，拍下来的草爬子被娄文明卷到纸筒里，抓把料草，在仓库东房头点火烧了。

❧

学校每天中午给参加劳动的同学分发馒头，没有咸菜，更没有炒菜，一个班级给一斤白糖，平均分配给六个小组。小组领回来之后，放在围坐着的组员中间，揪一块馒头，蘸一下白糖，就这样解决午餐。吕冬阳的顺口溜比林业局传过来的口号更容易被大家记住。林业局的宣传是，"森林资源是个宝，祖国建设少不了，飞机巡护航林海，发现火情早报告"。还有就是"垂直插锹二十五，一上一下十公分，二人植苗配合好，绿化祖国为人民"。而他写的是："吃饭时围糖坐一圈，一人分一勺零一点，分得多的吃得爽，分得少的干瞪眼儿。"

他的打油诗稿被高晓莹拿半个馒头换了去，说换也不是换，高晓莹要诗稿时，他有点慌乱，没有一丝犹豫。高晓莹送给吕冬阳她省下来的半个馒头，就当是回报了。把诗稿拿回家给爸爸妈妈看，高爸爸哈哈大笑，老吕家小子言语不多，还挺有思想的，晓莹看的《儿童文学》是从他那里借来的吧？他愿意动脑筋，还真和别的孩子不太一样，那年欢送新兵，他写的"胸佩红花红中红，哥哥入伍我送行"就挺不错的，到现在都没忘。高妈妈手里摇晃着稿纸，笑出了眼泪。嘴里在说，不对吧，你们哪里来的勺子？啊，对哈，有小铝勺吧，直接蘸馒头不就得了。这小子蔫淘，有点心眼，跟着知青学了不少古诗，那么多，想不出他是咋记住的，人家都说他背古诗图的是水果罐头，没想到自己还能划拉几句诗。不过也就是寻个开心，逗个乐子，好不到哪里去。

不期而遇

230

# 四十一　北京来的贵客（一）

这年夏天，北京的张爸张妈来了。说是落实了政策，来东北看看女儿女婿，张爸张妈的官阶好像很高，坐飞机来的。

飞机只能落在省城，县政府派北京吉普去省城，把他们接到县里，再送到龙头林场。吉普车在县城也就那么十辆八辆，可能就县委书记、县长和几个大的委、办、局头头脑脑的才能坐吧，由此可见地方领导对张爸张妈的重视程度。林场来了军绿色吉普车，停在场部和仓库之间的广场上，十多个小屁孩围着车子转来转去，胆子大的还伸手摸一摸，摸摸前大灯，摸摸发热的机盖，摸摸倒车镜，一个告诉另一个，车子下半身是铁壳的，上半身是帆布的。趴着窗子看到了里边，就一起嚷嚷，座椅真高级，包着海绵的，不知道咋猜着的。

一大早，张大学和孙大学就开始陪着张爸张妈游山。窄窄的山路两旁，榛子、苕条叶子上挂着露珠，亮晶晶，颤巍巍，活泼好动，不停地触碰胳膊，打湿了衣袖。脚边的青草抚摸着一双双蹚过的鞋子和裤脚，把鞋子和裤脚弄得湿漉漉的。榛子果挂在一人高的枝头，伸手就可以摘到，张爸爸给张妈妈摘了一个，张妈妈咬一口，酸得咧着嘴，眯起了眼睛。

"好涩口。"她感叹着。

"山里面什么都有的，"张大学在讲给妈妈听，"山核桃、山梨、山葡萄、山里红、山丁子、山白菜、蕨菜、刺嫩芽、猫爪子菜，数不胜数。"

"有点罄竹难书的意思哈。"张爸爸把贬义成语幽默地用在这里表达褒义。"啥是猫爪子菜？"他是想到了胖猫葡萄。

"茎秆有点像蕨菜，头梢部位长得卷曲像始终钩握着的猫爪。"孙大学憨笑着解释。

说说笑笑，只半个小时就爬到半山腰，透过灌木枝叶，龙头林场已在视野当中。一条大河横亘北侧，远处河道忽而 S 形，忽而几字状，河道给整个画面增添了活力，增加了美感。林场中间那条南北流向的小河，像是被谁散落在阳光下的一溜碎玻璃，更确切地说，是水银镀膜的镜片，丝丝缕缕，反射着亮晶晶的银色的光芒，若隐若现。横亘东西的砂石路像一条金色的带子，飘出林场，飘向外面的世界。缕缕炊烟从一排排房子上的烟筒升起，今天风不大，炊烟摇晃着向上升腾，缥缈升腾，变得稀薄，散开了，散尽了，真是天大地大啊。龙头林场静卧在山脚下，大河畔，自然、和谐、清新、宁静。也不完全宁静，偶尔有谁家的公鸡打鸣、有谁家的狗吠声传到半山腰。好一个山清水秀的壮丽景色！

一家四口一鼓作气爬到了高处山顶上的防火瞭望塔近前，瞭望塔有十五六米高，高出山顶的树木。看着盘旋的木梯，张爸爸和张妈妈商量了一下，是张妈妈说了一句"不到长城非好汉"，张妈妈在前，张爸爸在后，说是能在下面保护，两人一级一级攀爬起来。孙大学和张大学在林场这几年还从来没有爬上过瞭望塔，见此情景，也只好颤抖着双腿在后面跟着攀爬。瞭望塔顶端是个搭着木板、四面木方围护的小平台，踩在上面吱嘎作响，让人感到心惊肉跳，山上风大，瞭望塔又高出周围的树木，无遮无挡，风更劲更急。耳边满是风尖利的呼啸，一阵紧似一阵，周边的树枝夸张地摇摆着，在助长风势。瞭望塔在风中明显晃动着，看得出至少有十厘米的摇摆幅度，不会轰然倒下吧？孙大学和张大学扶着栏杆站了不到一分钟，便以担心承重为由，也不听塔上防火护林员肯定倒不了的保证了，提示两位老人多加小心后，哆哆嗦嗦，试探式地沿着木阶梯一级一级挪下去。这边，两位五十五六岁的老领导反倒不觉得害怕，接过防火护林员递过来的望远镜，两人相扶着换着班瞭望，四面八方看了一大圈，还互相指点感到新奇的景色，风吹得头发一会儿东，一会儿西，一会儿南，一会儿北，一会儿竖立起来，像挠力河夏天发大水时，草筏子上的一撮撮绿草在水流旋涡中摇来摆去的样子。在塔上他们一直没敢拿出相机拍照，担心拿不住，也实在是拍不稳。林场南部起伏的山岭上，遍布着松林，这都是人工林，看高度也有二三十年的树龄了。再向南，山坡地域以天然杨树为主，山脚地带有白桦林和其他混杂林，再向南，是披着绿树的重重山峦，直到天际。

张妈妈感慨："山水相连，茫茫林海！"

张爸爸接过话来："战士指看南粤，更加郁郁葱葱。"

"主席诗词说的可是南方景色。"

"这里一样美好。"

"嗯，举双手同意。"

"别真举手，扶好栏杆，还是要注意安全。"

张妈妈一脚踩在两块木板中间较大的缝隙中，一个趔趄向后倒去，防火护林员迅速用肩膀倚住了她的后背。待她重新站稳后，脸上依旧挂着笑容。两位老人经历过沧桑岁月，饱经风霜，面对眼前所谓的风险，心中淡然，没有一丝惧怕。

在饱含孙大学和张大学心血的林场苗圃，张爸张妈看到整齐划一、幼苗茁壮的苗圃，听到林场每年在本地采收落叶松、樟子松树子，还派人远赴大兴安岭采收红松树子这样的故事，听到林场人都已经懂得，森林资源是需要得到保护性开发利用的，采伐不能一刀切，一扫光，要科学规划。有的林地要实行间伐，留下一部分树木，让它们在更开阔的空间里，享受更多的阳光、水分，减少营养方面的争夺，长得更高更大。而全面采伐过的林地，要安排植树造林，这是建设国家的需要，也是为子孙后代造福的善举。

他俩没讲的是，林场领导采纳了他俩的建议，把场子附近私开乱垦的地块统一收归林场，栽种了果子像缩微苹果似的沙果树苗，幻想着三年以后，进入盛果期，林场人就有了充足的沙果供应，想吃多少有多少。遗憾的是，没过过久，仿佛一夜之间，辛辛苦苦栽种的果苗就被不知谁家的猪，谁家的羊给啃了个精光，一件大好的事情，竟然以失败收场。

张爸张妈脸上露出了欣慰的笑容。他们知道，孩子们在这个远离北京的深山里，过得还好，起码精神上是充实的。

两位老人同意早些回家休息，但只是简单吃了些东西就又张罗出去转转。之前听说，在木刻楞大桥下面的石滩里能翻找蝲蛄，就热情高涨，不知疲倦，坚持要去房后的挠力河。

女儿张大学体贴，提示天太热，哪承想张妈妈说，他们老两口已经发现，这里的热是暖，有利身心；而北京的热是烤，让人头晕目眩。这意思很明白，就是要出去，拦也拦不住。得了您哪，走起。

翻开面前一半泡在水中，一半露出水面的石头，一只只蝲蛄抖着尾巴向后脱逃，哪里还跑得掉，接二连三被捉住，放进盛了半盆水的盆子里，一会儿工夫，就有了小半盆的收获。张妈妈被蝲蛄不算有力的钳子夹得一阵阵尖叫，不是因为疼得厉害，多半是因为惊吓、惊喜，好刺激哟！她说，北京延庆、怀柔，还有忘了是哪一年去过的十渡那边也有蝲蛄，但没有这里多。

张爸爸和姑爷孙大学在石头上坐下来，光脚板踩在水中，任由涓涓细流轻抚脚面。蓝天白云下，看着岸边摇曳的绿柳，听着绿柳丛中清脆的鸟鸣，伴着浅滩上哗哗流淌的河水，忘掉了熙熙攘攘的城市喧嚣，忘掉了所有的纠结、烦恼、忧愁，世界变得辽阔，心胸变得宽广。张爸爸得意扬扬地告诉孙大学，面向远方，闭上眼睛，用心去看，你会看到透明状红彤彤的一片。孙大学心里偷笑，这怎么跟个小孩子似的。

正玩得悠然自得，张爸爸觉得脚趾像是被轻轻掐了一下，低头看时，一只七八厘米长的蝲蛄正围着脚趾转悠，这么大一块食物，不知如何下口。张爸爸保持身姿，伸手拉了孙大学一把，示意让他去抓，低声说，既然蝲蛄不嫌弃臭脚丫子，就做一次诱饵。孙大学轻手轻脚，转到张爸爸对面，蹲下后，两手合围，堵住蝲蛄退路，突然向前合捧，竟真的将蝲蛄合握在两手之间。张爸爸忙不迭地说，我来我来，伸手要抓，却被蝲蛄高高探出的两只钳子吓得停住了。还是孙大学有经验，告诉张爸爸捏住它的前盖，可以躲开它的钳子。等张爸爸把蝲蛄捏在手中，孙大学提着蝲蛄两只摆来摆去的须子，把蝲蛄从张爸爸手里接过来。蝲蛄的触角比两只钳子长一些，拎着须子，两只钳子就够不着，孙大学说完，一甩手，把蝲蛄当作猎物丢进水盆里。

晚饭又多了一道菜。他们看着，玩着，聊着，其乐融融。

挠力河的确是一条大河，它流向哪里？这是张妈妈的问题。姑爷孙大学马上回应，毋庸置疑，这是一条大河。它和穆棱河是乌苏里江的两大支流，而乌苏里江和松花江是黑龙江的两大支流。

　　回到住处，看到女儿女婿房子屋檐下的燕子窝，老两口愉快地欣赏着起起落落的燕子。张爸爸惊奇地看到，在西院，燕子舞动双翅，剪刀似的尾巴仿佛划出了双双线迹，竟然把巢筑在吕家外屋厨房间的棚上，白天飞进飞出，晚上和吕家人遵守同样的作息时间。张爸爸笑着说，古人言，家和万事兴，燕子不进愁家门。嗯，你们这是地地道道的吉祥人家。女婿孙大学问是何道理，张爸爸讲，燕子聪明，喜欢祥和安宁的人家，这对它们的繁衍生息是有利的。而且，雨燕识旧主，今年在这里，明年还复来。孙大学连连点头，有道理，真有道理。古人研究自然规律真是用心良苦，可您是怎么知道的？张爸爸笑了，说不上是从哪本书上看来的，哈哈。

# 四十二　北京来的贵客（二）

晚饭吃的鸡、鱼、肉、蛋是林场按县里要求，派人到国营农场和人民公社精挑细选的。蔬菜有一部分是张爸张妈从张大学、孙大学自家园子里采摘的，但大多是胡茂银家菜园子里的，这是高场长指名要的，不给钱，但胡茂银觉得光荣。

张大学和孙大学向林场领导说明了两位老人的意思，谢绝林场领导的好意，不要林场领导们作陪，只想家里人吃顿团圆饭，请林场领导们照顾好县里的同志就行。林场领导也就是高场长和两个副场长，话说到这个份上，三个人心里一下子也轻松了不少，平时和孙大学、张大学就没有太多的交流，没在一起吃过喝过，和张爸张妈就更没啥共同语言了。不过，孙大学和张大学请来了两个特殊的客人，东院邻居胡凤娇和西院的吕冬阳。说是让爸妈看看这两个帮他们收拾家，帮他们打扫院子的小朋友。

孙大学和张大学商量后，把鱼送到西院，请吕妈妈帮忙炖，说是要让爸爸妈妈尝尝至臻美味。吕妈妈把大锅刷了一遍又一遍，备足了作料，做得比平时用心十倍。等摆到桌上时，大受欢迎，老两口赞不绝口，山不在高，有仙则名；水不在深，有龙则灵。这里真是神仙地界！张爸爸心情大好，舒展心胸，放飞自我，有

237

点漫无边际。张大学和孙大学相视而笑，内心充满了对吕妈妈的感激。

有一道菜很特别，就是山野菜蘸鸡蛋酱。这是场领导安排人在附近山坡采回来的。为安全起见，防止误采误食有毒山菜，让胡茂银把关，重新筛选了一遍。胡茂银坐在小板凳上，瞪圆了眼睛，一棵棵、一缕缕地甄别，嘴里悄声叨咕，我这不就是御膳房里的太监嘛。这话被娄一刀听到后回应了一句，等人民公社兽医来骟马时把你那点零碎一起收拾收拾。胡撇油恼怒道，坏事儿都摊在一个人身上，还让不让人活啦。

当中有蕨菜、猫爪子、山白菜、山蒜。山蒜直接洗净，保留根须，其他几种则洗净后用热水焯，再用凉水拔，攥出水分，直接装盘上桌。这道百分之百山野气息，野生、天然、无药残、无污染、无成本的凑数菜，被林场老婆子们笑话成"猪食"，最后是唯一被一扫而光的。

这一天下来，张爸张妈给胖猫葡萄不停地咔嚓咔嚓，拍了好多好多的照片。山里人没见过这么奢侈的举动，只一刻工夫，这一消息就像扳倒了山顶的消息树一样，就由胡妈妈传递到了全林场，不光老娘们儿，老爷们儿也都议论纷纷。太稀奇了！林场的人要拍照片，都要到七八里外的龙头国营农场军马场照相馆去，先要用照相馆那把系着细绳挂在墙上的木梳蘸洗脸盆里的水，拢拢乱蓬蓬的头发，然后坐得腰板笔直，头被照相馆工作人员前后上下左右摆来摆去，不能抬得过高以免鼻孔朝上，越是让放松越感觉身体僵硬不自然。没想到张爸张妈给他家的胖葡萄竟然拍了数不过来的照片。当然，胡凤娇和吕冬阳也没有看到洗印出来的照片，拍完的胶卷被他们带回了北京。

听话音张爸爸是国家外交部的司局级干部，曾经当过驻中东地区哪一个国家的大使，工作上和周恩来办公室有过接触。太厉害了！吕冬阳心里暗暗感叹。要知道县长才是处级，处级都是了不得的大官，都是县太爷了，比处级还大，那得多大呀，太太爷吗？

这里的人打小就会唱《我爱北京天安门》，对北京有种莫名的憧憬和崇敬。眼前这两位北京老人亲切和善，官架子还比不上高场长，也不背着手，也不吆五喝六，更不像季副场长那样张嘴就骂人，人家不骂人、不说脏话。他俩说的天安门广场、故宫、十三陵、北海公园、天坛、颐和园咋那么令人向往，还有那当时听了根本不知道是啥的一些名胜古迹、特产小吃，听得心里痒痒的。吕冬阳是神往，胡凤娇只当是天庭仙界，压根儿没觉得和自己有什么关系。

说到林场的山和水，张爸爸夸赞那座连接林场东西的小桥下的小河，说那是涓涓细流，早早晚晚是万顷波涛的一部分。张爸爸又理了一遍属于长白山北延的完达山和挠力河的来龙去脉。吕冬阳脑海中闪过高晓莹说的"小比"，啥意思呢？想了想，还是不明就里。

孙大学告诉岳父张爸爸，在山里，尤其是枝繁叶茂的夏天，进山的人经常会有迷失方向的。这种情况下，大河具有方向辨识功能，顺着河边走，不管顺流逆流，最终都有希望尽快找到人烟，因为人都有临水而居的习惯。张爸爸笑着点头，问胡凤娇，是山里的生活常识吧？你瞧瞧，我们都不懂。又对孙大学说，这种说法还挺有哲理的。两人相视一笑。

老两口对两个山里娃说了一番感谢的话，送了他俩一人一支英雄牌墨水钢笔，弄得两个孩子怪不好意思的。晚饭从头至尾，吕冬阳和胡凤娇就没有放松下来。好在吕冬阳有心，事后还记得张爸爸的诚意教诲。张爸爸说的，不管你在山里还是城里，都有学习进步的机会。一定要趁着年纪小，好好学习，多看点书，把

239

更多的知识装进脑袋，知识是能当饭吃的，将来我们要面对一个知识爆炸的时代。吕冬阳印象最深刻的，后来他在高晓莹借给他高考自学丛书的时候讲过，是这几句话：没有人不让你学习，没有人不让你进步。歌里不是那么唱的嘛，要创造人类的幸福，全靠我们自己。

后两句，都知道是国际歌里的歌词，让张爸爸一说，就显得特别中肯，特别有现实意义，真不愧是北京的大官。张爸爸讲的哪里是人类的幸福，他首先是希望吕冬阳他们能创造出自己的幸福。

晚上熄灯后，躺在南炕上的张爸张妈和躺在北炕的孙大学和张大学聊了聊林场的风土人情。张爸张妈在这个远离北京的山沟沟里，在秋高气爽的季节，和女儿女婿同居一室，心里始终是暖暖的，哪里想得到今生会有此天伦之乐。

"林场人对你们好像很好？"张妈妈问了一句。

"当然啦，又尊重又照顾的。"黑暗中从北炕传来张大学的回答。

"住土炕烧大锅，你俩受得了吗？"

"在这个地方，没有猜疑，没有算计，晚上睡觉不用带着烦心事儿。炒菜多了烟熏火燎，反倒更有味道。"

"他们就不闹矛盾吗？"张爸爸的声音。

"有事说事儿，吵吵闹闹就过去了，心里坐不下病。前些日子季家阿姨和娄家阿姨，因为季副场长带娄一刀打猎的事儿，隔着木杖子吵过架，之后两人一个比一个着急和好，没两天就啥事儿都风平浪静了。我们给总结了一下，林场的乡亲们'打是亲，骂是爱，不打不骂是祸害'，这话放在这里可贴切了。"孙大学躺在北炕上讲给躺在南炕上的岳父岳母听。

张爸张妈听完了娄一刀跟着季炮手打熊的故事，好奇心得到满足后，不声不响地睡着了。胖猫葡萄也没在平时住的南炕，跟着张大学和孙大学住在了北炕。

# 四十三　架线工的心思

　　那天晚上回家躺到炕上，反复回味张爸爸的话，吕冬阳第一次失眠了。辗转反侧，又想起了曾场长走后，高场长刚来的那两年，林场架设高压线的日子，他和季海风捡铁丝线头、废螺栓时结识的一个架线工小哥哥，想起了他那令人心头紧缩的话。

　　捡铁丝线头、断钉子、破炉箅子和废螺栓，收集麻绳头和穿坏了的旧胶鞋底子，都是为了钱。大人们上班挣工资保障一家老小衣食和温饱，吃的主食最多的是苞米磨成的大碴子，或是苞米面蒸饼子，连掺和一部分小麦面粉做成发糕都是奢望。住的是公房不用花钱的，满眼的土坯房，没有农场那样的成排红砖房比较，也不觉得寒酸，也不觉得差在哪里。活动区间基本限制在龙头林场、龙头国营农场军马场和龙头人民公社这个大三角地带，很少有人出门去比县城更远的地方。胡守银回山东老家走亲戚连十年一贯制都够不上，所以住和行方面没有什么支出，可还是不太宽裕。胡撇油脑袋瓜够用，胡家兄妹零花钱稍微好一点，买的小人书和彩绘图页就多一些。高场长是领干部工资的，高晓莹也不用去拆剪和刷洗陈年老脚千踩万踏过的玩意儿，用不着被臭鞋底子熏鼻子。但吕冬阳就得自己解决零花钱了，买小人书、买糖块、买玩具都需要的。好在过年的鞭炮是父母给买，但也不给多买，两百响的小鞭就一挂，顶多姐姐、姐夫再给买一挂，再给买几个双响二踢脚，再给买几个呲花，就像钻天猴啥的。总共也不多，所以稀罕得不行。要在年三十前两天拿出来放热炕上烘干，烘得越干爆炸声音越脆，再拆开编在一起的引线，把小鞭由整挂分成单个的，大年三十晚上或初一早上，抓一把放进衣服兜子，跟大人要支烟，一会儿点着一个，抛向空中，听一声炸响传得远远的。

　　每次步行十多里路去龙头人民公社的废品收购站，换成钱再去两家供销社逛逛，也是愉快的一天，也会连续愉快三五天甚至更多日子。后来的后来，吕冬阳后悔没能像胡守银那样研究漫山遍野的中草药，不管是采是挖，反正是干净多了。

　　去高压线施工场地捡废品，遇到一身油污的架线工小哥哥，说来也愉快地相处了好长时间。季海风和吕冬阳追随他到各个作业区，都能捡到或多或少的电线头，有的还是值钱一点的铝线头，还有拧断了的螺栓，嫌长剪下一段儿的螺丝杆。这一时期的零花钱还是见好的，吕冬阳都偷着藏起来三十多本画本，大人们称为小人书，还有他最喜欢的杂志《儿童时代》，只要遇到，必定会买。他总是会反复翻看，里面的图画、诗歌，还有童话故事、小说，他都不知道看了多少遍。架线工小哥哥的话是很锥心的，虽然设身处地，发自肺腑，但还是刺耳、窝心："我没本事没文化，没啥出息了，我看你们还不如我，这样活一辈子，算不算白痴？"

　　高压线工程收尾，架线队伍去了遥远的新工地，爬山虎也开走了。架线工小哥哥临走时，送给爱看书的吕冬阳一本用报纸包着书皮，干净整洁的《鲁滨逊漂流记》，还有几句话："不管这书里的故事的真假，我都佩服鲁滨逊！他说的是，我要尽全力而为，只要我还能划水，我就不肯被淹死，只要我还能站立，我就不肯倒下。他说到做到，但我不行。小弟弟，你们将来要像鲁滨逊那样勇敢，做点像样的事儿，别总捡破烂。"

吕冬阳和季海风读过好几遍《鲁滨逊漂流记》，吕冬阳经常和季海风回忆书中的情节。猛烈的风暴使鲁滨逊乘坐的船遭遇海难，他独自幸存并被冲到一个远离大陆、令人绝望的荒岛上。凭借着顽强与智慧，鲁滨逊努力生存，在二十八年的漫长时间里，他开拓了土地，驯化了野生动物，赶走了食人族，战胜了孤独，多次度过厄运与劫难，从为生存奋斗到创造出奇迹。

吕冬阳清楚记得书中的很多细节，有时候，他会拿自己的条件去比较鲁滨逊的状况，比较来比较去，觉得有好多是自己做不到的，但有一些却是自己通过努力可以实现的。那就让每一天都不虚度，躺倒在炕上，不觉得有太多遗憾，努力了就好。现在是学生，就像朱丽萍和高晓莹那样认真学习吧，不要像胡凤娇他们几个，一天天玩得没心没肺，觉得读书无用还费脑子。

第一次和架线工小哥哥见面是不友好、不愉快的，他对来捡废品的季海风和吕冬阳大声呵斥着驱赶，后来才知道他这样做，是怕他两个不知道危险。他俩向架线工小哥哥投掷石块，小哥哥火了，骂得更厉害。

第二次来施工场地，是故意挑衅，赶上架线工小哥哥正踩着脚镫子在高高的线杆上作业，没工夫搭理他俩，他们也不敢干扰人家工作。

第三次他俩中了埋伏，小哥哥周末正好休息一天，估摸他俩快到了，就迎出来好长一段路，哥两个束手就擒。没想到，架线工小哥哥和颜悦色，向他俩道了歉，带着他俩各处参观，还领着他俩进了工人宿舍。问起捡铁丝线头、螺丝的用途后，笑着告诉他俩："来吧，别耽误上学，放学后，周末放假都可以来，记得别拿公家有用的东西，废品随便捡。"

　　小哥哥家是河北迁安乡下的，他的舅舅在一家大型电力设备安装公司当个小领导，介绍他进了这个在全国各地施工的队伍。他从干零活开始，一点点学技术，有两件事情让他特别开心，一个是每次完成工程，试通电时，看到眼前出现的一片光明，他可有成就感了，觉得自己就是光明的使者。另外一个就是他的幸福感，走南闯北，虽然吃了不少苦头，倒也在经济上帮助了家里很多，觉得自己是一个有用的人，一个月有四十多块钱的收入，自己留十块钱，三十块钱到邮局汇款给家里。

　　他说，这三十块钱可管了大用了，老妈的哮喘病有钱吃药了，弟弟妹妹书也念得踏实了，他盼着弟弟妹妹学习好，也不知道将来弟弟妹妹学习好了去做什么好。他真的不知道，只是希望他们不像他这样没有选择的余地。小哥哥说，姐夫也不像以前经常动手打姐姐了，姐姐在姐夫家腰杆也挺直了。姐夫以前是个浑蛋，在家里不管不顾的，油瓶倒了都不扶，啥活也不干，现在前园子后厨都忙乎，勤快多了，连喂猪都不咋用我姐了。说到自己的姐姐和弟弟妹妹，架线工小哥哥眼角溢出了泪花。远离家乡，四处漂泊，不想家才怪，季海风和吕冬阳也觉得心里不是个滋味。

　　小哥哥一番感悟，生活要有理想，不能只是柴米油盐酱醋茶；但光有理想，没有柴米油盐酱醋茶也不行。

　　小哥哥告诉他俩，迁安是个盛产栗子的地方，可栗子是个啥玩意儿，是地里种的，水里养的，还是树上结的？他俩还都不知道，也没好意思问。

# 四十四　君子报仇

　　高晓莹高一时，赶上学校组织军训，两个高中班一共一百多人，要求全员参加，高妈妈怕女儿吃苦受累，问是否需要让爸爸帮忙请假。高晓莹态度坚定，说这是好事，机会难得，长见识，锻炼体能，她非常希望参加。高妈妈无语。、

　　男孩子都有理想终于化作现实的喜悦和兴奋，好像多少才华被埋没太久，忍无可忍，终于得到了释放，如同染上了多动症，走路半跑，身形似挠力河岸边随风摇动的摆柳，猴气十足，互相见了面还拉拉扯扯，捅捅咕咕。大人对他们嗤之以鼻，嘚瑟样儿，别把蛋子嘚瑟掉啦。去学校的路上，季海风起头，大家扯着嗓子齐声合唱林场民兵训练时唱过的"打靶歌"，全然没有苦和累的感觉。女同学用嫌弃的眼光看着，主动与他们拉开距离。

　　练习射击可是真枪实弹，虽然都是一些老旧的七九式、中正式步枪，这些破枪远不如季炮手的半自动步枪，季炮手的半自动步枪可以五发连射呢。季海风是熟悉枪械的，打靶时，用破枪还三枪打中了两枪，娄美玲却不行，趴在地上射出了贴地飞行，带有尖利哨音的子弹，还被枪的后坐力顶得肩膀生疼。她让大家知道，原来电影里战场上出现的这种声音是真实的。练习拼刺刀用的是

削了皮的木棍，长度相当于步枪上了刺刀，有高晓莹那样纤瘦的女生小胳膊粗细。

爆破练习，轮到吕冬阳一组负责递送炸药包，一根练习拼刺刀的木棍上，绑了一个装了低药量的炸药包。三人小组在学校操场南边的白菜地里匍匐前进，白菜地里的白菜已经收割完毕，堆放在地头，教官让他们将地头的白菜堆假想成敌人的坦克。抵近白菜堆，点着导火索迅速撤退后，一声爆响，把菜地里的白菜堆炸飞了好几棵。男同学们觉得好玩得不得了，一帮女同学吓得尖叫连连，孙宝珠和胡凤娇手牵着手，攥得紧紧的，高晓莹上牙咬着下唇，水汪汪的杏核眼紧盯着吕冬阳，看他手中绑着炸药包的木棍，生怕一不小心突然炸响。

在男生眼里，这么点大个炸药包并不令人紧张，这和电影里看到的轰隆隆作响，硝烟滚滚的场面差得太多，倒是和知青制作的酒瓶炸弹差不了多少。那次跟着范学俭和杜小诗仙悄悄溜到河上游，点燃导火索，把拴上石头的酒瓶炸弹投到深水处，一声闷响过后，河面浮上来几十条大大小小的鱼儿，都是被震晕的。吕冬阳和季海风穿着蓝布裤衩，跳进河里，信手捞起，扔到岸上。岸上的人把鱼捡起来放进半盆水里，没过两分钟，横躺着的鱼又侧立了起来，像从醉酒状态醒过来一样，开始穿插游动。

酒瓶炸弹是好用的，但只用了那一次就偃旗息鼓，爆炸声虽小，却也无法隐匿。季副场长骂人太难听，妈了巴子，祖宗八代，一点不留情面，看那样子，谁要是还嘴，肯定挨削。高场长也小题大做，又来了一次批斗，把"二进宫"的范学俭吓个半死，高场长对他毕竟是有言在先。场领导们说得在理，爆炸伤着人怎么办？这是林场人的生活空间，碎玻璃留在河里也不知哪天划破谁的脚。要向老工人学习，别做出格的事。这一声爆炸，有天大的医疗效果，让高场长还了魂，一直悬着的心放了下来。谢副场长向高场长和季副场长道了歉，说他工作不深入，失职了。高场长没吭声，季副场长说了句不中听的话，你精神头就没放在正地方，指望破鞋非扎脚不可。谢副场长气得直翻白眼，却没敢接茬，心中暗忖，炸弹藏了这么久，潜伏期这么长，肯定是被自己张罗的调查弄得警觉了。

一天夜里，利用晚自习时间的军事训练刚刚结束，队伍刚刚解散，突然大家就听到了紧急集合号。县里来的军训教官宣布一个惊人的消息，接县里人武部紧急通知，在我们学校南部山里，有人报告发现有降落伞落下，有苏修特务空投到我们这个区域。气氛立刻紧张起来。教官接着说，我们接到了搜山抓特务的任务，进山搜索，天上地下，树上树下，灌木草丛，一处都不能放过，当前最大的可能是特务藏身在林场防空洞一带。就在教官介绍敌情的当儿，南边山里突然升起了三颗绿色信号弹。信号弹拖着长长的鬼火一样的尾巴，爬升到半空中，此时此刻，特别耀眼，特别刺目，同学们一颗心都提到了嗓子眼儿。和平年代不和平，敌人总在蠢蠢欲动，亡我之心不死啊。紧张情绪如一张大网，铺天盖地撒了下来，队伍一阵骚动。

据判断，特务肯定带有武器，但轻易不敢开枪暴露，为保证安全，防止万一，不准使用手电筒。教官沉着冷静，不为所动，继续布置任务。我们要以战斗班为单位，每个战斗班分成四个小组，战斗小组利用我们训练时学到的三三制战术，协同动作。三三制就是交替掩护，突击前进的战术，据说是解放战争年代，林彪指挥的解放军第四野战军的部队，在实战中摸索出来的减少伤亡的攻击方法。军训教官说，一个特别的要求是，发现敌特，不能让他受伤，县人武部要从敌特那里获取情报，只能活捉。这道命令很奇怪，不能伤着敌特，那我方受伤，我方牺牲了怎么办？紧张气氛下，大家都忽略了这个重大问题。

高晓莹和吕冬阳、季海风在一个三人小组，她像狗皮膏药一样黏住吕冬阳，一进山就把三三制变成了一二制。谁不害怕呀？吕冬阳在前，高晓莹寸步紧跟，季海风在四五米开外忽而在前，忽而平行，忽而在后。吕冬阳和季海风把练习拼刺刀用的木棍到处乱捅，尤其是遇到灌木丛。高晓莹的棍子成了负担，几次捅到吕冬阳身上，吓得吕冬阳心咚咚打鼓，烦死她了。搜山的队伍慢慢聚拢在林场防空洞南山坡洞口附近，松林中朽木上方飘忽不定、忽隐忽现的萤火虫，平时觉得好玩儿，这时候却增添了神鬼莫测的神秘气氛，让人紧张，让人恐怖。

大家都知道，敌特藏身防空洞内的可能性越来越大，危险也越来越近。军训教官已经派出了两个战斗班，去北边山坡防空洞透气孔周围实施围堵。

偏偏第一个进防空洞搜索的任务，落在季海风他们这个班，这个班又偏偏把季海风、吕冬阳和高晓莹他们三人小组确定为尖刀，这都是因为季海风军事技术在几乎所有学员中出类拔萃。季海风自告奋勇打头阵，吕冬阳紧跟，高晓莹跟得更紧。刚进洞口，还可以借助微弱的月光，比较轻松地往里走二三十米，此时还可以听到洞外风吹树摇的声音。再往里到了五六十米，就两眼一抹黑儿，伸手不见五指，一片令人生畏的寂静了。季海风就只能一手摸索着透着凉气的石壁，一手不停地向前捅棍子，嘴里还低声吆喝身后，"跟上"，貌似坚定的声音里有些颤抖。真能装！吕冬阳偷笑他。吕冬阳被高晓莹扯着后衣襟，他一手摸索石壁，一手拎着棍子，进到防空洞七八十米，石壁有一点潮湿，这不应该呀？多亏了林场民兵凿防空洞时，工作认真负责，洞壁凿得比较平整，少了磕磕碰碰。

咦，季海风怎么没了动静，黑暗中只能依赖耳朵和手，他拖着高晓莹加快了一点速度，咚，撞在了季海风后背上，季海风"啊"的一声，吓出了一身鸡皮疙瘩。高晓莹疑惑，怎么咱们身后没有后续队伍？去堵北边通气口还派了两个班呢。这个问题刚才又被忽略了。季海风不假思索接了一句，这是让咱们三个送死啊。他缓了口气，对吕冬阳悄声说："我前面靠墙是一堆白菜，前些天咱们来玩的时候还没有啊。""怪不得这一段洞壁有点湿气。"吕冬阳找到了一个答案。

这不奇怪，防空洞已经被林场好些人家，当成了菜园子秋收后越冬蔬菜的存放场，冬暖夏凉，正好低于蔬菜发芽的温度，尤其萝卜和土豆，稍微覆盖点沙土，这里就成了无与伦比的天然大菜窖。这还是林场储备战备菜启发了大家，林场也乐得让大家来储存，真打起仗来，多多益善嘛。

绕过去，暗黑中继续摸索前进，吕冬阳听到了高晓莹的喘息，抑制不住，很不均匀。并不太大的气息，在石洞里竟然听得如此清晰。嗯，《龙泉谷》那本书里有这样的情境，一男一女两个年轻人分别迷失在同一群洞窟里，洞窟是大量高山滚石在山谷中堆砌而成，山谷有名，就是龙泉谷。山穷水尽，绝望之际，两人竟然意外相见，并在相互鼓励和相依为命的过程中加深了了解，互相取得了信任，在同甘共苦的过程中产生了爱情。最后绝处逢生，走出洞窟，有情人终成眷属。这念头只是在他的脑海中像过电影一样一闪而过。

季海风脚下蹚到了土豆，他拉着吕冬阳蹲下，让吕冬阳的手触摸到土豆，土豆上有沙末，有点潮，有点凉。几乎与此同时，他们听到了清晰的拉枪栓的声音，"咔，咔嚓"。

完了，完了！持三根棍子和武装到牙齿的敌人去拼，如同鸡蛋碰石头，没等够着人家，就得挨上枪子儿，非死不可了。小伙伴们在一起吹牛皮时，个个都是视死如归的勇士，满腹韬略的将军。现在，陷入绝境，大脑空白，无计可施。

三个人大吃一惊，心都提到了嗓子眼，慌忙紧贴着山洞石壁站住了。吕冬阳感觉到了高晓莹拉扯他衣襟的手和胳膊在剧烈颤抖。惶恐只一瞬间，季海风和吕冬阳几乎不约而同地弯腰拾起泥沙中的土豆，就当手榴弹用了，他俩一顿连续投掷，洞壁上传来土豆迸裂的啪啪声。前方射程内突然亮起了手电筒，光柱正照着举起来挥舞投掷的两只手，"别打啦，别打啦，我是你们的体育老师。"眼睛迎着手电筒光圈看，什么都看不清，听声音是对的。

"枪是怎么回事儿？"明明听到了拉枪栓，子弹上膛的声音，体育老师该不会是苏修特务的内应吧？三个人还是心有余悸。

"空枪没子弹，那是锻炼你们的胆量。你们几个走过来，咱们一起埋伏，考验其他小组。嘘，来了——"

高晓莹拉扯吕冬阳的手已经不知啥时候松开了，他们三个和体育老师一起当了特务。抓特务时她哆哆嗦嗦，当特务了，还是浑身抖个不停，时不时手或脚碰一碰吕冬阳，以此确认他还在自己身边，黑暗中怕他从身边溜掉。

听声音，跟过来的小组里有才礼，他被白菜垛绊倒时，哼唧了一声。待他们磕磕绊绊走过土豆堆，体育老师黑暗里再次响亮地拉动了枪栓。令人心悸的静默中，吕冬阳突然挥手，扔出了一直攥在手里的土豆。"妈，妈呀！有枪！手雷！"才礼撕心裂肺的号哭声灌满了防空洞，三个人连滚带爬跌跌撞撞逃了回去。

这边，体育老师忍俊不禁，笑岔了气，尽管手扶着枪，还是一屁股蹲坐在地上。好半天，才问出一句，什么情况？季海风接话说不知道，高晓莹说明了原委，是吕冬阳干的好事儿。吕冬阳嘴上说是考验他们的胆量，心里美滋滋地想，让你给我起外号叫老蔫，让你从前欺负我，君子报仇，用不上十年。

随着进洞的人员增多，特务也越来越多，直到最后一个小组进来后，不再需要特务了，他们才算是恢复成好人了。后来的后来，高晓莹发现，吕冬阳这个瘦高个子的倔家伙关键时刻不掉链子，是值得她贴近的。

那一晚，吓哭了几个女生，其中就有梳两根长辫子的胡凤娇，她拉扯前面男同学的衣襟，被男同学给推开了。无情，太无情了！

四十四　君子报仇

# 四十五　骚动

　　谢副场长一颗骚动的心又不安分起来，杭州知青回家探亲，女宿舍人少，给他创造了关心爱护本县女知青的机会。不过不像他利用调查酒瓶炸弹时，和某个女知青频繁接触，不留痕迹，没有任何猜疑，这一次，被撞了个正着。

　　李菲红课间回宿舍取书，撞见了一脸慌张的谢副场长和本县女知青田淑芬。手忙脚乱的田淑芬上衣扣子没系全，还错了位，下半身只穿了半透明的钩针编织的短裤。李菲红比他俩还心慌，抖着手关门，扭头跑回了小学校。

　　李菲红早先听说过谢副场长的往事，女宿舍里议论过这个桃色话题。就是这个长相并不出众，脸上还有几个雀斑的田淑芬，提醒大家躲着绕着，说是不要给谢副场长任何可乘之机。这是什么人啊？得了谢副场长什么好处？竟然变化得如此之快。她这样说话的时候，是不是已经和谢副场长勾搭到了一起，释放烟幕弹，转移大家的视线？穿那么暴露的短裤，也有主动迎合谢副场长的意思吧？干坏事还不把门闩插上，胆大妄为，就这一点看，也绝不是第一次。

　　这就不难理解，前一段时间，一贯不声不响，身体健康的田淑芬突然虚弱起来，三天两头头疼脑热，跑肚拉稀，频频请病假休息。场领导随后安排她当了电话接线员，理由是她体质弱，不大适合繁重的体力劳动。肯定是谢副场长给田淑芬出的主意，给高场长提的建议。

李菲红又气又恼，犹豫片刻，就把所见所闻报告给了王万岭校长。

高场长对季副场长说："真按你的话来了，谢广运'狗改不了吃屎'，旧病复发。这次你说，该怎么处理他？"季副场长倒沉稳，"咱两个老兵治这么个小土匪，费不了多大劲儿。先和他谈，你白脸我红脸，报林业局免了他的副场长职务，最好能让他自己提出来调走。知青、工人还有家属有议论的话，就去议论，都知道了，他就处在全林场监督之下，不敢胡作非为了。"高场长夸道："你还真是粗中有细，足智多谋。"老季也不客气，"打仗也不能虎了吧唧，输赢都得明明白白。以往抓住搞破鞋的，都要胸前挂个纸壳糊的牌子，脖子上吊着破鞋子，游街批斗的，咱得替龙头林场的名声着想，就不搞那一套了。"

为了林场的安宁，为了女知青的安全，两位场长煞费了一番苦心。田淑芬的岗位不动，主要责任不在她，对她冷处理，让她尽量少让人关注，两人达成一致。

两人和谢副场长的谈话没费太多周折，高场长和季副场长也不问他和她来往多久，怎么开的头，搞了几次这些无聊的问题。谢副场长低着头，目光呆滞，听着他俩的话，只是不停地点头，表示默认。他不是敢作敢为、勇于承当的人，他知道事情败露，无法收场，通奸的罪名是洗不掉的，破坏上山下乡政策的罪名他更担待不起。他也不多说话，也说不上有多后悔，看不出有多难过，脑袋里偶尔还有失去机会的遗憾，死猪不怕开水烫，听凭处置。

给县林业局书面报告之前，理应先口头汇报，于是高场长接通了局领导的电话，支开接线员，高场长单刀直入，把谢副场长的事情讲了个明白。局长那边沉吟片刻，问高场长是否和老季研究过，得到肯定答复，又说了句，调离的可能性不大，免职要经过局党委会研究，你们做两手准备吧。

放下电话，把局长意见说给老季听，老季耿直了脖子："啥意思？怎么叫两手准备？不会不同意处理，不调离不免职吧？要是光给个警告、记过那样的处分就太轻了。"

既然情况如实反映上去了，就只有等局里的处理决定了。高场长和季副场长心都悬在了半空。

谢副场长的老婆闹腾了一周，摔瘪了一个铝盆，摔碎了五六个瓷盘子瓷碗，打了田淑芬，骂了场领导，在谢广运脸上挠出了一道道深痕。某天半夜醒来，羞愤难当，一脚把谢广运蹬出去半米开外。在东方红林场有过一次这样的经历，没面子也就不在乎面子了。她也不再像个小媳妇闹着回娘家，不再张罗离婚，而是借此机会，在家里由被谢广运吆五喝六做丫鬟，变成了颐指气使发号施令的主子。像监狱里的管教，对谢广运严防死守，原本喂猪的工夫就能干的坏事儿，现在一点空当都不让他有。

老婆子们有事儿干了，大河边，小桥头，经常看得见她们三三两两，神神叨叨，交头接耳。老才婆子成了消息源，传出来的大都是听谢广运媳妇骂出来的，关于谢广运的"破鞋、烂袜子"的糗事。

一周后，邮递员送来了县林业局的一纸公文，高场长看了之后，立刻让人找来了季副场长。

他面无表情，一言不发，把盖着县林业局大红印章的文件递了过去。季副场长心知是和谢副场长有关，忐忑地扫视了一眼标题，咧开大嘴，一抬头，正好和高场长的目光交集，两个人会心地笑了。

谢副场长被免除了副场长职务，瘪茄子了，老婆也蔫了。他没提调离要求，实在是没别的林场愿意要他，他把本县女知青田淑芬由体力劳动变成轻体力劳动，把自己由脑力劳动也变成了轻体力劳动，当了现场管理员，负责山里作业面的现场调度。

高场长私底下叮嘱吕德臣、胡茂银、娄一刀、孙大扒、老臧头和电工老才这些老工人，多留意点谢广运，别再让他有什么干坏事的机会。孙大扒嘟嘟囔囔，就这么不痛不痒处理有点不够劲儿。高场长问他该怎么处理，他说了个办法："赶上蚊子小咬多时，把谢广运全身脱光了绑在树上，只一晚上，就会密密麻麻起一身包，让他永世难忘，绝不再犯。"季副场长大笑："你要把我肠子笑断了，咱是山沟里的，可也不会愚昧落后到那个份上，你当是古代呢。"孙大扒心有不甘，又来了一句："要是觉得重的话，可以留着上半身，只把下半身脱光。"这次是高场长发话："净说傻话，快卷支烟把嘴堵上吧。"

实际上，用不着特意叮嘱，林场二百多双眼睛都对谢广运保持着高度警惕。

最简单的安排因为因地制宜，有的放矢，就是最有效的工作方法。老季笑话高场长："这场长，心比黑瞎子都大，啥事儿都操心。"

# 四十六　文化使者

张大学和孙大学说是要走，没过几天真就走了，张妈张爸来时说的返城就是这个意思。说是恢复高考后，高校师资短缺，他们要回北京母校去当大学老师了。

没有机会再和他俩学习森林病虫害防治了，要不是因为有他俩，学校走"五·七道路"，搞兼学别样，谁有机会学到那么多的森林病虫害知识，认识那么多的昆虫，了解它们的习性？谁敢用手抓起头部带着一小撮红褐色毒毛的松毛虫，在高晓莹面前晃一晃，吓她个半死，解了挨骂臭流氓的心头之恨？

张大学和孙大学在林场时，如同茫茫林海中多了两棵树，没觉得怎么样，依依惜别后，仿佛木刻楞大桥桥面少了两根大杨木，朱家人掉了两颗门牙，让人顿时觉得缺失了好多。老工人很少提到，知青们也很少谈及，连老婆子们都有意无意地回避有关他俩的话题，心里都酸酸的，空落落的，也因此知青得到了更多的关注。

顾尧池出身书香门第，父母都是杭州搞建筑设计的，制图是基本功，绘画是业余爱好。顾尧池对制图不感兴趣，却对绘画兴趣十足。顾爸爸的好友杨伯伯是画院的专业艺术人士，觉得顾尧池孺子可教，就对他有所指点，他竟然很快入了门，上了道。却不料他一下子跑到了两千公里之外的"北国"，一头扎进了北方山村，杨伯伯又不好多说什么，随他去吧，唉，枉费老夫心血！他在顾家喝茶时这样向顾爸爸抱怨，心里还是觉得惋惜。殊不知冥冥之中，他竟然在两千公里之外，帮上了林场朱大夫的儿子朱玉栋，这也算是有缘千里来相会吧。

顾尧池没有放弃绘画，他有一大把时间可以挥霍，自然有很多时间可以绘画，他就是这么做的。不记得怎么有的第一次，朱玉栋出于好奇，跟着顾尧池，看他坐在山脚下写生，竟被深深吸引。大千世界，可以选取最美的，最特别的，或是最喜欢的，收进画面。自那时开始，几乎每一次都没落下，他心甘情愿地帮助顾尧池背画板，拎油彩，洗油彩碟。就连感冒发烧的几天，都嘴里嚼着山楂丸，老老实实地坐在一旁瞪大了眼睛看。有一天，顾尧池没做风景写生，他让朱玉栋坐在对面，给他画了一幅素描肖像。

"画得像你吗？"

"真像。"

"画画重在神似而非形似。"

"嗯，我懂。"

"喜欢看热闹还是真喜欢画画？"

"喜欢画画，特别喜欢。"

"只要学了，就不能半途而废。"

"那不能。"

"回家先和你爸妈说一下，他们同意才行。"

"他们肯定同意。"说这话时，朱玉栋没过脑子，他心里想的是，自己愿意做的事，谁不愿意也白扯。

"下次我带你一起画。"

朱玉栋没和爸妈打招呼，也不掖掖藏藏。开始时，朱大夫两口子只当是顾尧池带着儿子玩，没当个正经事。顾尧池能画出个啥水平，儿子能学个啥程度，都没往高处想。慢慢发现儿子沉溺于绘画，专注到看不见别人的眼神，听不到别人的话语。令人惊奇的是，画得越来越有那么点意思，看似乱涂的画面，贴近看不出，拉开点距离就活灵活现，就说那河面，手端着画板，看到的是胡乱堆砌的油彩，放下画板，后退两步再看，水是流动的，波浪起伏，碧波荡漾。

朱丽萍真是爸妈的贴心小棉袄，既对医术有兴趣，让朱大夫不再指望儿子朱玉栋子承父业，又学会了妈妈的缝纫技术，让妈妈也有了后继有人的成就感。如此一来，朱玉栋学绘画，没得到父母支持，却也没遇到任何反对。

春去春来，花开花谢。朱玉栋不知不觉跟着顾尧池画了两年多。这个山里小伙子的悟性让小顾老师很欣慰。等妹妹朱丽萍参加高考，朱玉栋已经是第二次应考了。他报考的就是美术类专业，目标是沈阳的鲁迅美术学院，这是离家最近的高等美术学院，东北地区招生数量最多，毫无疑问是最佳选择。

四年制中学分为两年初中和两年高中，高二是两年制高中的毕业年。同学们和往届已经毕业的同学一起参加高考，往届毕业生身份的朱玉栋和季海鹰都报名参加了。

理化课主要靠理解消化，一时半会儿补不上来，而史地课更多的是靠死记硬背，反复多看几遍就有进步。冰冻三尺非一日之寒，高晓莹、朱丽萍和吕冬阳无奈之下选择报考文科。

备考期间，高晓莹和朱丽萍周末一起复习，李菲红自告奋勇，也是自讨苦吃，当起了她俩的家教，用的教材就是她从杭州带回来的高考自学丛书。高晓莹的脑袋说不上有多聪明，但她有信念，一门心思，所以始终是眼睛瞪得大大的，认认真真接受辅导。朱丽萍听着听着上下眼皮就开始打架，过一会儿就出门去透透风。李菲红受高晓莹孜孜不倦的学习态度感染，也是得罪不得这位有高妈妈东一眼西一眼照看着的大小姐，说话和声细气，极度耐心。在杭州家里时，和爸爸妈妈，和姐姐说话无论如何耐心不了这么长时间。

看书做题时间久了，利用休息的间隙，李菲红给高晓莹讲自己小时的故事，讲杭州的家，讲山外的世界。还别出心裁，手绘出空白地图，让高晓莹填上山东、山西、河南、河北、湖南、湖北、广东、广西，高原盆地，江河湖海，气候分布，地域特产，历史事件。高晓莹懂事理，发自内心地尊重她，对她说的一切充满了好奇，不知不觉间打开了生活环境的局限，开阔了视野。她像一块会生长的海绵，在李菲红的辛勤浇灌下，不停地吸纳知识的养分。朱丽萍算是借着高晓莹的光了，进步虽然不如高晓莹，但还是有一些长进。所以说，有朋友就有未来，什么样的朋友决定什么样的未来，近朱者赤近墨者黑。

高妈妈被李菲红的热心感动，有一次在厨房里忙活了大半天，先是用盆子把榆树钱仔细清洗，洗掉灰泥，洗掉虫卵。然后换清水泡，榆树钱吸足水分，变得更加甜润鲜嫩。沥水后把榆树钱揉进面团，蒸出一锅暄腾腾的榆树钱馒头。李菲红把榆树钱馒头带回女知青宿舍，和舍友一起当点心吃。岫玉色的榆树钱点缀着白玉色的馒头，煞是好看，最重要的是，甜丝丝的味道让女知青们爱不释手，一小块一小块揪着吃，实在不忍心大口吞食掉。

榆树钱是高晓莹让吕冬阳帮忙在树上撸的，他家门前不远处的七八棵大榆树，树上挂满了钱串子似的榆树钱。吕冬阳上树时，脖子上挎着高晓莹带来的军挎包，他让她到一边歇着，躲得远远的，她不走远他就不爬树。这让高晓莹联想到了采树籽的经历，心中暗自嘀咕，他肯定有心理阴影，一日遭蛇咬，十年怕井绳。于是，一边偷笑，一边躲开了。

❧

林业子弟中学也为毕业班增加了晚自习安排。学校各科老师轮流巡视，答疑解惑，龙头林场的学生晚自习要到五六里外的林业子弟中学教室，回家的时候通常是晚上八九点钟了。

路上有一处弯道，看不到林场和中学的灯光，道路的一边是林木茂盛的山坡，阴森森的。秋风刮过，山坡上密集的树林枝叶挤作一团，摇得哗哗啦啦响成一片，声势浩大。山风很奇怪，不一定方向统一，不一定覆盖全面，有时只在一处围着几棵树盘旋，弄得那一处突然怪响，像是有猛兽出没。大路的另一侧地势较低，生长着大片大片的柳树，风摇柳枝，起伏不定，垂死挣扎的样子，黑沉沉的。更低洼之处还有十多个篮球场大小的水泡子，有鱼，有被叫作吸血虫的水蛭，也有水蛇在水里或岸边四处游走。

每次走这条夜路，都想慢点进入早点出去，白天走都有点瘆得慌，怕的不是别的，是山里的野兽，尤其是狼。狼不是想象，不是说法，是真实的危险存在。山里的狼无情无义，凶狠残暴，极具攻击性。

去年冬天，胡扁头和才礼在林场南边三四里远的地方下套子，算计着套狍子。两天后去溜套子，却发现套住了不知谁家的一条大狗，灰不溜秋的，从来没见过。才礼胆子大些，走上前去想给龇牙咧嘴的家伙解开套子，被胡扁头一把拉住了棉袄的襟摆。这东西怎么叫得这么难听，跟嚎似的，咋不是汪汪声？对呀，狗再发狠也是汪汪叫，该不会是狼吧？是狼，肯定是狼！看它的大尾巴，像扫帚拖着地，不会摇摆。看它的牙齿，咋那么锋利，还那么埋汰。看它的皮毛，灰暗肮脏打着绺，跟披了废线团织的毡子碎片似的。好悬！差点挂镰刀！挂镰刀是本地知青范学俭留下来的典故。幸亏认出来得及时，胡扁头和才礼后退几步，商量办法。先把它弄死，他俩达成共识。

才礼从别在裤腰上的刀鞘里拔出一把十多厘米长的刀子，这是用锉锯齿的锉刀改制，磨掉了前端的棱角，磨成刀尖，磨平锉身锉纹，两侧磨出锋刃，安上木柄做出来的。两人费了好大的劲儿，砍断了一棵手腕粗的小树，又截断成两根一米半长的打狼棒。一左一右，一前一后，靠近狼，狼知道这是最危急的时刻，拼命撕扯，却把脖子上的套子拉得更紧，它张大嘴巴，露出尖牙，疯狂扭转身体，试图攻击，又试图防范两面夹击。才礼第一下打在狼屁股上，狼一扭身，胡扁头的棒子又落了下来，打在狼头上，紧接着是雨点般的暴击，几分钟后，雪地上已是血迹斑斑，狼没了气息，摊平了躯体。

才礼让胡扁头用棒子压住狼脖子，自己用狍子套勒紧了狼嘴巴，扎了一个死结。两人喘息了一阵子，又把狼四只爪子捆扎成一束，插进一根打狼棒，抬着狼出了山。

狼肉被分食，破狼皮送到龙头人民公社收购站。狼被归类为有害的动物，收购站按国家有关规定，给了两人四十块钱奖励，自然是一人二十块钱。买小人书、买糖，还偷偷买了"握手"牌香烟，每人花了一块多。约好回家后各自交给家长十八块五。老才吃了狼肉，还得了钱，没夸奖也没训斥。老才婆子叮嘱儿子以后小心点，别虎了吧唧啥都敢打。胡撇油收好儿子上缴的十八块八角钱，卷成小卷，小心翼翼打开春雷收音机盒子，放进去，再眼睛盯着关好。他几句话就把儿子胡扁头私藏的几毛钱给审出来了。

# 四十七　遇狼

　　这天晚上，下了自习课，几个同学从学校出来，说说笑笑走进了道两侧林带的路段。胡扁头讲起瀑布的话题，说北美洲加拿大和美国之间有个尼亚加拉大瀑布，可惜中国没有。季海风说出黄果树瀑布，才礼说出壶口瀑布，吕冬阳说出庐山瀑布，哥几个一起反驳胡扁头。胡扁头问谁去过，怎么证明那些能算是瀑布。季海风反问胡扁头是不是也没去过那个北美洲的大瀑布。既然都没去过，那就说不上谁对谁错，一人对三人，胡扁头坚持应该算他赢，以少胜多嘛。胡扁头耍赖皮，女同学叽叽咯咯在一旁起哄。

　　走着走着，朱丽萍用手电筒不经意往身后照了一下，竟然在手电筒灯柱里看到了两只幽幽发光的眼睛，那高度、那间距、那晃动，毫无疑问就是狼。她嗓音立刻变得嘶哑，发出了撕裂感极强的叫声："狼，妈呀！妈呀，狼！"同学们尖叫着，分不清是跑还是跳，朝林场的方向拼命狂奔。

　　跑了三五十步之后，吕冬阳凭着可能是仅存的一丝清醒，突然觉得不对，人怎么少了？难得有这么一点清醒，命运弄人吧。身后有人，他就不那么害怕了，停下来，手电筒照回去，看到不知是谁，不知几个人，蹲在路中间不动，而此时，其他的同学还在往家的方向跑。也不知哪里来的勇气，吕冬阳折返回来了，摇晃着手电筒，嗓子里发出怪异的刀刃一样尖利的叫声，冲回到近前才发现，是两个人蹲着抱在一起。

高晓莹和朱丽萍这两个胆小鬼，见到有人回来，一边一个，紧紧抱住了吕冬阳的胳膊，高晓莹做出了和吕冬阳同归于尽、一起喂狼的举动，她极其迅速地腾出一条胳膊，紧紧勒住了吕冬阳的脖子。

"臭流氓"，吕冬阳在事后想起了这句在当时根本联想不到的话。三个人不停地失声喊叫了好一会儿，直到跑远的季海风叫着才礼，胡扁头几个男生，打着成排的手电筒找了回来。

狼呢，先是看到了一幕喜剧，接着被众人奇怪的举动和凄惨的喊叫吓得不轻，撒开四蹄，钻进树林，逃之夭夭了。

季海风突然想起胡学兵和才礼打狼的事，问他俩怎么也怕狼？胡学兵说，当时也说不准是不是狼。才礼也说，那时狼被套子紧紧勒着。

季海风又问，今天的狼该不会是来找你俩寻仇的吧？听大人说，狼记仇，你俩打狼时，肯定有别的狼远远地看见了。几个女同学颤抖着嗓音附和，说得胡学兵和才礼心里发毛，直往人群中间靠。

高晓莹和朱丽萍央求吕冬阳和胡扁头一直把她俩送到家，进到自家院子。进屋后，高晓莹依然怕得发抖，把事情经过前言不搭后语乱七八糟地讲给妈妈听，高妈妈多年不见的母性发作，抱着女儿好一顿安抚。高晓莹平静下来之后，趁此机会和妈妈商量，能不能周末的时候让吕冬阳和朱丽萍一起到家里来听李菲红辅导，高妈妈虽然一时对吕冬阳有了好感，但摇了摇头。

高晓莹失眠了，因为惊惧，也因为感动。好你个蔫了吧唧的吕冬阳，危难之处显身手，需要时能出现的朋友才是真正的朋友，这是她在伊索寓言里看的《两个朋友和熊》里面的一句话，没想到用在这里这么贴切。辗转反侧，都有点偏头疼了。吕冬阳看着不声不响，但就像他爱看书一样，吃苦耐劳，大年正月初四就上山拉柴火，爸爸都夸过他的勤快，他和杭州知青学了那么多古诗词，比赛有时候还赢过知青呢。这小子和林场别的男孩明显不一样，踏实多了，他也挺努力的，会是有志者事竟成吧？嗯，反正自己也不比他强，要不是闭塞的山沟限制了他的想象，限制了他的发展，有朝一日，他会走出去的，他肯定会，他走出去肯定比城里好多没上进心的人要强。我也必须走出去，离妈妈远点是次要的，将来有个信得着的人在身边多好。吕冬阳，你不是也看过《龙泉谷》吗？我们的龙泉谷不在林场，在外面的世界。你要走出去，这虽然不是绝对必要条件，但要在瞧不上山里娃的妈妈那里轻松过关，最好还是做到。做不到怎么了，就听自己的，就不听妈妈的。她竟然想着等毕业，把我安排到县城，嫁给林业局开小车的司机。不就是娘两个搭过一次人家的车吗？我好看、我白净又不是为他长的，托林业局局长来说你们就上心啊。不就是他爸爸是分管林业的副县长吗？说是为我考虑，就没有一点是为你们自己吗？就是完全为我，我也不稀罕，那不是我追求的幸福，幸福是一种精神，不完全是物质。我可不能像娄美玲那样，差一点就是娃娃亲了，现在就看到了几十年以后。不能像孙宝珠那样日复一日、年复一年，到最后满脸爬着老爸那样的皱纹。也不能像胡凤娇，放弃学习，信天由命。朱丽萍还不错，但她不够努力，总是学不学都行的态度，要不，等明天和她商量商量？不，这是秘密，我高晓莹自己的秘密。吕冬阳，你不傻吧，怎么总是对我凉凉的，吭吭哧哧不爱跟我说话，臭流氓还怕我赖着你？你是对我有过帮助的人，我大人不记小人过。真在将来娶了本美女，非乐出你鼻涕泡不可。想到臭流氓三个字，自己脸热了，怎么那么巧？我看见了，你是我的人啦！呸、呸、呸！好恶心！紧接着又嘲笑自己跟个上了班的大姑娘小媳妇似的，还没跳进大染缸，就敢想得五彩缤纷了。早上醒来，感觉头晕乎乎的，洗脸时，镜子里看看自己，嘟囔一句，小姑娘，该想学习的事儿啦。

高晓莹把高考自学丛书拿出来，不假思索，把数学书先拿给吕冬阳看，吕冬阳数学不如语文，必须加强。说好了所有的科目和朱丽萍三个人轮流看。她告诉吕冬阳，书上可以任意做记号，但吕冬阳一个小点儿都没有在书上点过。有了自学丛书，有了发力点，有了加油站，吕冬阳学习有了瘾。

高晓莹让爸爸给她的北炕安上了布帘，为的是晚上点灯看书不影响爸妈和弟弟高晓松睡觉，高晓松从北炕炕头移到南炕炕梢，倒也没说什么，自己学习热情不高，劲头不足，别多事儿找挨训。姐姐不怕辛苦爱学习，心里也挺佩服她的坚持，这样也算是对她的精神支持和鼓励。高爸爸的要求是，晚上学习时间不能超过夜里十一点，不怕多花电费，怕累坏了女儿的眼睛。高晓莹表面答应，实际却说服了妈妈，每晚都看书复习到十一点半钟。十一点爸爸提醒她时，妈妈就会说话："让她再多看一会儿吧。"高家所在的小河东道南边地势较高，林场很多人家晚上起夜时，能看到他家北窗户亮着的灯光，"唉，得多花多少电费啊？这闺女也真是能闹腾，山沟沟和大学够得着吗？高场长两口子太惯孩子，这不扯犊子嘛。"都是这么想的。

# 四十八　探亲计划

　　这些年，高妈妈没有一年不想着回老家金州亮甲店去看看，高晓莹太小时不方便，随着高晓莹慢慢长大，她计划了好几回，都是临到要走的时候，又改了主意。她盘算着过些天再动身，一拖就是又一年，高晓莹的弟弟也长大了，所以这事儿成了让她魂牵梦绕的心病。

　　这天正好是五一劳动节，上班的不上班，上学的不上学，一家人说好了中午吃素馅饺子。高妈妈早饭后让高吉祥收拾桌子，洗碗，打扫卫生，让高晓莹看会儿书，傍中午时再和爸爸妈妈一起包饺子，叮嘱要出去找才信和季海波玩的高晓松，到吃饭点了准时回家吃热乎饺子。

　　墙上的挂钟快到十一点了，高吉祥出去在小河东西晃了几个来回之后进了屋子。高妈妈和好了面，放在盆里，用一块白屉布盖上，先慢慢饧着。然后去院子里割了一大把韭菜，回来摘净韭菜根，好一顿用水冲洗。接着在锅里边炒边搅和，做好鸡蛋碎。做完这些，她才切韭菜，和鸡蛋碎放到一起，又把泡软了的干海米用菜刀剁了剁，连泡海米的一碗底汤水都加进了韭菜鸡蛋，再放上香油、精盐、味精、花椒粉，轻柔地拌好了饺子馅。高吉祥负责擀饺子皮儿，当年在金州亮甲店岳父家，那时他一个人擀饺子皮供得上四五个人包饺子。高家饺子有辽南地区特点，皮大馅儿也大，外形不如东北饺子个个鼓鼓溜溜。

高晓莹放下手里的书，凑到爸妈跟前，伸手要取饺子皮，被妈妈挡了回去，"长点心好不好，别像你爸，毛毛糙糙，去把手洗了再来。"

"着急过来包饺子，把洗手给忘了。"高晓莹吐了吐舌头，做了个鬼脸。一转身的工夫，高晓莹捧着本书走了过来，高妈妈一脸诧异，盯着高晓莹的眼睛问道："这丫头是要看书还是要包饺子？"

高晓莹扑哧笑出了声，"妈呀，我这是怎么了？脑子没转个，稀里糊涂就去拿了本书。"

"走火入魔了吧？"

高妈妈对高爸爸挤了挤眼睛，两人相视片刻，忍不住放声大笑。这可是家里许久没听到的爽朗笑声。高晓莹也受到感染，笑得直不起腰。好一会儿，才气喘吁吁地把书送回书架，又赶紧洗了洗手，转回到面板旁边。

高妈妈手里麻利地包着，每隔一会儿，就举举右手，让岫玉镯子腾出手腕，嘴也没闲着。

"晓莹爸，你肯定不记得当兵时在我老家吃的韭菜鸡蛋馅啥味了吧？我看你够呛能记得。"

"算是记得吧，那年月吃啥馅饺子都好吃。"高吉祥皱皱眉。高晓莹两边各看了一眼，没吭声，手在忙，饺子馅放得有点多，捏得不够严实，还在修补。

"晓莹啊，我老家包饺子那可是用鲜虾，鲜虾剥出虾仁直接包进饺子，一个饺子里有一个大虾仁，唉。"

"你妈说的是真的，辽南地区逢年过节都吃韭菜馅饺子，有韭菜鸡蛋、韭菜肉，还有韭菜贝类。"

"那得一年四季都有韭菜才行吧？"高晓莹对爸爸的话有点质疑。她心里在想，那不也是东北嘛，但她真的不清楚两三千里之外的地方一年四季和这里有多么大的区别。

"你高考之前妈就不说了，等考完试，和妈一起到妈老家去看看吧。前些天你大姨来信还说到你，说你姥姥姥爷看到你和晓松的照片都掉眼泪了，妈也实在是想回去看看。"高妈妈眼圈红了，但她只提到考试，没提考上还是考不上，她真心细，担心影响女儿的心情。

"去吧，去吧。我要是工作能安排开就一起去，安排不开就你们娘三个做伴去。"

"来回半个月，于公于私你肯定都走不开，你就别说空话了。"高妈妈很武断。

"嗯，我和晓松陪你去，这样行吧，徐春华？"

"去，说话没大没小，徐春华是你随便叫的？"

高晓莹的回答让妈妈喜出望外。这么多年了，只是在自己家里偶尔说到老家的人和事，和林场妇女们已经多年只字不提老家了。海鲜的话题早就不鲜了，记得这几年只是在孙大学和张大学刚来林场，到家里礼节性拜访时没忍住说了说。她们知道不知道一点都不重要了，但女儿和儿子一定要知道，这是她的心结啊。

"到时候让你大姨、二姨、四姨、五姨，还有两个舅舅轮流请客，咱们好好过过海鲜瘾。晓莹爸，亮甲店有飞蟹、赤甲红，还有花盖蟹，你都吃过吧？哼，吃过你也不一定都记得。"

"我可都记得啦，到时候我会一样一样排着号吃。"高晓莹照顾到了妈妈的心情。

"还是先吃饺子吧。水烧开了吗？"高爸爸问。

"你急什么，等晓松一会儿吧，这小子又不知道野到什么时候。"

话音未落，高晓松前脚已经迈进了家门，说是吃，那就是个快。可高晓松没让妈妈马上煮饺子，他让全家人都到院子里，说是给大家一个惊喜。晾衣绳上拴着一根麻线，麻线四面八方乱跑，地面上，一只花斑松鼠惊恐不安地四处躲避。这是他和才信、季海波用筐扣到的，这东西咬人，高晓松告诉大家。话音未落，翘着尾巴的小松鼠一口咬住了高妈妈的鞋带，高妈妈尖叫一声跳起来，足有半米高，事后怎么也琢磨不明白自己是怎么做到的。松鼠被甩到高爸爸脚下，高爸爸纹丝不动。高晓莹劝弟弟把可爱的小松鼠放掉，说这种东西气性大，无法饲养，几天不到就会气死、饿死，怪可怜的。爸爸妈妈都说好。高晓松略觉遗憾，答应姐姐吃完饺子就去办，把它放回被捉的地方，省得它找不到家。小松鼠似乎听得懂人语，蹲在一旁，警惕着这一家人，前腿抓耳挠腮，两条后腿抖动着，随时要跳开的样子。

一家人都很开心，最愉快的自然是高妈妈，当天晚上做梦已经带着两个孩子回到了金州亮甲店，迎接他们的场面轰轰烈烈。

# 四十九　出师不利

　　吕冬阳可没有高晓莹那样的好条件，到了晚上九点半，吕德臣就会拉电源开关的细绳，开关咔嚓一声，屋子立刻笼罩在黑暗中，招呼都不打，管你手握书本还是正在奋笔疾书。吕冬阳窝在被窝里，打开手电筒，把看不完放不下的段落坚持看完。电池太贵，又不耐用，手电筒用到后来，光线昏黄。每天晚上，吕冬阳都会提前做好准备，用铁钉在电池后屁股上反复摩擦，把剩下的电能用干净，也不记得从哪里听说的，这样做可以激发电池电能。是听才礼说的吧？又好像不是，实在是记不清了。就是靠着这只手电筒，前些年他读完了从孙宝珠那里借来的线装本《三国演义》《水浒传》《西游记》，还有《红楼梦》，那是她爷爷留下来的，那本《三国演义》被孙大扒撕去了十几页，裁成卷烟纸，太可惜了，虽然看起来半懂半不懂的。《红楼梦》当中好多人物类同，关系混杂，小姐、丫鬟好看的多，难看的少，刘姥姥进大观园发蒙，他看书时也发蒙。看着看着，就说不清哪个是哪个，谁是谁的谁了，让人头痛，幸亏不用考试。

　　吕冬阳也有二十多本"新书"，新书不是新买的书，而是他新得到的书。他喜欢得不得了，又顾不得在这个时期花时间看。这都是孙大学和张大学回城前送给他的，都是林业百科、动植物知识类的，图文并茂。

❧

高考分初试和复试两个阶段，初试合格才有资格参加复试。林业子弟中学考场，在初试过关的十几个人中，朱玉栋、吕冬阳和高晓莹赫然在榜，这是莫大的鼓舞，高考我们是沾边的，不是远在天边遥不可及的。交流当中，听说吕冬阳一答完题就提前近半个小时把卷子交了，高晓莹柔声细语，认真提示吕冬阳，考试答完题不要急着交卷，做完题要认真审核检查，发现答错的马上更正。

吕冬阳参加高考这件事，吕德臣根本不在意，就当是学校搞的一次期中或期末考试。吕妈妈心里又不敢奢望，又或多或少有些期待。

复试全军覆没，没有一个人达到最低录取分数线，差距还都不小。从小河东到小河西，到处都在议论，当考大学是玩嘎拉哈、玩跳格子、玩弹溜溜游戏啊，该干啥干啥去吧。碍于高场长家面子，没人把话说得太难听。

高晓莹信念坚定地为下一年度高考做准备，就是要再考，不管能不能考上。朱玉栋也在季海鹰的殷切期望和鼓励下，硬着头皮居家复习。啥复习呀，就是重新学习一遍，那么多的科目，那么多的内容自己根本就不会，学几遍也还是不会。他经历过两次高考，已经完全掂量出了自己的斤两，第一次初试过关，那是多亏了试卷当中有好多从a、b、c、d中选正确答案的选择题，多蒙对了几道。但男子汉大丈夫，不能把这些让人失望的话说出来。

实际上他内心一直在责怪季海鹰，你自己怎么不去再考？文化基础课，谁都拿朱玉栋没有办法，顾尧池也想杀人杀到死，送人送到西，好事做到底，何况是自己的嫡传弟子。但朱玉栋听课头疼，看书发困，自学瞌睡得睁不开眼睛。从前是理发时听到推子咔嚓咔嚓响就昏沉沉的，现在是翻开书眼睛就发花、模糊。背诵的内容是记了后句忘了前句，最后是黑瞎子掰苞米，掰一穗丢一穗。唯一的收获是睡眠质量不好的毛病根治了，白天晚上，一书在手，瞌睡无忧，酣畅淋漓。那天看着书睡着了，他梦见家里进了小偷，眼见得偷走了他的数学书，心里说，拿去拿去不客气，你爱学习你学去。过了一会儿，小偷又偷他的画笔和颜料，他立马急了，想要爬起来捉贼，却无论如何都醒不过来，等真的醒了，四处转转，啥事儿没有，瞧瞧，都快要睡到另一个时空了。

朱丽萍和吕冬阳在居家复习还是边上班边复习这件事上，都是犹豫不决的状态。朱大夫让女儿自己拿主意，吕德臣的意见是，可以再考，也别耽误上班，将来考不上的话，林场计算工龄时不受影响。

吕冬阳听了老爸的话，这正是林场割林带的季节，就是在山坡上用镰刀割掉灌木丛，清理出三米宽的空白地带，每天的定额是割一百米长的林带七条，对应的工资是两元六角。新手在头一个月是完不成定额的，割完一条林带，手上就会磨出几个血泡，再割，血泡破了，疼得钻心。好在老工人和知青能在完成自己的定额后过来帮忙割。

上班干活路途远，需要蹬着自行车在半米宽的山路上骑行接近一个小时。山路冬天开阔，到了春天，没有了进山的大车，杂草丛生，就只剩下中间上下班通行的小径。中午在山里吃早上带的发糕、咸菜，喝十斤装塑料桶装的井水，一般是活还没干完，定额还没达到，一桶水就都喝光了。

蚊子、比蚊子体形小的小咬，还有头部网球状，个头超过绿头大苍蝇的瞎虻和叫不出名字的小飞虫，铺天盖地，一团团围着人转，耳边是轰炸机般的轰鸣，赶不开打不走。一天下来，身上大包痒，小包疼，多处挠破，新痂未结，旧痂又在流血。

唉，就这样，到家还看什么书，只剩下拿条湿毛巾浑身擦洗擦洗，倒到炕上就呼呼大睡的份儿。累不怕，苦不怕，但实在是顾不上学习了，吕冬阳心里叫苦不迭。

也有苦中作乐的时候，在一片坡地劳动时，看到了坡下洼地里一片西瓜地，这是河北边哪户农民私下里开垦出来的，瓜地远端地头用木杆和树枝搭了个人字形窝棚，外面披挂了一层遮风挡雨的茅草，当作看护瓜地的住所。远远望去，隐约可见瓜蔓瓜叶缝隙间崭露头角的西瓜。西瓜哎！也不知谁擦汗的间隙先有了这个发现。

午休吃饭时，几个小哥们儿故意和老工人、知青们拉开了距离，躲开了视线。才礼让大家放下饭盒，聚拢到一起，也不商量，红鼻头上一双小眼睛眨巴个不停，兴奋的目光在大家脸上扫来扫去，就开始了安排部署：老蔫动作不够麻利，负责爬到旁边大树上瞭望，看见看瓜人出来就学山鸡咕咕叫，看到有老工人和知青过来就学青蛙呱呱叫，有危险连叫两遍，危险解除只叫一遍；季海风和才礼本人负责爬到瓜地里偷瓜，每人只能偷两个，多了不好往回带，要挑一片瓜地里个头大的，别弄回来生瓜蛋子不好吃；胡学兵在地头林边负责接应，一提到偷，胡学兵腿就打哆嗦，一朝被蛇咬，十年怕井绳，所以不敢让他当先锋。

心怀忐忑，各就各位之后，树上的吕冬阳看到另外三个人头上套着灌木编的伪装，胡学兵趴在林地边拨开灌木观望，季海风和才礼手执镰刀，从林地边开始匍匐向前，爬过瓜地头一条布满杂草的浅沟，小心翼翼战战兢兢地进了瓜地。瓜地边缘一带的西瓜看起来明显偏小，两个人向瓜地深处爬行。"咕咕，咕咕！"山风在刮，树丛摇晃，草地起伏，但吕冬阳发出的咕咕声清晰入耳，季海风和才礼急忙低头俯下身子，一动不动，大气不敢多喘一口，吕冬阳看见看瓜人出了窝棚，转到窝棚后山坡边尿了泡尿，又钻进了窝棚，"咕咕！"头上扎着的伪装像两丛矮灌木，又开始了缓慢动作。才礼瞄着了一个大个西瓜，伸出镰刀，钩断了连着的藤蔓，再把镰刀从西瓜一侧插进，轻轻往回拖，拖到眼前，季海风如法炮制。

一回到林地，两个偷瓜先锋不约而同地长吁了一口气，抹抹额头上细密的汗珠，最紧张的竟然不是他俩，胡扁头脸色蜡黄，说话都有些结巴。吕冬阳心里愧疚多于紧张，觉得对不起辛苦种瓜看瓜的老农。这一切，等西瓜吃到嘴里，咽到肚子里时，紧张、恐惧、懊丧都不复存在了。

对于现状，季海风、才礼、胡家兄妹、娄美玲和孙宝珠也叫苦，但心里还是比较坦然的，未来就该这样，认命。

# 五十　痴心不改

人啊，只要有信念，总会遇到惊喜，只要努力，总有机会垂青，不是吗？北京的张爸和架线工小哥哥说过的话里，好像就有这层意思。

县城第一中学，也就是全县最好的学校，恢复了十年制，对高考初试过关的应届毕业生，免试、免费接纳复读。这是全县第一个恢复高中十年制的中学，高妈妈从县广播电台节目中听到了这个消息。朱丽萍和吕冬阳在当天下班从山里回到家，没过一会儿就得到了高晓莹的通知。

朱丽萍不想去，去了也没什么考上的希望，细一琢磨，高考初试没过关，也没有资格。吕冬阳自己是非常希望到县里去读十年级的，但他老爸吕德臣反对，态度坚决。提过一次，被拒绝，看样子没揍他一顿就不错了。不想着好好干活，让旁人笑话，笑话一次也该够了，还没完没了。

多管闲事儿的高晓莹找了吕妈妈，吕冬阳就觉得她是多管闲事，高晓莹知道吕妈妈对儿子学习的态度，知道她不会反对，也知道她在家里做不了主，但肯定可以作为同盟军。没有心理斗争，没有丝毫纠结，善良的高晓莹看准时机，趁着只有吕妈妈一个人在家，就在大门口大黄的引导下，进了吕家院子。大黄懂事儿，吃过高晓莹喂它的鸡腿，把高晓莹当成熟人，见了她就哼哼唧唧聊天的样子，尾巴摇得十分热情。

端着吕家的水碗，坐在吕家炕沿上，高晓莹顺利地和吕妈妈达成了共识。这一步没费周折，倒是吕妈妈费了大半天的工夫，在吕德臣油盐不进、恼羞成怒时，按照高晓莹出的主意，指点的路数，打了高场长的旗号，她假借高场长的嘴说，林场上班一年下来也挣不了太多钱，不如让儿子去比试比试，考上了一辈子就不一样了。考不上再回来，也不差这一年挣的钱，儿子也就死心了。要是不同意，就到场部来好好谈谈，反正是要好好谈谈，想好了再来，谈不好就继续谈。吕德臣思来想去，谈的结果既然都知道了，还谈个什么，让儿子去吧。

吕冬阳把家里黑底灰花或灰底黑花的胖猫葡萄托付给妈妈，葡萄是张大学和孙大学临走时依依不舍送给吕冬阳的。好在平时葡萄就和吕冬阳关系熟络，所以它倒不懂得难过，没因为分别苦了心。葡萄和吕冬阳相依为伴，吕冬阳用肥皂水给它洗澡，保持它一贯的清洁。晚上睡觉时葡萄钻进吕冬阳的被窝里，嫌憋得慌，就爬出来，头枕着吕冬阳的胳膊，睡得直打呼噜，用吕妈妈的话讲，就是猫又念经了。有时看吕冬阳睡着了，它就蹲在吕冬阳脑袋旁边，伸出湿润的小舌头舔他的头发，一下一下，连梳带洗。这几年夏天它没少吃吕冬阳家的鱼，有吕冬阳钓的，也有用袖网网回来的。胖猫还偷过鱼呢，吕妈妈就坐在炕上，透过木窗玻璃上的米字形牛皮纸条，看见葡萄跳跃起来，用两只前爪去抓挠挂在两米高晾衣线下面的鱼串，惊讶得合不拢嘴。小鱼在葡萄的不懈努力下一条条被挠落在地上，葡萄蹲在地上，吃得左右扭歪着嘴巴，脸上像是挂着笑容，每隔一会儿，伸出小巧的舌头，上下左右舔个不停，有滋有味，心满意足，心安理得。

※

　　高晓莹和吕冬阳再次入学了，是坐县林业局的北京吉普去的县城。高晓莹原本是想和吕冬阳一起坐大客车的，吕冬阳想自己单独骑自行车驮着行李卷，去姐姐家住，大姐夫坚持不让他去住学校大宿舍。高晓莹不用带行李，她准备住到县城里的表叔家里。高场长几天前到县林业局开会时，在局长办公室喝茶，聊到孩子复读的事情，这才有了县林业局的北京吉普来接的排场。吉普车司机是部队转业兵，二十出头，相貌端正，腰杆挺直，吕冬阳却感觉他表现得有点扭扭捏捏。两个上学的孩子原本都打算低调，却低调不成了，除了要好的同学，还有好多人围观，关键是胡妈妈也在人群里。吉普车到林场，也就是张爸张妈从北京来东北深山老林看张大学和孙大学时有过，那是县政府的车，接送的是北京的高官。而如今，车来林场却是接两个高中生。有高妈妈在，大家心里多少还平衡了一点儿。

　　上车时，高妈妈让女儿坐到前排副驾驶的位置，高晓莹却拉开后车门，抢先坐在后排，又指使吕冬阳在后排座椅头枕位置塞好行李，好在行李不多。又大声告诉妈妈，后排太挤，让她坐到副驾驶位置。高妈妈用奇怪的眼神打量了一眼高晓莹，看司机恭恭敬敬地主动为自己打开了车门，只好上了车。一路上，高妈妈热心地和司机小伙子聊天，聊到家里亲戚，聊到菜市场，聊到早中晚饭，聊到将来自己有了家，是不是和父母住在一起。偶尔想让高晓莹和司机搭上话，高晓莹假装睡着了，手却时不时去扶扶吕冬阳头后的行李，生怕掉下来砸到人似的，弄得吕冬阳跟着她的动作，心脏时不时地紧缩一下。

　　从龙头林场到县城，坐大客车或是冬季运送木材的车，大约需要一个半小时，吉普车只要不到一小时就可以到达。车子跑了一大半路程后，高晓莹抬手扯了一下吕冬阳的衣袖，脑袋往他身边靠近了一点，轻声问了他一个问题，高考前些日子，上学路上是不是和胡学兵他们一起打死了一条蛇？吕冬阳本就有些拘谨，看她靠向自己，更是紧张得手心汗湿，见她问了这么个问题，心里倒轻松了许多。不是那么回事儿，他微微侧脸告诉高晓莹，那条蛇是才礼和胡学兵用石头砸死的，他和季海风用棍子翻腾了几下，然后挑到路边沟里去了。"那还好些，蛇有灵性，你又不是没听说过，千万别再打。"高晓莹盯着吕冬阳闪躲的眼神，一本正经叮嘱道。

　　本以为话题到此结束，谁料高晓莹又起了个新头，她低声告诉吕冬阳，梦里看到他被蛇咬了。那条蛇本来是灰黑色，忽然又变成黑白花，它在上学路上追着吕冬阳，吕冬阳在路中间跑，它贴在路边草尖上蹿行，有时甚至不沾草，在草尖上方飞行。蛇头几次侧甩，够到了吕冬阳屁股，可就是没咬上。落在后面的高晓莹喊叫着提示吕冬阳加快速度，嗓子都失了音。不知道是体力不支，还是没意识到危险，吕冬阳越跑越慢。两只一前一后倒腾的脚稍有停顿，后面的一只靠近路边的脚抬起脚跟，还没拔离地面的当儿，色彩由灰黑变幻成黑白花的大蛇一口咬住了吕冬阳裸露在外的脚踝，蛇身如一缕轻烟在吕冬阳身后飘扬。高晓莹"嗷"的一声吓醒了。

　　明白我为什么和你说蛇的事儿了吗？吕冬阳眼睛盯着前排座椅靠背，做了个鬼脸，他知道高晓莹能看到，而高妈妈却不会看到。

　　高妈妈扭头看了看吕冬阳，又看了一眼高晓莹，有点困惑不解。

　　到了县城，高晓莹主动发话，吕冬阳享受了县林业局局长待遇，小车一直把他送到姐姐家胡同口。

# 五十一　伤心往事

　　曾场长回来了，还带着大儿子，说是心里惦记着龙头林场的父老乡亲，特意回来转转。一下大客车，就被吕德臣、朱大夫抓住了胳膊不肯松手。高场长、季副场长从场部疾步走出来，老季一声吆喝："老曾啊，妈了巴子，你这是变的什么戏法？"又来了朱会计和远处跑过来的胡木匠。曾场长这一走就是十来年，怎么看上去黑瘦，个子都好像比从前矮了一截。虽然同是军人出身，曾场长和高场长气质明显不同，曾场长黑黝黝的大脸庞，一打眼就是武将，而高场长则是文官，说来高场长就是笑面虎。曾场长一贯的威武气势好像不见了，走路偶尔还要大儿子扶一把，怕摔倒的样子。不会吧，他在龙头林场的时候，从小河东走到小河西，老远就能听到咚咚的脚步声，可如今，还不到六十岁的年纪，也不至于就衰老至此吧？

　　"妈了巴子，你这是什么情况？昨晚喝酒今天还没醒过来吗？"季副场长是曾场长的老搭档，说话没有深浅。

　　"老伙计，说来话长。我这是病啦，能活到今天不容易。"

　　"中午吃饭时间啦，让食堂弄几个菜，咱们边吃饭边聊吧。"高场长是在对吕德臣说话。

"饭一定要吃，不去食堂，我想去老季家吃一顿。怎么样啊，老伙计？"曾场长转向季副场长，根本不是商量的口吻，一听就是必须这样。

"也好，几位老同志都去。不过，都先回自己家，做一个拿手菜，带到老季家。"高场长这个办法好，大家同时有机会尽地主之谊。"我们先去老季家喝茶，朱会计，你到我办公室，把我办公桌左边抽屉里的铁罐西湖龙井拿来。走吧，老季。"

"妈了巴子，怎么像到你家吃饭，啊，哈哈。"

老季知道，高场长最近养成了嚼茶叶的习惯，泡过的茶叶不再像以前那样倒掉，而是放到口中慢慢嚼烂咽到肚里。问他为何这样，说是茶好，完全不同于从前的陈年碎茶末子，绝不能浪费。

大家哄闹着簇拥着曾场长向小河西老季家走去。胡木匠凑到曾场长身旁嘘寒问暖拉家常，曾场长极度诧异他的脸，他表示说来话长。朱大夫一直露着金牙，笑得很真诚。路旁站着的老才婆子和胡妈妈几个人都是一脸惊喜，纷纷和曾场长打着招呼，这次不是"吃了吗？"而是"老场长回来啦？"

喝龙井茶等饭菜的时间里，曾场长讲了自己这几年的故事。离开龙头林场是身体原因，当时发现自己稍微一受累就胸闷气短，呼吸困难。到医院一检查，竟是自己长期肺气肿，错过早期治疗，变成了不可逆转的慢性肺源性心脏病。正常呼吸受到影响，神经系统的正常功能也受到较大程度的破坏。所能做的就是定期到医院用药，缓解症状，维持生活质量。说着话，还从大儿子手中接过一个小喷雾瓶，对着自己张开的嘴巴喷了两下。不去医院的时候，药就得随身带着。继续工作是不可能的了，就和局里领导打了招呼，离开工作岗位，到天津、北京、上海各大医院转了一遍，公家的和自己家的钱都没少花，可转来转去，所有的治疗都是为了四个字。

"哪四个字？"朱大夫最急于知道。

"延长寿命。"

啊！怎么会是这样？命运对这个老军人，对这个给龙头林场带来一片光明的老场长竟是如此不公！

菜陆陆续续送到了季家，娄文明家的炕桌搬过来了，和季家的桌子合拼成一个能围坐十多个人的大桌。朱会计没上桌，和季妈妈一起端茶倒水，忙前忙后。饭吃到一半了，还有人家在送、咸肉、炒蛋。还有两家送的是鱼，老吕家的是鲶鱼，老孙家拿出了秘不示人的狗鱼。吕德臣纳闷，狗鱼这个时候很难钓到，孙大扒这是从水泡子里用网捞出来的？问了孙大扒，可他先是点头跟着又是摇头，没搞懂。孙大扒高兴，他赶上了这场有特殊意义的饭局。事后娄一刀郁闷了好多天，老场长回来了他没见到，饭局安排在他未来的亲家，他赶马车到人民公社办事，竟然错过了。老才是好事落不下的人，只晚到了不到半个小时，进门赶上胡茂银老婆来送菜，就伸手接过一半是菠菜炒鸡蛋，一半是毛葱炒鸡蛋的盘子进了屋，嘴里说的是，这是让老胡家做的，好像是他让人家做的，也有了他的份儿。可没过一会儿，老才婆子端来了鸡肉炖蘑菇，全是鸡胸肉和鸡腿肉，林场人认为最好的部位，也是最快、最容易炖烂的部位。

高场长把这些年龙头林场的大事小情，一五一十叨咕了一遍，吕德臣、朱大夫、胡茂银等人提着词儿溜缝，从孙大学和张大学讲到林业子弟中学，讲到修路通了长途汽车，讲到知识青年上山下乡，把胡茂银的"二皮脸"也说了个明白。只是在老才提起谢副场长之前的糗事时，被高场长瞪了一眼，刚开了个头就被掐断了。

曾场长问到被电"咬过"的老臧头，说当年他可是受过双重打击。除了触电，还因为和几个工友小赌，被曾场长没收了牌九，想再玩没了推牌九的赌具。牌九没得买，却可以自己做，做原来模样的骨牌难，做副木牌也容易，却不能做。关键在于曾场长处理的方式特别，让人没法觍着脸再玩，他把赌博的几个人带到挠力河大桥上，当着他们的面，先一人发了一张牌，说是留个纪念，让人以为要归还骨牌。谁知一转身，他就把剩下的骨牌稀里哗啦倒进桥下急流中，瞪圆了眼睛，边倒边说，龙头林场就不允许有破坏家庭和睦、影响邻里团结的赌博行为，鸭子掉水里，不浮（服）也得浮（服）。

朱会计应声说老臧头还真来了，隔窗看了半天，又走了，说就想看看老领导，吃饭上桌不够资格。唉，闻听此言，曾场长一声叹息，这个老中农，老实巴交，不唯成分论了，这会让他松一大口气。

好几次，曾场长流了眼泪，菜不断增加，让他受感动，大家对他和他在这里当场长时一样好。一个个故事，让他知道林场的变化，也让他受感动。不变的是他和林场工人同志们的深情厚谊，变的是林场得到了日新月异的发展。老曾的大儿子长得像爸爸，慌得不得了，顾不得吃饭，一个劲儿安抚激动不已的老爸，老爸这种病特别怕情绪激动，影响心肺功能。

有人试探性地劝酒，曾场长打趣道："过去呀，是喝不起、醉得起，现在是喝得起、醉不起了。"众人点头，同意老场长以茶代酒，听他的话都觉得有道理，可这终究是病人同常人的交流，围在身边的基本都是喝得起、醉得起的人。

季副场长没太多说话，心里记起了他陪着曾场长骑自行车六十多里路到县城，中途过山岭时曾场长把自行车丢在道旁，躺在荒草地上喘息的情景，当时哪里知道他是承受着可怕病魔的折磨。

在县城，他俩在林业局和电业局之间来回奔波，先后七次专门为龙头林场通电的事来的县城。好话、小话说了几箩筐，跪下磕头的心都有了，也是功夫不负有心人，也是真诚感动上帝，也是有关的局领导工作比较负责任，终于办齐了架线、通电手续。这是国家投资，不需要林场投资一分钱的大好事。当天晚上两人下了馆子，一盘尖椒干豆腐外加一盘油爆花生米，两人开心地喝了半斤多散装白酒，老曾喝了两口就觉得胸闷气短，没敢陪季副场长喝到最后一杯。老季还取笑过他，说他汇报工作上气不接下气，胆小怕领导；说他办正事儿像做贼一样心虚，底气不足；说他晚上在家给媳妇交公粮太拼，身体都空壳了。他当时怎么会知道曾场长已经是病入膏肓，连曾场长自己都不知道。现在，老搭档过的是有今天没明天的日子，哪里还敢让他碰酒，给他酒喝无异于给他灌毒药。

给曾场长倒的酒，既然不能让他碰一滴，老季全给喝了，他想表达的就是实实在在的战斗情谊。他做到了，曾场长当天下午离开林场后，他躺在炕上，呼噜打得震天响，棚纸都随着晃动，有揭房盖的气势，一觉睡到第二天上午十一点。

# 五十二 久旱逢甘露

高晓莹和吕冬阳两个山里娃，一个因为美貌，小有名气，提起来大家都知道说的是谁。到县里第一中学刚一个半月，放学路上就遇到过文明的表白，拒绝了也就结束了。另一个是真正的默默无闻，这也使得吕冬阳得以静心地专注于复习。

周围同学的基础好像都不是很好，所以课堂辅导就太重要了。县第一中学的教师素质好，化学老师毕业于北京师范大学，语文老师毕业于南昌大学，曾经做过国民党随军记者，文笔可见一斑。数学、文科的地理、历史老师都是全县的佼佼者，讲课融会贯通，容易接受。

每天听课、记笔记，记不全就在课后抄记得好的同学，吕冬阳的"梅花篆字"笔顺不够规范，但书写速度够快，一年不到的时间里，记的笔记就能装满军绿色挎包。高晓莹对吕冬阳的字体先猜后问倒比较熟悉，所以她上课听得多，记得少，下了课就要来吕冬阳的笔记，抄写到手腕酸酸的，还凭着认真听课形成的记忆，提示吕冬阳记录和老师讲课有出入的地方。如此一来，这两个人不经意间，都成了班级里学习效果比较好的少数人。

冬去春来，一转眼又到了高考的时节，这次国家高考政策有所改变，取消了初试，决定命运的考试只有一次，一锤定音。

高晓莹很奇怪，拿到准考证之后，临近考试这段时间，平时学得比较明白的知识似乎又拿不准了。可能所有参加高考的人都是这样，心理高度紧张的缘故。山里孩子不懂政治，而政治是必考科目，幸亏有高晓莹家亲戚搞到了问答式的政治复习提纲。

吕冬阳每天把这份复习提纲从头至尾读上一遍，边读边默记，到最后竟然也能做到开了头就能溜到尾。只是对这些理论当中的一些概念，不求甚解，似懂非懂。唯物主义是不是讲究真凭实据，立据为证？唯心主义是不是就凭想象，信口胡言？实际真的不懂。平时还故意躲着人家高大美女，要不是高晓莹的政治复习提纲，只能眼巴巴地丢分了。

高中十年级让高晓莹和吕冬阳知识结构完整了一些，眼界开阔了一些。对他俩来说等于把全部中学课程重新学习了一遍，虽然是填鸭式的，也还是很大程度上弥补了以往学习当中的亏欠。这里的老师可不像林业子弟中学。林业子弟中学物理、化学是同一个老师任教，讲化学课时，他讲了气体无色的原理，启发同学说，要是老师在教室里释放一点有味气体，大家看不到，但可以闻到，你们说……话音未落，就被才礼接过话题：老师放屁。弄得全班前仰后合，哄堂大笑。才礼的话也是对老师循循善诱的正确理解。屁是硫化氢，是才礼记住的唯一一个化学分子式，化学老师也为自己的话被才礼钻了空子忍俊不禁，先是笑出了声，继而开怀大笑。语文课叶老师讲着讲着，自己就说不准"乌蒙磅礴走泥丸"中的磅礴是读"pangbo"还是读"bangbo"，还有一次上课大大方方地把铿锵读成了"jianjiang"。先前她可真不如李菲红，根本就没有李菲红那两把刷子。叶老师的心是热的，知青宿舍赛诗会让她对吕冬阳特别有好感，稀罕得不得了，她坚持说，龙头林场要是能有人考上大学，也就老吕家小子有戏。高晓莹曾告诉吕冬阳，听叶老师女儿说过，打那次赛诗会起，叶老师经常点灯看书到半夜，老了老了，还来劲儿了。

　　面临终极大考的高晓莹和吕冬阳，该学的都学过了，只是在答任何一科考题时，都一半明白一半靠蒙，比如做数学题，能得出结果，但计算过程却因为不够规范会被扣分数，这就是因为基础太差。

五十二　久旱逢甘露

# 五十三　枯枝发芽

　　又上考场了，好像和龙头林场没什么关系，无人提起，无人过问，连好事儿的老婆子们都没有这个话题。要说一个关心的人都没有也不对，至少高场长夫妇和吕冬阳的妈妈心里是牵挂着的。牵挂归牵挂，也怕别人提及。

　　第一科考试结束，吕冬阳又提前近二十分钟走出考场。对答案时，高晓莹知道了这件事，挺直了脖子，瓷白的小脸由白转红，又由红转紫，竟然发火了，逼问吕冬阳能不能记住，不再提前交卷。听到令她满意的回答，还用圆溜溜的杏核眼瞪了吕冬阳好一会儿，洁白整齐的牙缝中蹦出两个字"小比"。搞得吕冬阳中毒的心脏差点儿跳出薄薄的胸腔，用得着你管！这一刻，吕冬阳看到的不只是大姐范儿，更像是冷峻的高妈妈。但这次，吕冬阳领会到了高晓莹的善意。

　　总算是熬过了全部科目的考试，该做的努力都做了，一切只能听天由命了。对答案，估分数，都按着老师要求做了，结果不敢说理想，放松不下来，也高兴不起来。

　　今年的高考难度超过以往各届，估分时没听到有太多高分的考生，很多人考完试就觉得没戏。高晓莹估分不乐观，脸上始终是林黛玉式的忧郁表情，怎么都够不到三百分，吕冬阳盲目乐观，勉强给自己估到了三百分。参照以往年度的录取分数线，三百分以下，包括三百分，都是没有太大希望的。朱玉栋提都不提估分的事儿，他压根儿就没估分。

估算的分数毕竟是估算，公布的分数才是板上钉钉的录取依据，越靠近公布考试分数的日期，内心就越发焦虑，到最后，都不敢提考试分数的话题了。

真等到了考试分数公布，两人都没能达到三百分，高晓莹总分二百七十五分，吕冬阳比她多了三分，总分二百七十八分。唉，结果摆到面前，无话可说。看来大学真的是谁想考就可以来比画，因为国家放宽了招生政策，但不是谁想考上就能考上的。不在乎归不在乎，龙头林场的父老乡亲又该有话说了，到哪里肯定都会得到同情和安慰，等着回林场领受吧。吕冬阳该死心塌地上山干活了，老爸吕德臣看在高场长的面子上已经宽限了他一年，他自己又不敢保证再复习就万无一失，这可不是儿戏，实在是没有胆量向认死理儿的老爸做出保证。高晓莹要重读吧，那也要顶着巨大的心理压力，不再是应届毕业生，也不可能再回到中学课堂，重读只能是闭门自习了，而且是完完全全的自习，昔日的良师益友李菲红，已经返城回杭州了。十八个知青除了本县有两位娶了嫁了林场人家，心甘情愿要留下的，都和孙大学张大学一样返城了。

高考成绩公布了，朱玉栋文化课差得太多了，没有一丝被录取的可能。看到成绩后他对季海鹰说了斩钉截铁的话，"谁爱考谁考，打死我也不考了。"话里话外既有决心，也有抱怨，抱怨谁，季海鹰嘛。就不考了，爱咋咋地。季海鹰，我就这样了，怎么就不能当你的老爷们儿，当孩子他爸爸了吗？

让他没想到，季海鹰说了句让他感动得热泪盈眶的话：冰冻三尺非一日之寒。不走到这一步，掂量不清自己半斤八两，说不上哪一天会有念想，不死心，往后的日子也过不安生。谁能说这是小心眼？谁能不承认这是一种高境界？

朱玉栋没考上是正常的，但不可思议的事情发生了。老天爷开眼了，像电影《红灯记》中猎户李永奇唱的那样，铁树开花、枯枝发芽竟在今天！公布的高等院校文科最低录取分数线，竟然比往年大幅降低，只有二百六十分。幸福来得太突然了，龙头林场这两个人的分数爬进了最低录取分数线。

高晓莹和吕冬阳是跑到一起互相通风报信的，都忘了互相祝贺，只当进了最低录取分数线是意外收获。他说是走路地上捡来的，说这话时看她的眼神有点躲闪。她说是天上掉馅饼砸在头上的，掩饰不住兴奋，瓷白的脸庞像是刷上了粉红色的油彩。热烈了好半天，又突然觉得没了要说的话。

朱丽萍边上班边复习基本就是边上班边休息，自然未能如愿。

吕冬阳数学得了三十七分，这竟然是全县文科数学最高分。之前估分时，以为能在六十分以上的，还是基础差的缘故，答题不规范，扣分太多了。不管怎样，吕冬阳证明了自己，证明后来的后来，在县里最大的农贸市场卖白条鸡的同桌女同学，每次数学考试都是抄袭他的，而不是老师想的那样，误认为吕冬阳抄袭，老师每次都给女同学比吕冬阳高的分数。女同学很够意思，有一次看见吕冬阳逛农贸市场，半送半卖硬塞给他一大只白条鸡。人家不想收钱的，看吕冬阳太固执，就象征性地收了半价。搞得吕冬阳再逛农贸市场就围着她在的摊点，绕一个很大的半径。

吕冬阳数学没得到六十分，高晓莹又是替他惋惜又是暗自窃喜。他们两个总分数差了三分，要是吕冬阳数学真得了六十分，那总分就差出好几个录取分数段了。小样儿，高晓莹想，真考那么多分，人不就跑没影了嘛。高晓莹本来对自己的分数也不是很满意，觉得还有机会考得更多。但看到吕冬阳的分数后，心里无比愉快，终究是考上了，又是几乎相同的分数，这不就是自己最美好的构想嘛，天意吧？天助我也。

　　龙头林场轰动了。

　　"早就看这两个孩子有出息。"

　　"高场长女儿打小看就一脸福相，凤凰命，不同凡人。"

　　"吕家那小子一扁担闷不出个屁，缠着破布裤腰带，谁能想到这小兔崽子肚子里还真有玩意儿。"

　　"张大学两口子回城前就说过，咱们山沟里肯定能出大学生。"

　　"我早就说过吧，老吕家小子肯定能考上。服不服？准不准？"这是林业子弟中学教导处叶主任颇为自负的炫耀，伯乐发现千里马的骄傲姿态。叶老师虽说是教导处主任，也亲自讲课，据说是下了一番功夫，越来越有威信。

　　"妈了巴子，鸡窝里飞出了金凤凰，还是一公一母。"这是季炮手的感慨。

# 五十四　高场长述怀

　　留在县城的日子不多了，十年级复读班同学们三三两两做着告别的举动，考上录取分数线的接受着由衷的祝贺，没考出理想成绩的在得到热心的鼓励。有像朱玉栋那样打死也不再参加高考的，更多的是要从头再来，争取明年考上的。对于要明年卷土重来的同学来说，时间好像很宽裕，时间又好像很紧张。考上和没考上的，两种截然不同的心境，说话也都小心谨慎的。只是在饭店酒桌上，喝急了，喝多了，才露出说话不管不顾的豪放，同学毕竟是同学。

　　高晓莹和另外几个女同学把县城的大小商店逛了个遍，电影也重复着看，整天彩旗飘飘神气十足，欢声笑语此起彼伏。

　　吕冬阳这几天好饭没少吃，好酒没少喝，好饭好酒不是品质多高，主要在于心情。酥白肉真香，连吃几顿就腻住了，还是熘肉段更好些，瘦肉做的，还是酸甜口。白酒太辣，几口下肚就有些飘飘然，还是被龙头林场老工人叫作"马尿"的啤酒好，味道还能接受，喝多了一样头晕，但喝多了不会往地上倒。心情好，酒量大，吕冬阳几天的时间，喝酒超过了从小到现在喝过的总量，还在酒桌上接过了同学递过来的香烟。

一天连着一天的酒局是被高晓莹给中断的，她告诉吕冬阳，她爸爸来县林业局办事，让她转告吕冬阳晚上一起吃饭。吕冬阳十分犹豫，"找我一个学生不会有什么重要的事，不去行不行？"

"高场长找你有啥事儿也没跟我说，我就是通知一声，去不去你自己定。"高晓莹抚了抚衣角，就是那件春夏秋冬都能穿的胭脂红色黄灰暗格衣服，这颜色的衣服她肯定有不止一件，有薄的有厚的，吕冬阳暗自猜测过。

"说吧，和同学吃饭还是和高场长吃饭？"这话听起来好像高场长不是她爸爸，她只是在面带微笑例行公事。

"那我去吧，你爸又不常来，再说是第一次找我，怪吓人的。"吕冬阳很无奈，和不熟悉的人一起吃饭，哪里能吃得好，多紧张啊，当初和张爸张妈吃饭，就好不容易坚持了一个半小时，吃完那顿饭胡凤娇也告诉过他，原来吃饭比干点活都累。

一下午，吕冬阳都感觉到喘不过气来，时间从高晓莹通知他那一刻开始倒计时，也忘了连日同学聚会的疲惫。他算计着提前出发，提前半小时来到县林业局招待所。到了招待所他并没有进去，而是在大门外街道上溜达了一会儿，估摸时间差不多快到五点半了，转回来进了招待所大院。

❧

招待所大院和龙头林场场部和仓库之间的广场差不多一样大，能稍微小一点点，大门对着县城的一条主要街道。进院后，正南面一排高高大大的房子，东西两侧各有一排稍低些的房子，与中间的大长排连通着。院子西侧房前竖立着两个高高的木杆，落日余晖中木杆的长影向东斜躺在院子里，这木杆是升旗用的吗？吕冬阳还没来得及搞明白，就看见了等在南侧房子门前的高晓莹，穿着鸭蛋青色短袖的确良上衣，平时穿得多的蓝裤子，换成了一条米黄色带不规则白格的斜裙，脚下是一双白色帆布鞋。快到近前，吕冬阳看到了她反射着光线的秀发，泛着晚秋落叶松针般的光泽。侧身的工夫，吕冬阳忽然发现了令他微微心动的变化，高晓莹长大了，略显前凸后翘，恰到好处，身材依然轻盈，只是窈窕之外又多了婀娜。吕冬阳脸上忽然发热，感觉到了自己咚咚的心跳，竟有些忸怩。过往人的目光都不自觉地在高晓莹脸上停留一两秒钟，再对她上下打量一番。

高晓莹摆了摆手，引导吕冬阳进了正门后左拐，两侧房间上都有号码，左侧从 101 到 107，右侧则是 102 到 108，到头左拐进入正房东侧的房子，竟是摆放了十几张大小桌子的招待所食堂。可以坐十人以上的大桌子居多，有六张可以坐四人的小桌子，靠东侧一条线排列。

高场长和高妈妈坐在第二张桌子旁。桌子上已经摆好了四道菜和一盘雪白的馒头，两大碗黄澄澄的啤酒。高场长站起来："两位大学生，快坐下吃饭。"

高晓莹指了指高场长对面的凳子，示意吕冬阳坐下，吕冬阳一边对着高场长微笑，一边缓缓坐下，却也险些坐偏。高晓莹坐在两人中间，高场长的右侧，吕冬阳的左侧，高妈妈对面。

"小吕，分数下来了，高兴吧？"他以前对吕冬阳的称呼都是老吕家小子。"我替你们高兴，你们给龙头林场露了脸，我到林业局都觉得有面子。"

"谢谢高叔叔。"吕冬阳努力挺直身子，两只手一左一右摸着板凳边，真有点手足无措，努力在喧嚣的大饭厅里辨识高场长的话音，不知道该说什么。

"我到县林业局来办点事儿，你婶在家没什么事儿，就跟我一起来了。正好招待所今天要放新电影，你们一会儿吃完饭，就到外面院子里看。我房间有板凳，你们去拿就行。"

　　吕冬阳忽然明白了院子里的两根木杆是干吗用的了。可还有一个问题，高晓莹事先知道要看电影吧？

　　"来，小吕，今天咱两个男人就一人一碗酒，过一会儿我还要和你高婶一起，去见见几个林场老知青，范学俭他们几个人约好了饭店，咱俩就不多喝了。祝贺你，也祝贺我大闺女高晓莹金榜题名，咱俩干一碗，来，干杯！"高场长左手向后捋了捋头发，右手端起酒碗，一饮而尽。吕冬阳来不及说客套话，赶忙端起碗，双手捧着，咕咚咚喝了下去。别说，一碗酒下肚后，不再紧张不安，不再慌乱拘谨，不再恍惚迷离，浑身松弛了下来，注意力集中了，表达流畅自然起来，没有了一点"老蔫"的样子，吕冬阳注意到了高晓莹脸上的惊奇。

　　高场长提到的范学俭，引起了吕冬阳的好奇与关心："高叔，我想问问范学俭的情况。他现在干吗呢？"

　　"回城后，在县糠醛厂上班，都当上车间主任了。"

　　"糠醛厂是生产啥的？听着怎么像加工饲料的？"高晓莹插了一句。

　　"光知道是用玉米芯作原料，加工什么化学添加剂，据说是做药用的，说多了我也不懂。"

　　"当年他在林场不是受过处分吗？没影响到他现在的工作吧？"高晓莹此刻的好奇心比吕冬阳还强。

　　"你俩都长大了，马上就都是大学生了，可以告诉你们实情。林场没有人事权，劳资关系都在县林业局，咱又不是劳改队，知青本质是好的，人家不是劳改犯，当年的处分也就是个口头说法，没留任何不良记录。"

"闹半天是虚张声势，吓唬人的，亏你们想得出来。"高晓莹可以这样嬉笑着对自己爸爸说话，高场长吃这一套，还挺享受，吕冬阳可不敢造次。

"也不全是这样，真要顽固不化，屡教不改，那就报给县林业局。还有法律，还有专政机关呢。吃饭，吃饭，小吕，等看完电影，你要把晓莹安全送回她叔叔家，好吗？"

"好的，高叔高婶放心吧，一定安全送到。"他哪里知道林业局小车司机的事情，当然也不知道高妈妈已经不再看好副县长的儿子。她和高爸爸不想让高晓莹在林业局招待所看这场电影，却拗不过高晓莹。高晓莹打的算盘是借爸爸的威严，在爸爸妈妈不知情的情况下，让吕冬阳陪着她一起看电影，关键是电影内容好啊。好在吕冬阳原本对仙女般的高晓莹敬而远之，没有非分之想。平时独处时莫名心慌，今天注意力不在她身上，加上又喝下了一大碗啤酒，酒壮怂人胆，所以没在两位家长面前过分拘谨。

"对了，那年春节，你家柴火垛着火是你干的好事儿吧？"高场长问得突然，有什么潜台词吗？吕冬阳紧张了起来。

"爸爸，你别翻陈年老账好吗？"一直沉默的高晓莹插话，是护着吕冬阳的意思。

"我没有别的意思，放心吧。那一把火烧旺了老吕家的运气，坏事变好事，哈哈哈。"

笑声引得旁边几桌客人侧目，有认识的还打着招呼。

"对了，给你们说个好事儿，咱们龙头林场又要盖房子了，这要感谢孙大学和张大学，他俩走了，知青也走得差不多了。"说到这里，高场长有点鼻子发酸，"他们到林场来，最大的收获是学到了艰苦奋斗的光荣传统，留下来的都是精神财富。就说孙大学和张大学，他俩让咱们知道了，原来当烧柴的一些硬杂木也是经济树种，按他们的指点，变废为宝，咱场子增加了收入。咱龙头林场的苗圃还给另外七个林场供应苗木，给局里做了特别的贡献。林业局批准咱龙头林场率先盖新房子。"

"还是土坯房吗？那就没啥大意思了。"高晓莹也问出了吕冬阳想问的问题。

"红砖瓦房啊，傻丫头。"高场长声音不高，但句句真切，"场部要盖新的，老工人家的房子都要优先换建成新的。小吕，你家房后两米再盖新房子，想想挺有意思的，这前前后后一挪动，变化大了去了。林场子弟结婚成家得单独分房，不再和父母住在一起，等你们同学才礼、孙宝珠，还有季海风、娄美玲结婚时，林场都会分配新房子的。王校长他们那个小学校也盖新的，盖大的，教室后面再开出一块新操场。林场再建一个大俱乐部，咱叫工人文化活动中心，将来你们上了大学，放假了带同学到林场，一点也不会觉得丢人。"

"猴年马月能盖完哪？"还是高晓莹的问题。

"不等你们大学毕业，就都完成了。我们计划两年之内，全部用上新房。"

吕冬阳和高晓莹对视一眼，都开心地笑了起来，吕冬阳打心眼里佩服起这个做事军人风格的高叔叔。

说来也真好笑，老吕家房子后面，跑远了的两棵大松树又要跑回来了。更准确地说，跑远了的房子又要跑回大松树身边了，万物皆有灵，这事儿让大松树怎么想？还有房前那几棵大榆树呢。跑来跑去，林场人的生活倒是越跑越好了。

"小吕，你们上大学走后，你高婶，还有你妈妈也要上班啦。"

"妈，你要上什么班？我怎么不知道？"高晓莹一脸疑惑。

"听你爸把话说完。"高妈妈一直没怎么吱声，若有所思的样子，左手搭在右手腕的玉镯上，脸上一直挂着笑容。

"林场利用椴木资源，给县冰棍厂加工冰棍杆，原来在家专职做家务的婶子大娘们，就都要到场子的冰棍杆加工车间上班了。就是用木匠刨子差不多的工具，推一下出来三四根，简单易操作，利润还挺高的。"

"我妈也不会做冰棍杆呀。"吕冬阳有点替自己妈妈着急，这可是个难得的好机会。

"你高婶也不会。这不要紧，很好学，我在县冰棍厂看过也试过，再说他们派人来做培训，当技术指导。"

"嗯，嗯。"高晓莹和吕冬阳同时点头。

"晓莹，还有一件事，咱们推到你们寒假时办。"

"啥事儿还要等到那个时候？这不是爸爸一贯的做事风格呀。"

"我说的是到你妈妈老家看姥姥姥爷的事情。你们分数下来得晚，等录取通知发下来，再去金州亮甲店时间来不及，肯定会要求你们早些到大学报到。没接到通知又不能走开，我和你妈妈算计来算计去都不行。"

"我妈也要上班，这事可不能赖我。"

"谁也赖不着，就等你放寒假咱再去吧，辽宁的冬天比咱们这里暖和多了，入冬了海鲜也肥。今天你当着同学的面答应了就行。"

高妈妈舒展开刚刚皱起的眉头，把话接了过去。说到老家的事，不由自主地摸了摸光润的岫玉手镯，好像手镯代表了家乡的亲人。就在刚才高场长讲话的当口，她心中倏忽生出一个想法，女儿要离开家了，这一离开，可能就不会再有一起生活的机会了，大学四年之后就是就业，不可能回林场，甚至回县城的可能性都很小。女儿的恋爱、婚姻恐怕自己也无法左右了，这种撒手的失落感，令她心里酸酸的。手镯迟早要传给女儿，等她将来出嫁那天吧。她抬手拉起高晓莹的手，把自己和女儿的胳膊比较了一下，又琢磨着女儿上大学离开家时，就把手镯给她。高晓莹疑惑地看了妈妈一眼，不知她葫芦里卖的什么药。她看到了女儿高晓莹对吕冬阳的亲昵劲儿，却压根儿没想他俩会怎样。打定主意要找机会和女儿好好唠唠嗑，女儿说大不大，说小也不小了，要叮嘱她多看外面，外面会有意想不到的好。把眼光盯在林场野小子身上，还是那句老话，这事儿打死也不行。

"一言为定。"高晓莹哪里会知道妈妈此刻的想法，扬起头，调皮地对吕冬阳眨了眨杏核眼，"那就请老同学给作证"。

吕冬阳仿佛被电流击到，心跳得咚咚响，忙不迭地点了点头。

这顿饭吃得值，知道了这么多好消息，他暗自衡量，今晚见高场长比和同学们喝大酒强多了。

晚上的电影是《阿诗玛》，好片子，少数民族爱情故事。大理三月好风光，蝴蝶泉边好梳妆，大理风光真美，蝴蝶泉真神奇，阿诗玛真漂亮，爱情真甜蜜。散场送高晓莹回她借住的表叔家的路上，高晓莹问吕冬阳："电影好看吗？"

月朗星稀，路灯昏黄，丝丝缕缕的微风轻拂在脸上，夜里十点的街道，行人寥寥。这是县城的主要大街，竟也是沙土路面。正看着街边杨树摇摆的树叶，吕冬阳转回神来。高考过去了，心情如微风般轻松，轻松得精力不够集中，漫无目的。

"好看，你事先知道晚上看电影吧？"

"哪里好看？"高晓莹故意回避了知道晚上看电影的事，她有心理准备，吕冬阳再追究，就说是为了让他避一避没完没了地喝大酒的饭局。

　　"大理呗，山美水美。"

　　"人不美吗？"

　　"啊，也挺美。"

　　街道很短，高晓莹似乎有好多话要讲；街道很长，酒劲过了，吕冬阳回答高晓莹的问题有点随口应付的感觉。

　　"有句话说的是，痛苦的东西两人分担，痛苦就减轻了一半；幸福的东西两人分享，幸福就增加了一倍。是不是有道理？"

　　"说得真有道理。"

　　高晓莹欲言又止，微风中，模糊的路灯下，她感到了自己脸上的热度。

# 五十五  感恩的心

　　等录取通知的这段时间，高晓莹几乎天天到挠力河边木刻楞桥下，坐在大石头上洗衣服、刷鞋子，全家人的脏衣服、脏鞋子都让她划拉来了。老爸的军绿色帆布胶底解放鞋，鞋里脚趾处能抠出泥来，也不在乎臭不臭了。要知道，平时高晓莹自己穿过的鞋，都是高妈妈给刷的，高妈妈是何等人，外人看，那可是娘娘般高贵。胡妈妈最先发现了这一反常现象，不过这次她传出去的话却是，"你看人家大学生，还是女孩子，都自己刷鞋了。比张大学都强，张大学家的鞋都是孙大学刷的。"一贯碎碎念的老婆子们这次众口一词，大学生就是不一样，太了不起了。她们不知道的是，高晓莹一不留神，把爸爸的军绿色解放胶鞋弄丢了一只，抬头看时，那鞋已经被河水冲到木刻楞桥下游，在十几米远的深水旋涡处时沉时浮，时隐时现。没办法，只好主动丢掉剩下的一只，高晓莹搓出一大把肥皂泡，放进鞋里，再把鞋子放在水面上。去吧，找你的搭档去吧，鱼找鱼，虾找虾，臭鞋子找臭鞋子。河水泛着波纹打着旋涡轻抚她白皙的小腿，鞋子像一艘小船，在水面上摇摇摆摆，浸水后浮浮沉沉，循着另一只鞋子漂过的路线，重新划开水迹。看着鞋子漂荡着慢慢远去。高晓莹转过头，眼睛瞄着不远处。

不远处，吕冬阳坐在河边柳树旁，一长一短两支鱼竿，轮流挥动，悠然自得，好像是钓到十几条了吧。他看见了高晓莹，但没多留意，只想着她是和自己一样，悠闲地打发时光，耐心等待录取通知。他心里也不平静，让他心潮澎湃的是这些天包围着他的赞赏的目光，就是此刻，他似乎都感觉得到身后的柳树丛里，从柳树枝叶缝隙中透过来的一束束羡慕的眼光，河对岸也是这样，美死个人了。臭美的感觉太好了，今生今世会有多少像这样让人臭美的机会呢？吕冬阳想不出来。

天还是那片天，山还是那片山，可龙头林场已不再是原来那个荒蛮偏僻的山沟沟，挠力河已不再是肆虐原野的龙身龙尾。高晓莹和吕冬阳这两颗夜空中的小星星，由于反射银河系中多颗恒星的光照，自身也有了一点灿烂的光芒。什么时候流淌的小河能带来更多的文化气息？挠力河能变成滋润人心、源远流长的知识长河？龙头林场人开始有了期盼。这真是个变化发展的世界，三十年河东，三十年河西。

能考上大学，离不开个人自身的努力，这是内因，是种子。但帮助她和他发展进步的阳光雨露，也就是外因，是什么呢？吕冬阳兴奋之余还真的想到了这些。内因、外因这些概念，还是复习政治科目时学来的，属于真正弄懂到七八分的为数不多的几个概念。恢复高考前，来了张大学和孙大学，知识青年上山到林场，这几样缺一不可。张爸爸、高压线架线工、县里恢复十年制，叶老师的认可也都起到了推波助澜的作用，高晓莹的执着也是对吕冬阳有影响的。这前前后后、里里外外的不期而遇，哪一个不是动因，哪一个不是助力？这个世界很美好，这个时代很美好，不努力把握机会，这些美好就都不属于你。命运不是一成不变的，努力是可以改变的，继续努力是不是会更好一点？今天，五湖四海的青年走进大学校园。可以预见的将来，成批次的大学生从校园涌向四面八方，成为有文化的建设者，社会文明程度会得到持续不断的提高。国家政策越来越好，年轻人会得到更多更好的机会，一言以蔽之，我们的生活充满阳光。此刻，心中充满了阳光的吕冬阳一转念，想到了邻居，可惜胡凤娇不用功学习，否则像胡爸爸胡妈妈想的那样也挺好的。唉，想多了。

季海风带头请客，让季妈妈精心准备，还有季爸爸新打的野味儿。娄美玲自然是要到场的，有了一丁点儿女主人的味道。季海风送给吕冬阳一张处理好了的狍子皮，说是让他带到大学去，铺到床底下。听知青顾大哥说，城里面不住炕，都住床，铺到床底下，夏凉冬暖。你说也奇怪，住床能踏实吗？能睡好觉吗？没一点热乎气。高晓莹问，为啥不给我一张？季海风不假思索，我爸给你家送过好几张，你家一人一张肯定够了。

接着是朱丽萍家请客，朱玉栋不好意思露面，躲到老丈人季炮手家去了，留下话说是到老丈人家帮忙干点活，季海风知道这不是真的，大家也能理解朱玉栋的心情，世上的路有千万条，也不必非要去挤高考这条独木桥，是他自己想多了。

世间自有公道，付出终有回报。朱玉栋和季海鹰是有美好未来的，后来的后来，赶上新的经济形势，朱玉栋到县城开了一家工艺美术部，让季海鹰当上了领导——海鹰玉栋工艺美术部的老板娘，店名听着像山口百惠、横路敬二一类的日本名，实际是两个人名字的组合。

这次请客叫来了才礼，他感慨良多，喝多了，哭了，吕冬阳，我对不起你，我学习不好，蹲了四年级，这辈子也上不了大学，我们，我们还能做朋友吗？啊啊啊呜呜——和爸爸老才如出一辙的酒糟大鼻子哭得直哼唧。别闹人，你这家伙，真心倒是真心，怎么又来这一套？

反复的宴请，循环的宴请。

高晓莹和吕冬阳都是同时被邀请，好像每次高晓莹都会单独敬吕冬阳一杯酒，说的是同一句话，"今后多向你学习"。假惺惺的，吕冬阳总是这样想。吕冬阳每次感谢的，都是高晓莹的自学丛书和政治复习资料。他最想感谢的其实还有一件大事，就是她说服吕冬阳爸爸妈妈同意他去读十年级复读班，但每次都要说又没说出来。只有一次吕冬阳说漏了一个秘密，就因为高晓莹叮嘱他不要急着交卷，要认真审核答案，他答完题检查答案时，把历史题中，李自成进北京的时间给提早了一年。考地理，检查答案时，又把中国西南地区最大的钢铁工业基地，由正确的重庆改成了错误的成都。唉，真该说是诲人不倦，用鲁迅先生在顾尧池能背诵下来的《一件小事》当中的话讲，这真可憎恶！

高晓莹一脸俏皮的坏笑，说吧说吧，不是老天有眼吧？转过身还有一句，自己是小比，怪不着别人的。又来了，到底啥意思嘛？这次总算是解密了，高晓莹说的"小比"真不是什么好话，意思竟然是：比——猪——笨！

与此同时，吕冬阳也搞明白了为什么会在梦里梦到铺天盖地的航空器。都是因为看电影，林场军训时去凑热闹，学校军训时又听教官讲，加上自己看季海风姐夫朱玉栋送给季海风的抗美援朝小说《激战无名川》，里面描述的美军轰炸机群铺天盖地，遮住了太阳，投下来的炸弹密集得像雨点，我方几乎没有空战力量，地面对空火力也相当薄弱，尤其是在抗美援朝战争初期，很多坚硬的山头阵地都被轰炸成了松土。当地的朝鲜老乡就总结出了一句话"天不怕，地不怕，就怕飞机拉粑粑"。吕冬阳和季海风对这句话记忆可深刻了。成群结队的美军攻击机超低空飞行，追着地面的车辆和人群疯狂扫射，极具杀伤力，这些都使他在脑海中频繁勾勒出空中战阵。林场各家窗玻璃都按统一要求，用牛皮纸条糊出了米字形，说是防止敌机空袭时，炸弹爆炸的气浪炸裂玻璃，碎片伤人。别说，梦里见到的我方空中力量还真是阵容庞大、气度非凡。虽说是愿望，虽说是在梦中，也算是见过大世面。终究是男孩子，热衷于战争场面，看电影就偏爱有坦克、飞机、军舰的片子，每次都看得热血沸腾。

这对鸡窝里飞出的彩鸟，说不上是金凤凰，没能考进心仪的以省城命名的综合型大学，之前商量来商量去，不知道谁抄了谁的高考志愿，两个人收到了一样的录取通知书，考进了省城林学院。这或多或少也是受张大学和孙大学的影响。

# 五十六　师哥师姐的来信

　　高晓莹开始读张大学和孙大学送给吕冬阳的林业百科了。吕冬阳建议她先拿几本，她却只拿一本，还扔下一句蛮横话："剩下的不给看了吗？"又是大姐范儿不是？与考试无关的书，高晓莹读得轻快，几乎每隔一两天就找吕冬阳换一本，还回来的书都用画报纸精心包上了书皮。开头几天，吕冬阳觉得她太折腾，几天后就有点盼着她来折腾了。她把吕冬阳故意留在外面，让她看到的《鲁滨逊漂流记》也看完了。吕冬阳这样做是出于对得到帮助的回报。她告诉吕冬阳，鲁滨逊流落荒岛二十八年，靠的是乐观向上、百折不屈的精神和勇敢智慧的行动，这本书让人懂得一个道理，就是要对生活充满希望，不要沉浸在自己设计的悲观中，要一心一意地安排自己的生活。

　　吕冬阳的书可以大大方方摆到明面地方了，吕德臣开始帮着儿子归拢乱放的书，再不会有"焚书坑儿"的事情发生了。左邻右舍，前屋后院，小河东西见到吕德臣的人都赞叹不已，吕德臣嘴上客气，心里那个美呀，走路都有脚踩棉花，腾云驾雾的感觉。天上真的掉下馅饼了，不偏不倚砸在他家饭桌上。没人看见的时候，不喝酒都把小曲哼两声，京剧混杂着其他，喝酒之后声调就放开不收拢了。他平时不怎么喜欢猫，这些日子却总爱抱抱胖猫葡萄，大手温柔抚弄猫头，满脸组合着慈爱。葡萄受宠若惊，难以适应，前后爪暗暗发力，一刻不停地寻找时机，拼力挣脱。

❧

　　胡扁头兄妹给高晓莹和吕冬阳分别送了一个箱子，说是到大学装衣服，装杂品用。外形像旅行包，是特意用松木薄板做的，带着轻快些。油漆涂得锃亮，是透明清漆稍微对了点雅黄色，松木纹理隐约可见。打开箱盖，闻到一股沁人心脾的松木清香。胡凤娇告诉高晓莹，给她的箱子是老爸亲手做的，放衣服一点没有异味，还防腐防虫。高晓莹愉快地收下。胡扁头告诉吕冬阳，箱子一大半是他的功劳，老爸动口多动手少，所以要感谢就多感谢他。胡凤娇把两根大辫子的辫梢捻在一起，一对大眼睛盯视吕冬阳，眨了眨，话说得慢条斯理，肯定事前想过："带着这个箱子出远门，天天用得到，总能想起我爸和我哥。""要是这样我就不要了，又不是你亲手做的。"吕冬阳边说边做了个鬼脸。

　　朱丽萍受到高晓莹的鼓励，吕冬阳也是活生生的榜样，她挤时间看书了，要去了高晓莹不再用的全部书本和复习资料，她想脱离胡家兄妹、娄美玲、孙宝珠的安稳、安逸、心安理得过日子的行列，向高晓莹和吕冬阳这边靠拢。有志者事竟成，后来的她考上了一所卫生学校，中专，毕业也是干部。和老爸朱大夫相比，牙齿含金量可能比不过，但医术青出于蓝而胜于蓝是肯定的。

❧

　　像那次通报高考分数一样，高晓莹又一次和吕冬阳为了同样一件事情跑到一起，只是吕冬阳刚要出门，就被高晓莹堵在了家里。

她给他看李菲红的来信，他要给她看杜小诗仙的来信。

李菲红的信中说，她把自己姐姐介绍给顾尧池，两人一见倾心，本来想按双方家长的意见早点结婚，可最近又有了变化。看到变化二字，吕冬阳像高晓莹开始看信时一样，心里一惊，顾尧池和李菲红姐姐两人之间的恋爱关系出了闪失，像范学俭的二胡断弦了？

再看下去，由惊转喜，原来顾尧池、李菲红和李菲红的姐姐李芳红，三个人都参加了高考，都考出了理想的成绩，都超出了录取分数线。李菲红人小鬼大，当老师的经历让她的知识比起其他人更加系统、全面，分数最高。看到这里，吕冬阳长舒了一口气，心情悠然放松，抬头向高晓莹调侃了一句，李芳红的名字是不是特别好听，姐妹两个占尽芳菲，真有诗意。

恢复高考时，已经有了回城的说法，一旦在东北报考，十有八九要在东北的高校上大学，毕业分配也只能留在东北，但知青内心有着强烈的家乡情结，好在最初几年基本没有年龄限制，所以今天在家乡上大学可以算得上是诸事圆满了。这也是和晓莹妹妹的缘分比较深，要多一点辅助妹妹，也不知是不是真的有用？吕冬阳恍然明白，情不自禁读出了声，偷看看高晓莹，看到她眼里竟然噙着泪珠，忽闪忽闪。

顾尧池被位于杭州的老牌院校中国美术学院录取，他有基础，还有生活阅历，又是兴趣所在。李芳红考进了浙江中医药大学，进的是营养学专业，也是自己心仪的研究方向，喜欢美食的人，将来定能造福社会。而高晓莹最关心的李菲红，再一次选择离开父母和姐姐，考进的是上海的华东师范大学，汉语言文学专业。李菲红信里故意露出了一条线索，到上海读大学还会有熟悉的人做伴。

高晓莹问吕冬阳，会不会是父母陪读？可即便是家里条件好，学校能方便吗？吕冬阳笑而不答，他把杜小诗仙的信拆开，递给高晓莹。此时他才弄明白，杜小诗仙是大大的狡猾。杜小诗仙写给吕冬阳的信多处穿插了诗句，看来写信的时候心情舒畅，还没忘了以诗会友。他在信中询问了吕冬阳高考结果，有意引用了当年赛诗获胜的陶渊明诗句，"问君何能尔，心远地自偏"，看得出有让他一颗红心，两手准备的意思，防着万一了。可山里就是山里，天然有静而无喧，是提示友情，是提醒他要心怀远大志向，排除干扰，专注理想吧？吕冬阳的理解得到高晓莹的赞同。信中告诉吕冬阳一个好消息，他马上要到上海去读大学了，本来想报考杭州当地的院校，可决定权被别人剥夺了，没办法不听人家的，只好到华东师范大学了，学的是自己打小就喜欢的古汉语言文学专业。看到这里，高晓莹顿悟，忍不住笑出了声，露出一口难得一见的小白牙，嘴里说，这怎么像是在破案，两条线索连到一起，就真相大白了。真是很想念菲红姐姐，她在信里也说到了想念的，"心似双丝网，中有千千结"嘛。瞧瞧，李菲红也喜欢古诗词了，高晓莹首先发现了这个情况。吕冬阳咧咧嘴，笑着点头认可。杜小诗仙的信里当然不会缺少这方面的内容，相同的内容还有祝学习不断进步，希望早日听到好消息。啥好消息？不说出来也心知肚明。还有欢迎到上海来玩，只是吕冬阳没接高晓莹这个话茬。

嗯？杜小诗仙是和李菲红读的同一个专业吧？怎么多出了个"古"字？

真笨！李菲红的专业要是加上"现代"两个字作修饰、作限制你就一目了然了。吕冬阳有点洋洋自得，借此机会讥讽了高晓莹一句。

真替这几个哥哥姐姐高兴，他们都是上天派来的贵人，让龙头林场天更蓝，山更绿，水更清，生活更美好。

"咱俩抓紧回信吧，争取明天都寄出去。"高晓莹把杜小诗仙的信装回信封，还给吕冬阳，这回不是大姐范儿，完全是商量的口吻。

"嗯，我回家就写，下午就能写完。"

"也别那么着急，反正要等到明天才能寄出去。对了，你写的信里肯定会说到我吧？"

"啊——"

"你的杜老师会把我的信拿给我的李老师看吧？"

"啊——"

"啊什么啊，小比。"

"啊！"她可真不吃亏，这么快就找回来了。

# 五十七 "吕大学"和"高大学"

高场长的话第一次失去了权威性，没了气出丹田的气势，也没了大嗓门，林场老工人都站到了老季一边。高场长反对无效，季副场长当仁不让，口口声声"妈了巴子，这不是老高、老吕家的私事儿，这回我说了算"，安排小学校长王万岭牵头，为高晓莹和吕冬阳筹划庆祝仪式。地点就在林场放电影的大礼堂，工人、家属，尤其小学生都要参加。

大礼堂地面上，摆上了一排排无皮干圆木，这是木刻楞房子拆出来的，此时派上了新用场，当大礼堂前排板凳用。在看电影挂银幕的位置靠前一点，并排挂了两个灯头，双双拧上了两百瓦灯泡，原本昏暗的空间，此刻变得通亮。林场人第一次知道，一百瓦竟不是最亮的灯泡。

礼堂前头贴上了朱玉栋在菱形彩纸块上书写的横幅：龙头林场首批大学生欢送仪式。横幅两边挂着长长的条幅，条幅上指名道姓，据说是叶老师的杰作：

完达山跳起舞为高晓莹骄傲！

这个安排让高晓莹和吕冬阳惶惶然，听说要在仪式上发言，二人你推我，我推你，结果季副场长一句："妈了巴子，两人都必须讲话。"

如同节日，比节日还热闹。先是小河两岸热闹，随后，这热闹就挤进了灯火通明的大礼堂。

那天，高妈妈、吕妈妈都参加了，躲在人群里，身边簇拥着胡妈妈、朱妈妈、娄妈妈、孙妈妈、老才婆子和老臧婆子。高场长想不参加，老季不允，请他和吕德臣坐在台下第一排。征询意见，要给家长戴红花，高场长和吕德臣头摇得拨浪鼓一般。几个老同志挤坐在靠后的位置，孙大扒没卷烟，胡撇油二皮脸笑得怪怪的，娄一刀换了身干净衣服，身上洋溢出樟脑味，老才第一次没背卡其色电工工具包，看得出重视，一心一意，久不露面的老臧头也在座，只点头不说话，眼珠滴溜溜转，把棚上和台前的电线电灯扫视了一遍。

仪式开始前，在众人注目下，几十名小学生列队入场，整整齐齐坐在前几排圆木座位上。孩子们从未经历过这种阵仗，一双双小眼珠充满好奇，前后左右逡巡着，最后集中聚焦在大礼堂前两盏二百瓦灯光下。都记得老师的话，小嘴闭得严实，不吵不闹。

仪式由季副场长主持，他穿上了季海风那件深灰色涤卡中山装，故意挺直腰板，更显出了外星人般的身材，从没见他这么端庄过。乍一亮相，引来了老婆子们一片哄笑，老季打扮得人模狗样，真着笑，哈哈哈，哈哈哈，哈哈哈……

季副场长充耳不闻，旁若无人，故意咳嗽了两声，为自己打好了场子。可爱的大老粗，话讲得热情洋溢，出人意料的是，没说一个"妈了巴子"。

会场上掌声一阵紧似一阵，老工人的掌声雄浑，年轻人的掌声激越，小学生的掌声清脆。所有的掌声混合在一起，灌满了大礼堂，不留一丝缝隙。

高晓莹和吕冬阳胸前佩戴大红花，被季海风、胡学兵、才礼、朱丽萍、胡凤娇、孙宝珠和娄美玲一帮同学嬉闹着推到前面，两只两百瓦灯光下，眼神迷离，手足无处安放，羞答答跟新郎新娘似的，一会儿怕站得太近挪开一点，一会儿又怕站得太远靠近一些。

在吕冬阳讲话的几分钟，高晓莹大脑开了小差，一瞬间把此情此景想成了那个幸福的殿堂，心中不免有些慌乱，额头浸出细密汗珠，灯光下反射着星星点点的光芒。

吕冬阳脑海中浮现出孙大学和张大学，一转念孙大学和张大学变成了自己和高晓莹，顿时感觉心跳加速，不敢再偷瞄身旁。壮着胆子抬头看了一眼，人群中看到了一双格外明亮的眼睛，那是大辫子胡凤娇，狂跳的心不由得又咯噔一下。幸好他和高晓莹两人事先都有准备，背下了讲话稿，虽然都有几处不正常的结结巴巴，总算是顺利完成了发言。

谢天谢地谢老把头！两个人好不容易熬过了前后不到半个小时的仪式。

仪式很简短，却前所未有，轰轰烈烈，触及心灵，影响深远。

傍晚，吕冬阳独自来到挠力河畔，为避开可能遇到什么人，他悄悄走到大桥上游几百米的岸边，这是他经常钓鱼的窝子。坐下来，眺望远山，又凝视河面，由远及近，一静一动，静如亘古，盘龙卧虎；动若浮云，天上状如奔马、羊群的云朵都映衬在河水中，被浪花和旋涡改变了形态。思绪如流水，源源不断又波澜起伏。终究是舍不得，舍不得离开这翻腾不息、活力迸溅的挠力河。他的目光被流水中一串旋涡牵引，来到了木刻楞大桥边，那里出现了一个似曾相识的身影，身材高挑，婀娜多姿，秀发飘逸，头慢慢由大桥下游转到上游，这使得吕冬阳耳畔的哗哗水声突然消失。

之后好长时间，依旧是林场老婆子们放不下的话题。龙头林场大人教育孩子的榜样，从此就是"吕大学"和"高大学"这一对儿。

高妈妈摇身一变，由无原则宠惯孩子的家长，变成了教育和培养子女的典范，她不再是刀子嘴豆腐心，话又像从前一样多了，嘴却软了，少了讥讽的语气。高妈妈自己心里清楚，女儿高晓莹是不待扬鞭自奋蹄，而儿子高晓松是拿她的话当耳旁风，说了也白说。

吕德臣家里家外都是一样的笑容，散装小酒天天喝，莫名小曲天天哼唱，和胖猫葡萄相处和谐，把它当成了儿子，倍加珍爱。

林场的老婆子们，都把高晓莹和吕冬阳当成一对来讲话。难不成真像她们唠叨的那样，谁真的会是谁的"颜如玉"？

年纪尚小，千万不要着急。高晓莹不就是这样劝说吕冬阳的嘛。